조선이
문명함

조선이 문명함 **3**

초판 1쇄 인쇄일 2023년 3월 10일 | **초판 1쇄 발행일** 2023년 3월 16일

지은이 조휘 | **펴낸이** 곽동현 | **담당편집 팀장** 이범수
편집부 정요한 김승건 조혜진

펴낸곳 (주)조은세상 | 출판등록 제2002-23호
주소 서울특별시 동작구 동작대로1길 27 5층
TEL 02)587-2966 | FAX 02)587-2922
E-mail bukdu@comics21c.co.kr

조휘ⓒ2023
ISBN 979-11-391-1489-8 | ISBN 979-11-391-1486-7(set)
값 9,000원

3

북두

조선이

조휘
대체역사 장편소설

문명함

조휘 대체역사 장편소설
NEO ALTERNATIVE HISTORY FICTION

CONTENTS

조휘 대체역사 장편소설

NEO ALTERNATIVE HISTORY FICTION

CONTENTS

51장. 난 미친놈이다.

난 미친놈이다.

오늘 일만 해도 미쳤다는 증거로 충분하다.

그래도 양아치는 아니지.

추리는 미루고 쓰러진 상선에게 달려갔다.

"상선!"

다행히 죽진 않은 모양이다.

손으로 베인 곳을 틀어쥔 상선이 신음을 토했다.

"으으."

"어디 상처 좀 봅시다."

왠지 힘이 들어간 상선의 손을 치우고 상처를 들여다보았다.

7

"어랍쇼?"

그런데 이게 웬일?

관복 안에서 소매를 자른 두정갑이 나왔다.

이게 왜 여기서 나와?

칼은 그런 두정갑에 막혀 피륙조차 베지 못했다.

"흠흠."

"흠흠."

잠시 어색한 시간이 흘렀다. 결국, 상선이 허리를 두드리고 일어나며 앓는 소리를 내었다.

"아이고, 넘어질 때 허리를 삐었나 보옵니다."

"아예 부러졌으면 아플 일도 없었을 텐데."

상선이 하회탈 같은 미소를 지었다.

"허허, 소관이 거죽은 이래도 통뼈이옵니다."

"용가리 통뼈라 좋겠소."

"그나저나 괜찮으시옵니까?"

"참 빨리도 물어보는구만."

"허허, 괜찮으신 모양이옵니다."

"그렇게 보이오?"

"평소처럼 농담하시면 그게 괜찮단 뜻이지요."

"농담이 아니었는데. 아무튼 두정갑은 왜 입은 거요?"

"전하께서 운동복 안에 갑옷을 받쳐 입는 모습을 보고 혹시나 하는 생각에 옛날에 소관이 쓰던 두정갑을 받쳐 입었지요."

"내관이 두정갑을 왜 갖고……, 아, 호란을 겪었겠구만."

"허허."

아무튼 눈치 하난 쩌네.

역시 짬에서 나오는 바이브는 무시 못 한다니까.

"쯧쯧, 용안이 이렇게 흉해서야."

엄마처럼 잔소리를 늘어놓은 상선이 소매로 내 얼굴을 닦았다. 좀 전에 적이 쏟은 피를 얼굴에 뒤집어쓴 탓이다.

"쯧쯧, 그러게 왜 칼춤을 추고 그러시옵니까? 위험하게시리."

"그러지 않았으면 상선은 누워 있는 과인의 얼굴을 닦아야 했을 거요. 관에 넣기 전에 얼굴에 뭐가 묻어 있으면 안 되잖소."

"흠, 이쪽이 잘 안 지워지네. 퉤퉤."

중얼거린 상선이 수건에 침을 뱉어 닦으려 들었다.

"됐, 됐소. 그건 나중에 과인이 닦겠소."

난 얼른 상체를 뒤로 젖히며 물었다.

"내시부에서 배신자가 무려 둘이나 나왔는데 이젠 어쩔 거요?"

"먼저 콩이 든 뒤주부터 샅샅이 뒤져야지요. 썩은 콩이 아직 쓸 만한 콩까지 좀먹지 않게 말이옵니다. 그러고 나서 소관은 상선 자리를 내려놓고 전하의 처분을 기다릴 것이옵니다."

그러면서 상선의 눈빛이 표독스러워졌다.

이거 내시부에서 곡소리 좀 나겠는데.

"일단 콩이나 고르고 계시오. 나머진 나중에 다시 얘기합시다."

그렇게 대화를 일단락한 난 돌아서서 상황을 점검했다.

전투는 한참 전에 끝나 있었다. 착호군 하나는 응급 처치

9

를 받고 있고. 내관 두 명은 피바다 속에 널브러져 있었다.

강대산과 왕두석도 급히 돌아와 착호군에게 보고받는 중이고. 세 살 꼬마도 뭔가 일이 꼬였음을 느꼈을 거다.

강대산, 왕두석이야 당연히 이를 감지했을 테고.

그들은 서둘러 상황부터 파악했다.

곧 내관이 배신했단 말을 들은 그들의 얼굴이 허옇게 질렸다.

계획을 세운 건 나지만 작전을 짠 건 저들이다.

그들의 실수로 내가 죽을 뻔한 거다.

얼굴이 허옇게 질릴 만하지.

강대산, 왕두석은 무릎부터 꿇었다.

"소관들이 주변을 제대로 살피지 못해 옥체를 중대한 위험에 빠트렸사옵니다! 부디 소관들을 엄히 벌하여 주시옵소서!"

"아아, 그건 됐어. 내관이 배신할 줄 누가 알았겠어."

"하오나!"

"됐다니까!"

"예, 전하……."

착호군의 호위를 받으며 청의정을 나가려는데.

홍귀남이 다가와 떨리는 목소리로 용서를 빌었다.

"소관이 옆에 있으면서도 막지 못했사옵니다. 죽여 주시옵소서."

난 홍귀남의 어깨를 두드리며 피식 웃었다.

"인마, 총이 두 자루니까 그렇지."

"예?"

"다음부턴 세 자루씩 갖고 다녀."

"황, 황공하옵니다."

밖으로 나오니 금군, 착호군, 내시부가 전부 무릎을 꿇었다.

"소관들의 불충을 용서하시옵소서!"

지금은 누굴 탓할 때가 아니다.

오히려 사기를 올려 줘야 할 때다.

"모두 일어나라! 너희들은 오늘 아주 잘 싸웠다! 상황을 수습하는 대로 오늘 세운 공에 따라 적절한 보상이 돌아갈 거다!"

"성은이 망극하옵니다!"

난 대충 손짓하면서 주변을 훑었다.

그사이 착호군이 배신자 새끼들을 두 부류로 나누어 놓았다.

하나는 완벽한 시체고, 다른 하나는 곧 완벽해질 시체다.

결사 항전한 탓에 몸이 성한 놈이 없다.

불쌍하냐고? 전혀!

"아직 목숨줄이 붙어 있는 놈들을 데려와라!"

"예, 전하!"

곧 운 좋게 살아남은 배신자 네 놈이 굴비처럼 엮여 끌려왔다.

입엔 다들 자결하지 못하게 재갈도 물렸다.

그중엔 유상호도 있었다. 월척이네.

근데 오래는 못 가겠어.

좀만 지체해도 금방 요단강 건널 기세다.

난 바로 마르지 않는 샘 스킬을 교체했다.

원래는 중급 최면술을 써서 심문하고 싶었다.

11

근데 내관 배신자 놈 때문에 스킬을 이미 써 버렸다.

그만큼 내부에 배신자가 더 있는지 알아내는 게 중요했다.

금군은 떼 놓을 수 있지만 내관은 어렵다.

밥상 가져온 내관이 돌변하면 나도 뾰족한 수가 없다.

암튼 그래서 백업으로 준비한 스킬을 장착했다.

액티브 스킬

1. 중급 심문관

2. 중급 최면술

3. 중급 맹세의 서약

중급 심문관은 확실히 중급 최면술보다 못하다. 최면술은
자백하게 만드는 데 반해 심문관은 진실 유무만 가리니까.

대신, 중급 심문관만이 가진 장점도 당연히 있다.

EHS 시스템이 그렇게 허접하진 않으니까.

중급 최면술은 성능에 비해 지속 시간이 너무 짧다.

한 시간에 불과하니까.

정말 어? 하다 보면 끝나는 시간이다.

반대로 중급 심문관은 지속 시간이 무려 24시간이다.

여유만 있으면 24시간 내내 심문이 가능하단 거다.

문젠 유상호가 절대 24시간을 못 버틴단 거지만.

어쨌든 비슷한 스킬도 EHS에선 일장일단이 확실하다.

징징대지 말고 백업 스킬로 최대한 짜내 보는 수밖에.

난 스킬을 발동하고 손짓했다.

"유상호의 재갈을 풀어라."

강대산이 급히 다가와 속삭였다.

"놈이 혀를 깨물어 자진할 수도 있습니다."

"혀 깨물어 본 적 있나?"

"그야 밥 먹을 때 가끔……."

"좆나 아프지?"

"그, 그렇지요."

"그래서 대부분 실패하는 거야. 살짝만 깨물어도 미치겠
는데 실제로 혀를 자르는 사람이 있겠어? 거기다 결정적으로
엄청난 고통을 참으며 혀를 잘라도 죽는 사람은 거의 없어.
잘린 혀에서 나온 피가 기도를 막아 질식사한다면 또 모르겠
지만. 다 쓸데없는 짓이라고. 그냥 입에서 입으로 전해지는
괴담 나부랭이야."

"아, 예."

괜히 나섰다가 욕만 먹은 강대산은 뻘쭘해져 물러섰다.

그렇게 유상호의 입을 막은 재갈이 풀렸다.

난 누군가 가져온 의자에 앉아 다리를 꼬았다.

유상호는 겨우겨우 버티는 중이었다.

길게 찢어진 배에선 내장까지 흘러나왔다.

"고통스럽지?"

"……."

"묵비권이야?"

"……."

21세기에선 묵비권이 통한다. 피의자의 당연한 권리니까.

근데 여긴 17세기라고 이 개새끼야!

왕을 죽이려고 한 새끼한테 반성문이나 쓰라고 할 줄 알았냐?

반성문은 판사 새끼들이 좋아하지, 난 아니라고.

심지어 니가 죽이려 한 왕이 난데, 시발!

"너도 어느 날 하늘에서 뚝 떨어진 놈은 아닐 거 아냐?"

"……."

"네가 역적이 되면 네놈 가족들도 당연히 역적이 되는 건데 넌 시발, 미안하지도 않냐? 사실대로 불어. 그럼 너도, 네 부하도 역적이 아니라 전사한 것으로 처리해 주지. 어때?"

"……."

"가족 따윈 어떻게 돼도 상관없다 이거야? 이거 아주 씨발놈이네. 좋아. 꽤 독한 놈 같은데 어디 한번 끝까지 가 보자고."

"……."

"네가 끝까지 입을 다물면 네 부하의 가족을 전부 연좌제로 엮어 처리해 주지. 고추 달린 사내새긴 나이가 몇이든 전부 목을 베어 효수해 버리고 계집애들은 늙든, 젊든 전부 관기로 만들고. 이제 그놈들에 대한 의리와 네 말만 믿고 사지로 뛰어든 부하들에 대한 의리 중에서 하나를 골라 보라고."

옆에 있던 배신자 세 놈이 바로 지랄발광해 댔다.

"유상호, 이 새끼야! 빨리 사실대로 불어!"

"맞소. 이젠 당신이 우리에게 의리를 보여 줄 차례요!"

"우리야 어차피 여기서 볼 장 다 본 인생이라지만 어린것들이 무슨 죄가 있겠습니까! 어서 전하의 하문에 대답하십시오!"

유상호는 그런 부하들을 보다가 고개를 돌렸다.

"면목이 없네. 사죄는 저승에 가서 하지."

잠시 후. 고개를 든 유상호가 비통한 표정으로 물었다.

"뭐가……, 뭐가 궁금하십니까?"

"그 전에 이거 하난 머리에 꼭 박아 넣어라."

"……."

"넌 이게 무슨 개소린가 싶겠지만 과인은 진실을 가려내는 눈을 갖고 있어. 네가 그럴싸한 개소리로 과인을 속이려 들면 조금 전에 약속한 건 다 없는 일이 되는 거다 이 말이야."

"명심하겠습니다…."

"금군에 너희 말고 배신자가 또 있어?"

"없습니다……."

난 유상호의 얼굴을 똑바로 보았다.

지금 말은 진실이네. 그나마 다행이야.

더 있었으면 금군은 해체가 답일 뻔했다.

"내시부에서 배반한 두 놈은 네가 포섭한 거야?"

"아닙니다……."

"잘하고 있다. 지금처럼만 해라. 그럼 너와 네 부하는 전사 처리되고 가족은 너흴 충신으로 생각하며 자랑스러워할 거다."

"알겠습니다……."

"네가 접선한 초 씨란 놈의 이름은 알고 있어?"

15

"모릅니다……."

"그럼 초 씨란 것만 알고 있는 거야?"

"그렇습니다……."

"초 씨란 놈에게 어떤 명을 받았어?"

"기회가 오면 거사를 시행하란 명이었습니다……."

"초 씨의 배후에 대해 아는 정보가 있어?"

"없, 없습니다……."

유상호의 목소리가 점점 작아졌다.

빌어먹을! 난 서둘러 마지막 질문을 던졌다.

"초 씨와 주 씨를 합쳐 주초라고 부른 적 있나?"

"부, 부, 부른 적은 없습니다……."

"그래?"

실망감에 힘이 쭉 빠지려는 찰나.

"누, 누가 그렇게 부르는 걸 들은 적은 있습니다……."

"누가 그렇게 불렀지? 어떤 상황이었나?"

거친 숨을 몰아쉬던 유상호가 내 눈을 똑바로 보았다.

"전, 전하를 시해하려 한 일은 죽, 죽어서도 한으로 남을 겁니
다. 부, 부디 좀 전에 소관에게 한 약, 약속을 지켜 주십……."

유상호는 그 말을 끝으로 고개를 떨궜다.

"야 이 새끼야, 어디서 그런 말을 들었냐고!"

유상호의 멱살을 잡아 거칠게 흔들어 봤지만, 머리만 힘없
이 왔다 갔다 할 뿐이었다.

아니, 왜 말을 하다 말고 뒤져!

"시발!"

죽은 유상호를 팽개치고 강대산을 보았다.

"남은 놈들을 북원 안가로 끌고 가서 정보 좀 캐 봐."

"캐고 나서 처리는 어떻게 하는 게 좋겠사옵니까?"

"뒷말 나오지 않게 조용히."

"바로 출발하겠사옵니다."

강대산은 부하들과 남은 세 놈을 북원으로 데려갔다.

그사이, 기송일, 이상립, 김준익이 차례로 도착했다.

이상립이 황망한 표정으로 급히 다가왔다.

"방금 소식을 들었사옵니다. 소장들은 그저 황송할 뿐이옵
니다."

"어차피 위험을 감수하고 세운 계획이오. 시신과 부상자부터
정리하고 이번 일이 새 나가지 않게 입단속을 철저히 하시오."

"이번에도 알리지 않을 생각이시옵니까?"

"타초경사."

"어명을 따르겠사옵니다."

이상립이 남아서 수습하는 사이.

난 철통같은 호위를 받으며 희정당으로 돌아왔다.

잠시 앉아서 숨을 고르고 있을 때.

나인 몇이 물이 든 대야를 가져왔다.

"대야하고 수건은 내려놓고 너희들은 나가 있어라."

"예, 전하."

나인들을 내보내고 대야에 얼굴을 비춰 보았다.

수면에 눈빛이 착 가라앉은 얼굴이 나타났다.

째려보지 마, 인마. 나도 오래 고민해서 한 거니까.

내관이 배신한 줄 나라고 알았겠냐고!

상선이 닦지 못한 핏덩이가 얼굴 곳곳에 남아 있었다.

"얼굴이 엉망이네."

한숨을 내쉬고 손바닥을 내려다보았다.

손바닥에 묻은 피가 벌써 시커멓게 굳어 있었다.

그 순간. 손이 갑자기 제멋대로 떨렸다.

난 급히 손가락을 몇 번 접었다가 펴 보았다.

그래도 떨리긴 마찬가지다.

그제야 손이 아파서 떨린 게 아님을 깨달았다.

이건 내 뇌를 보일러처럼 달구던 아드레날린이 남긴 잔재다.

난 헛웃음이 나왔다.

나도 야수의 심장을 가진 놈은 아니었나 보네.

아드레날린이 폭발한 원인을 굳이 멀리서 찾을 이유가 없다.

누구보다 내가 더 잘 아니까.

내 손으로 사람을 죽인 건 오늘이 처음이다.

내가 모르는 사이에 누굴 죽인 게 아니면 오늘이 처음 맞다.

머릿속에선 여전히 전투 중이다. 아무도 모르는 나만의 전투.

당연히 전투는 허공에 주먹을 휘두르는 섀도복싱이 아니다.

싸우는 상대가 있단 뜻이다.

한쪽은 17세기 전제정치 국가를 다스리는 나이 어린 군왕

이고. 다른 쪽은 21세기를 살아가는 평범한 시민이다.

난 전략가는 아니지만, 이번 싸움의 승자를 쉽게 맞혔다.

예상대로 17세기 군왕이 21세기 시민을 압살했다.

난 상처 입은 21세기 시민을 꽁꽁 싸매 봉인했다.

그것도 한동안 다시 만나기 어려운 깊숙한 곳에다.

그 순간. 내가 진정한 왕이 되었음을 느꼈다.

◆ ◆ ◆

궁궐은 넓지만 좁다. 무슨 개소리냐 하겠지만 사실이다.

궐에선 아무리 비밀에 부쳐도 소문이 새 나간다.

낮말은 새가 듣고 밤말은 쥐가 듣는단 속담도 맞다.

궐에선 낮말은 궁녀가 듣고 밤말은 내관이 듣는다.

거기다 궁녀와 내관은 인간 트위터다.

순식간에 여기저기 퍼 나른다.

내가 희정당에서 두문불출한 사흘 동안.

걱정된 대왕대비와 왕대비가 세 번이나 찾아왔다.

그뿐만이 아니다. 누나와 매형, 여동생들도 대부분 다녀갔다.

숙명공주와 청평위 놈만 내가 두려워 오지 않았다.

이쯤이면 대신들도 다 알고 있다고 봐야겠지.

그런 내 짐작이 틀리지 않았다는 듯. 이경석을 비롯한 모든 당상관이 얼굴도장을 찍느라 바빴다.

다 후원에서 무슨 일이 있었는지 궁금해서 온 거다. 그리고 그 소문이 사실이라면 후폭풍이 있을지 알아보기 위해서.

물론, 난 입을 굳게 다물었다.

금군, 착호군, 내시부도 입을 다물었다.

반란군 놈들은 덕분에 모두 훈련 중 전사 처리되었다. 그렇게 하지 않으면 암살 미수가 있었음을 인정한 셈이 되니까.

난 그런 상황을 원치 않았다. 안 그래도 복잡해 뒤지겠는데 더 복잡하게 만들 이유는 없다.

사흘 동안, 두문불출하며 머리를 쥐어짜 본 결과. 배후로 짐작되는 주 씨와 초 씨에 대한 1차 결론이 내려졌다.

주씨, 초씨. 아주 희귀한 성씨다.

마음만 먹으면 전부 잡아들여 확인도 가능하다.

근데 왕을 죽이려는 새끼가 자기 성을 제대로 댔을까?

당연히 아니겠지.

더구나 보기 힘든 그런 희귀한 성을 댄다고?

나 같으면 그냥 김이박 중에 하날 댈 거다.

그럼 모래밭에서 삐져나온 모래 하나 찾는 수준이니까.

왜 그런 말도 있잖은가.

종로에서 김 사장님 부르면 반은 돌아본다고.

그렇다면 왜 그런 성을 댔을까?

곰곰이 생각해 본 결과. 아무래도 이 새끼들이 날 놀려 먹으려고 그런 거 같단 말이지.

주씨와 초씨를 따로 보면 아무것도 아니다.

근데 둘을 합쳐 놓으면 희한한 게 나온다.

바로 주초위왕(走肖爲王)!

조광조 등이 죽은 기묘사화에서 나온 말로써.

파자를 이용한 간단한 애너그램이다.

주(走)와 초(肖)를 합치면 조(趙)가 되는데.

즉, 조씨 성을 가진 이가 왕이 된다는 의미다.

썰에 의하면 반대파가 조광조 일파를 몰아내려고 나뭇잎에
꿀로 주초위왕을 쓰고 나서 벌레에게 그걸 갉아먹게 했단다.

다 갉아먹으면 나뭇잎에 짜잔 하고 주초위왕이 나타나는
거고.

물론, 썰이 그렇단 얘기다. 벌레가 무슨 꿀벌도 아니고 꿀
이 발린 쪽만 먹겠어? 그냥 닥치는 대로 처먹겠지.

다만, 이 주초위왕을 무시 못 하는 건 야사가 아니기 때문
이다.

놀랍게도 조선왕조실록에 분명히 나와 있다.

기묘사화가 벌어진 지 몇십 년이 지난 뒤긴 하지만.

어쨌든 주초위왕은 이때도 이미 다 아는 말이란 거다.

다시 본론으로 돌아와, 왜 지금 이 시점에 주초위왕을 사용
했냐는 건데. 이 새끼들이 단순히 날 조롱하려고 주씨와 초씨
란 성을 댄 거라면?

일단, 조심성 많은 놈들은 아니겠네.

반면 좀 더 어린 초 씨란 놈이 방심한 사이에 두 성씨를 붙여
주초라 불렀고 그걸 내관과 유상호가 우연히 주워들은 거라면?

아마 놈들의 진짜 성은 조씨일 확률이 높다.

단순 성만 같은 게 아니라 실제 형제일 가능성이 더 클 테고.

난 고개를 살짝 저었다.

혹시 이게 고단수를 펼친 2중 함정이라면?

내가 흉수의 배후를 조씨라고 믿게 하기 위한 계략이라면?

아니야, 아니야.

그 정도로 은밀했으면 이번 일도 알아내지 못했을 거다.

그렇다면 정말로 조씨일 확률이 높다는 뜻인데.

조씨 성을 가진 이 중 배후가 누굴까?

우선 대왕대비마가 떠오르는군.

놀랍게도 대왕대비마마가 바로 조씨다.

그 외에 왕실에서 찾아보라면 인조의 후궁 귀인 조 씨가 있다.

귀인 조 씨는 사약을 먹고 죽었으나, 그의 자식들은 아직 살아 유배 중이다. 효종과 그 아들인 나에게 원한이 사무칠 테니 혐의점이 없는 건 아니겠지.

범위를 조정 대신으로 넓혀 보면 누가 있지?

가장 먼저 떠오르는 건 좌의정 조경이다.

그 외에 전 대사간 조형, 승지 조귀석 등이다.

거기다 외가가 조씨인 경우도 있을 거다.

시발, 지금 이게 뭐 하는 짓인지.

이러다가 18대 조상까지 조사해야 할 판이네.

결국, 거기서 고민을 멈추고 착호군 강대산을 불러들였다.

대기하고 있던 강대산이 득달같이 달려왔다.

"그 금군 세 놈은 아는 정보가 없었사옵니다."

"그럴 테지."

"어떻게 하시겠사옵니까?"

"주 씨와 초 씨가 만났던 경강상인 놈들을 계속 쫓아. 이런 규모로 반역을 저지르려면 돈이 엄청나게 깨질 텐데, 놈들이 포기한 게 아니라면 상인 놈들을 만나 또 손을 벌리겠지."

"알겠사옵니다."

"착호군은 과인이 가장 믿는 부대야. 썩은 콩이 생겨 쓸 만한 콩까지 전부 버리는 일 없게 강 대장이 신경 써서 잘 살펴."

"염려 놓으시옵소서."

"이건 이번에 공을 세운 부하들에게 나눠 주고."

왕두석이 은 보따리를 쓱 내밀었다.

근데 강대산은 보따리 쪽은 쳐다보지도 않았다.

대신, 은밀하게 청했다.

"전하, 주위를 물려 주시겠사옵니까?"

그 말에 왕두석과 홍귀남이 자리에서 일어났다.

"그냥 말해. 얘네는 내가 믿는 애들이야."

"하오시면 바로 여쭙겠사옵니다. 유상호를 추국하실 때 주초를 물어보시던데, 혹시 그게 조씨를 의심하시어 그런 것이옵니까? 예전에 주초위왕이……."

"조씨가 한둘이어야 의심하지. 왕실과 그 인척만 따져도 수십 명은 될 텐데. 그러지 말고 경강상인이나 뒤져 봐."

"알겠사옵니다."

대답한 강대산은 바로 돌아갔다.

물론, 은 보따리는 잊지 않고 가져갔다.

홀로 남아 가만 생각해 보니 이거 손 놓고 있을 일이 아니네.

어느 구름에서 비 올지 모른단 말도 있잖아.

뜬구름을 잡는 한이 있어도 일단 조사는 해 봐야지.

그럼 이 일도 착호군에게 시켜야 하나?

그 순간. 착호군이 초 씨 미행에 실패했던 일이 떠올랐다.

착호군은 국가가 고용한 일종의 사냥꾼이다.

이 사냥꾼은 다시 두 타입으로 나뉘는데.

하나는 추적을 잘하는 타입이다.

그들은 발자국, 오물 등을 보고 짐승을 쫓는다.

짐승 똥 냄새만 맡아도 며칠 전에 싼 똥인지 알아낼 정도다.

다른 하나는 무기를 잘 다루는 타입이다.

그들은 활을 쓰든, 조총을 쓰든 한 방에 잡는다.

그래야 가죽에 기스가 적어 비싸게 팔린다.

물론, 둘 다 잘하는 사냥꾼도 있다.

그리고 그들은 대부분 전설로 불린다.

홍귀남 할아버지가 그런 전설 중 하나였다.

정리하자면 사냥꾼은 헌터와 킬러로 나눌 수 있단 뜻이다.

착호군이 초 씨 미행에 실패한 원인을 굳이 하나만 꼽아 보라면 아마 헌터가 해야 할 일을 킬러가 했기 때문일 거다.

현대로 치면 국정원 일을 UDT가 대신 한 거다.

그러니 잘될 리가 있나.

즉, 바꿔 생각하면 국정원이 필요하다는 뜻도 된다.

"귀남아, 가서 강대산을 다시 불러와라."

"예, 전하."

"이번엔 진짜 눈썹이 휘날리게 뛰어갔다 와야 한다."

"반드시 대장을 잡아, 아니 데려오겠사옵니다."

홍귀남은 장담한 대로 강대산을 금방 잡아 왔다.

"급히 찾으신단 말을 듣고 돌아왔사옵니다."

"착호군을 둘로 나눠야겠어."

"예?"

"착호군에도 짐승의 흔적을 잘 쫓는 사냥꾼이 있는가 하면 잡는 걸 잘하는 사냥꾼이 있을 거 아냐? 그들을 나눠 따로 운영해 봐."

"분명 유달리 짐승의 흔적을 잘 쫓는 착호군이 있긴 합니다만, 그들은 짐승을 쫓은 경험은 많아도 사람을 추적한 경험은 많지 않사옵니다. 사람과 짐승은 전혀 다르지 않사옵니까?"

"아니, 사람도 짐승이야. 큰 틀에서 보면 별반 다를 게 없다고."

"그, 그렇사옵니까?"

"물론, 짐승과 달리 사람은 잔머리를 쓰겠지. 하지만 그거야 우리도 마찬가지 아닌가? 아무튼 개인이 가진 장점을 살려 운용해 보라고. 이름은 적당히 추룡군으로 지으면 되겠지."

"……."

"왜 대답이 없어? 부하 반을 내놓으라고 해서 삐쳤어?"

"그, 그럴 리가 있겠사옵니까. 다만, 너무 갑작스러워서……."

"추룡군, 착호군을 합쳐 용호군이라고 부르고 대장은 계속 강대산 네가 맡아. 그 대신, 이번엔 확실히 성과를 보여 줘야 할 거야. 또 미행에 실패해서 사람 식겁하게 하지 말라고."

용호군 대장이 자신이란 말을 들은 강대산의 얼굴이 밝아졌다.

"죽을힘을 다해 반드시 역당의 뿌리를 뽑겠사옵니다!"

"대장 시켜 준다니까 좋아하는 거 봐. 역시 삐쳤었네."

"돌, 돌아가서 바로 용호군을 창설하겠사옵니다."

"아, 이걸 말 안 할 뻔했네."

"무엇이옵니까?"

"추룡군을 만들면 우선 조씨 쪽을 좀 캐 봐."

"역시 주초위왕이……."

"윗전 조사는 신중하게 해. 무슨 말인지 알겠지?"

"물론이옵니다."

"두석아, 보따리 하나 더 줘라."

"예, 전하."

왕두석이 장롱에서 은 보따리를 꺼내 건넸다.

"새로운 조직을 만들려면 돈이 많이 들겠지. 일단, 그 돈으로 해결해. 더 필요하면 홍귀남이를 통해 따로 연통을 넣고."

"성은이 망극하옵니다."

강대산은 곧 두 손이 묵직해져 돌아갔다.

따당!

또 서브 퀘스트를 완료했나 보네.

역시 큰일 한 번 치르면 퀘스트를 여러 개 깬다니까.

청의정 사건이 있던 날 밤에도 퀘스트를 하나 깼다.

서브 퀘스트 21

자신을 단련하라!

-끝까지 믿을 수 있는 사람은 이 세상에 존재하지 않습니다. 막다른 골목에 몰렸을 때는 결국, 자기 힘으로 활로를 찾는 수밖에 없습니다. 유저는 절대 단련을 멈추지 마십시오.

클리어 유무: 클리어

보상: 룰렛 1회 추첨권

이건 확실히 맞는 말이지.

단련하지 않았으면 내관의 기습에 죽었을 거다.

지금도 그때만 생각하면 밤에 잠이 안 온다.

아무튼 그건 그렇고. 오늘 완료한 퀘스트를 까 보자.

서브 퀘스트 22

정보를 중히 여겨라!

-자연이든, 인간사든 징조 없이 일어나는 사고나 사건은 없습니다. 유저는 정보를 중히 여겨 미래에 대비해야 합니다.

클리어 유무: 클리어

보상: 룰렛 1회 추첨권

이젠 급할 게 없다. 수명은 충분하다. 아니, 넘친다.

그렇담 EX를 뽑는 쪽으로 목표를 바꿔야겠지.

EX로 마르지 않는 샘을 뺑튀기시켜야 하니까.

EX 뻥튀기 맛을 한번 보니 다른 건 눈에 안 찬다.

이번엔 끝까지 참아서 10개까지 모아 보자고.

내가 회정당에서 트라우마를 극복하는 동안.

금군과 내시부는 발칵 뒤집혔다.

두 곳 다 이번에 배신자가 나온 곳이다.

사안이 사안인 만큼, 금군은 이상립이 직접 조사했다.

특히, 유상호와 관련된 자들은 강도 높은 조사를 받았다.

곧 30명이 넘는 금군이 쫓겨났다.

유상호는 금군 배신자가 자기들뿐이라고 했었다.

나도, 이상립도 그 말을 믿었다.

다만, 이상립은 상처를 봉합할 생각이 없었다.

그는 아예 상처 전체를 도려내는 쪽을 택했다.

그래야 혹시 있을지 모르는 썩은 부위를 잘라 낼 수 있으니까.

내시부는 그보다 훨씬 더 살벌했다.

이쪽도 마찬가지로 상선이 직접 조사를 지휘했는데.

그 결과, 내시부에선 매일 매타작 소리가 들렸다.

처음엔 배신한 내관의 잔당을 찾기 위해서였다.

근데 조사 중에 숨은 다른 비리까지 줄줄이 드러났다.

무슨 고구마 줄기도 아니고 말이야.

어쨌든 이참에 내시부, 내명부 쇄신도 하고 좋네.

썩은 건 빨리 도려내는 게 맞지.

상선은 며칠 후에 결과를 보고했다.

걱정과 달리 잔당은 없었다.

대신, 간통범과 경제 사범만 잔뜩 잡혔다.

현대라면 간통이 없어져서 민사 소송이 다다.

기껏해야 이혼하고 위자료 주는 정도겠지.

근데 여기는 17세기 조선의 대궐이다.

감히 내관이 나만 손댈 수 있는 궁녀랑 간통했다고?

둘 다 적절한 조치를 통해 세상을 하직하는 처벌을 받았다.

경제 사범도 중죄다.

현대에선 배 째고 감옥에 들어가 몇 년 썩고 나오면 부자다.

근데 여기선 감히 왕실의 곳간을 축낸 거다.

역시 바로 적절한 조치를 받아 더는 얼굴을 볼 수 없게 되었다. 상선의 굽은 허리가 바닥에 닿을락 말락 했다.

"소관의 죄가 크옵니다."

"죄가 있으면 벌을 받아야지."

"어떤 벌이라도 달게 받겠사옵니다."

"그렇게 원한다니 벌을 줘야겠네."

옆에 있던 왕두석과 홍귀남이 상선보다 더 긴장했다.

그동안 셋이 짝짜꿍이 잘 맞았던 모양이네.

뭐 그렇게 따지면 나도 짝짜꿍이 잘 맞긴 했지.

"상선은 부하를 통솔 못 한 죄로 상선 지위를 10년 더 맡아 줘야겠소. 과인 옆에서 10년이면 뭐 죗값은 충분히 치르겠지."

그 말에 왕두석이 고개를 크게 끄덕였다.

"맞사옵니다. 차라리 유배 10년이 더 낫지요."

홍귀남도 한마디 거들었다.

"어휴, 그래도 10년이 어딥니까. 저흰 나이가 어려서……."

아무튼 상선은 감격한 듯 코를 훌쩍이며 돌아갔고.

난 이번 일의 또 다른 공신을 만났다.

"아이고, 백두야. 많이 놀랐지?"

백두는 총성에 놀랐는지 그 좋아하던 밥도 굶었다.

불쌍한 놈.

백두가 낑낑거리며 내 다리에 얼굴을 비볐다.

난 그런 백두의 머리를 긁어 주며 칭찬했다.

"청의정에선 네 덕분에 살았다. 과인을 버려두고 간 왕두석이보다 네가 훨씬 충신이야. 이참에 너도 벼슬 한자리 해야겠다. 음, 뭐가 좋을까나? 그래, 선전관 어떠냐? 두석이도 하는 업무인데 훨씬 똑똑한 백두는 그보다 훨씬 잘하겠지."

왕두석의 눈이 휘둥그레졌다.

"정, 정말 선전관을 제수할 생각은 아니시겠지요?"

"왜? 나무에도 벼슬을 주는 게 임금인데 내가 못 할 것 같아?"

"아이고, 그럼 대신들이 들고일어날 것이옵니다."

난 피식 웃고 나서 그에게 백두를 건넸다.

"데려가서 포식이나 시켜 줘."

"그렇지 않아도 백두 주려고 닭 한 마리를 푹 고아 놨사옵니다."

"그러지 말고 생닭을 줘."

"그럼 고아 놓은 닭을 다시 살려서 주겠사옵니다."

왕두석은 백두를 안고 관우정으로 달려갔고.

난 정확히 사흘이 지나서야 희정당을 나올 수 있었다.

◆ ◆ ◆

국시란 말이 있다. 국수의 사투리가 아니다.

국가 통치의 기본 이념 같은 걸 말하는 거다.

현재 조선의 국시가 뭐냐고? 다름 아닌 효다.

조선 내내 성리학의 영향으로 효를 중시하긴 했다.

근데 지금처럼 온 나라가 효에 미쳐 있진 않았다.

왜 이렇게 됐냐고?

명나라가 청나라에 망하면서 생긴 반발심 때문이다.

사대부는 성리학을 만든 송나라를 계승한 명나라를 아버지 나라로 여겼는데 오랑캐 놈이 아비의 목을 뎅강 잘라 버렸다.

우리도 두 번이나 털리면서 오랑캐가 미워 죽겠는 마당에 아버지 나라마저 그 오랑캐 놈에게 목이 잘려 죽어 버린 거다.

이제 그 오랑캐는 단순한 외적이 아니다.

아버지를 살해한 불구대천의 원수가 되어 버린 거다.

그런 청에 복수하는 일은 아비의 원수를 갚는 게 되는 거고.

세상에 아비의 원수를 갚는 일보다 더 큰 효도가 어딨겠어.

북벌론이 북방 정벌이 아니라, 효도의 성격을 띠게 된 거다.

거기다 인조가 소현세자를 내치는 사건까지 있었다.

소현세자는 특별히 잘못한 일이 없다.

사도세자처럼 사람을 함부로 죽이지도 않았다.

그런데도 인조는 소현세자를 못마땅해했다. 자기는 개굴욕을 당했는데 장남은 잘나가니 배가 아픈 거겠지.

그런 차에 귀국한 소현세자가 급사하는 사건이 벌어졌다.

여기서 소현세자의 죽음을 파헤쳐 보잔 말이 아니다.

인조에게 소현세자의 아들, 즉 손자를 세손으로 삼지 않고 둘째인 봉림대군을 세자에 앉힐 명분이 필요해졌다는 거다.

그래서 등장한 명분이 바로 불효다.

소현세자가 아버지 인조에게 불효를 저질렀단 거다.

상황이 이러니 효야말로 가장 중요한 통치 이념이 될 수밖에.

지금 내가 세 시간째 이러고 있는 이유도 그 효 때문이다.

오늘은 왕실 최고 어른인 대왕대비의 생일이다.

탈상 전이긴 하지만 그렇다고 생일 파티를 건너뛸 수는 없다.

왕실 최고 어른의 생일 파티를 감히 대충 때운다?

삼사가 합계해서 지랄할 일이다.

파티는 지루했다. 글 잘 짓는 대신들이 앞다투어 대왕대비의 만수무강을 기원하는 시와 시조를 읊는데 좋다며 듣는 것도 한두 번이지. 벌써 세 시간째 이러고 있다.

대신들도 흥이 식어 갈 무렵. 김수항이 느슨해진 시조계에 긴장감을 불어넣기 위해 나섰다.

"전하, 대왕대비마마의 탄신을 맞아 대소 신료가 마마의 만수무강을 기원하는 시조를 지어 바치고 있사옵니다. 당연히 마마야 신과 같은 외인이 바친 시조가 아니라, 손자이신 전하께서 친히 지어 올린 시조가 더 듣고 싶을 것이옵니다. 이쯤에서 신들에게 한 수 가르쳐 주심이 어떻사옵니까?"

호오, 이놈 봐라. 사람들 앞에서 나를 꼽주겠다 이거지?

좋아, 어디 한번 붙어 보자고.

이놈들을 어떻게 역관광시킬지 속으로 고민하는데.

대왕대비가 나보다 날 더 걱정했다.

"시조는 충분히 들었소. 이제 악공과 무희가 공연하는 것을 보고 싶구려. 제조상궁은 어서 무희와 악공을 들라 하라."

왕대비도 재빨리 시어머니를 거들었다.

"제조상궁은 대왕대비마마의 명을 따르지 않고 뭣 하는 게냐!"

그때, 허목이 웃으면서 판을 키웠다.

"하하, 대왕대비마마, 왕대비마마, 무희의 공연이야 언제든 볼 수 있지 않겠사옵니까. 날이 저물려면 아직 멀었으니 춤은 나중에 보시고 전하의 시조 짓는 솜씨부터 감상하시지요."

하, 이것들이 싸울 땐 언제고 나 꼽주는 덴 짝짜꿍이 잘 맞네.

이경석이 설날에 집에 온 손자를 본 할배처럼 인자하게 웃었다.

"허허, 도승지와 이조참판이 그렇게 시조를 듣고 싶다면 나 이경석이 한 수 지어 그대들에게 바치겠소. 내 이래 봬도 글 잘하기로 이름을 얻은 몸이오. 그리 나쁘지는 않을 게요."

그 순간. 윤증이 조용히 일어섰다.

"영의정 대감, 어찌 소 잡는 칼을 닭 잡는 데 쓰시려 합니까. 비실비실한 닭을 잡는 덴 이 윤증의 재주로도 충분하지요."

그러면서 대소 신료를 싸늘하게 훑었다.

김수항, 허목이야 당연히 분기탱천했다.

까마득한 후배 놈이 감히 자길 비실비실한 닭에 비유한 거다.

닭대가리는 이때도 멍청함의 상징처럼 쓰였으니.

특히, 김수항 쪽의 반발이 거셌다.

김수항은 서인의 중진으로 이미 일가를 이룬 자다.

언제 이런 모욕을 받아 봤겠는가.

김수항과 그 근처의 신료가 전부 들고일어나 삿대질하였다.

마음 같아서는 삿대질하는 손가락을 죄다 뽑아 버리고 싶네.

그러고 보니 김수항 쪽에 네임드가 많구만.

김수흥, 김만기, 김만중, 민유중, 민정중 등등.

전부 서인이 자랑하는 근본주의자들이지.

좀 더 싸수없게 말하면 서인 노론 꼴통들이고.

저 중에 반만 없었어도 조선이 그 꼴은 안 났다. 특히, 김수항의 직계 후손이 김조순인 점을 고려한다면 말이지.

그나저나 더 개판되기 전에 슬슬 정리해야겠다.

왕대비의 기분도 별로인 것 같고.

이 자리의 주인공인 대왕대비는 자기 생일에 이런 일이 벌어져 곤혹스러워했다.

생일 파티 주인공이 무슨 죄가 있겠어.

파티에 와서 깽판 치는 새끼가 문제지.

난 액티브 스킬을 잠시 정리했다.

액티브 스킬

1. 마르지 않는 샘

2. 중급 카리스마

3. 중급 맹세의 서약

중급 카리스마가 뭐냐면.

중급 카리스마! (B)

위엄을 발산해 대중을 80퍼센트의 확률로 굴복하게 만든다.

스킬 지속 시간: 2시간

스킬 재사용 대기시간: 1,600시간

난 스킬을 발동하며 일어섰다.

"다들 그만두지 못하겠소! 대왕대비마마의 탄신을 경하하는 자리에서 큰소리를 내다 못해 버릇없이 삿대질하는 자들마저 나오다니! 이건 왕실에 대한 무례가 도를 넘지 않았소!"

다들 금세 꿀 먹은 벙어리가 되었다. 스킬이 통한 모양이다.

난 돌아서서 대왕대비와 왕대비에게 머리를 조아렸다.

"소손이 평소에 엄하지 못해 신료들이 마마의 탄신을 경하하는 자리에서 그만 버릇없이 굴고 말았습니다. 소손이 대신 사죄드리겠습니다. 이번 한 번만 너그러이 용서해 주시지요."

그 즉시, 이경석과 정태화 등도 일어나 같이 머리를 조아렸다.

"신들도 대신 사죄드리겠사옵니다!"

원로들이 이렇게 나오니 다른 이들도 가만있을 수 없었다.

김수항, 허목 등도 떨떠름한 표정으로 일어나 사죄했다.

"용서해 주시옵소서!"

당황한 대왕대비가 손사래를 쳤다.

"이 할미는 괜찮소. 주상은 사죄하지 마시오."

"그래도 어찌 그럴 수가 있겠습니까. 윗전을 모신 자리에서 추태를 보여 드려 송구스러울 뿐입니다. 대왕대비마마와 왕대비마마가 평소에 소손, 소자를 어떻게 가르치셨습니까?"

"……."

대왕대비는 갑자기 이게 뭔 소린가 싶어 멍한 표정을 지었다.

"윗전에겐 예를 다하고 아랫것들에겐 너그러움을 보여 주라 하지 않으셨습니까? 소손은 평소에 그 가르침을 따르려고 부단히 노력하는데 그렇지 않은 자들도 있는 모양입니다."

"……."

"이게 다 가정 교육을 제대로 못 받아 생긴 불상사입니다. 집에서 제대로 교육받았다면 오늘처럼 경사스러운 날에 감히 무례한 행동을 할 수 있었겠습니까?"

"……."

"오늘 참석한 대소 신료 중에 많은 이가 예학을 공부했습니다. 한데 예학이란 게 대체 무엇입니까? 예법에 대해 많이 알면 예학의 대가가 되는 겁니까? 소손은 아니라고 생각합니다. 예학이란 복잡한 절차나 거추장스러운 형식에서 나오는 게 아니라, 진실한 마음에서 나온다고 보기 때문입니다."

좌중이 쥐 죽은 듯 조용해졌다.

"조선의 예학은 절차와 형식에 얽매인 나머지 진실한 마음을 보지 못하고 있습니다. 오늘의 이 추태가 그 증거일 겁니다."

난 돌아서서 대소 신료를 노려보았다.

"주자가례 같은 책을 달달 외우는 게 중요한 게 아니오! 사람을 대접할 땐 예법이 아니라, 마음으로 대접해야 하는 거요!"

"……."

"저 옛날, 태조대왕께서 사냥에서 돌아오다가 목이 말라 우물을 찾았을 때, 신덕고왕후께서 빨리 드시면 체할까 봐 찬

물이 든 바가지에 버들잎 한 줌을 띄워 건넨 행동에서 경들은 무엇을 느꼈소? 마음에서 우러난 배려를 느끼지 않았소?"

"……."

"한데 인간의 본성과 천하 만물의 이치를 연구한단 자들이 그런 기본적인 배려를 배제한 채로 예학에 경도된 나머지, 너무 형식에만 치우쳐 있는 것 같소! 지난해에 기년복, 참최복을 가지고 시끄러웠던 것도 그 때문이고! 더구나 오늘 일만 해도 그렇소! 경사스러운 자리에 이 무슨 추태란 말이오!"

난 이어 김수항 쪽으로 내려가 그 앞에 섰다.

김수항은 어쩔 줄 몰라 했다. 얼굴이 빨개진 게 창피한 것도 같고 화가 난 것 같기도 했다.

뭐 어쩌라고. 시작한 놈이 매도 맞아야지.

"추태를 보여 황송하옵니다."

"아니오, 아니오. 어찌 보면 과인이 이 탄신 축하연 자리를 주최한 당사자인데 멀찍이 떨어져서 구경만 해서야 쓰겠소."

"……."

"비록 도승지는 과인의 나이가 아직 어리고 학문이 깊지 못해 시조 한 줄 짓지 못할 줄 안 거 같지만, 시조 그까짓 게 뭐 대수라고 빼겠소. 산에서 나무하는 나무꾼도 짓고 강에서 빨래하는 시골 늙은 아낙네도 지을 줄 아는 게 시조인데."

"……."

"오히려 어찌 보면 나무꾼과 아낙네는 경들보다 더 대단하다고 할 수 있지. 그들은 가족을 보살피려 애쓰면서도 문화적인 활동을 병행한 게 아니오? 잡설이 길었구만. 읊겠소."

난 돌아서서 대왕대비를 보고 읍을 하였다.

천세를 누리소서!

만세를 누리소서!

무쇠 기둥에 꽃이 피고 열매가 맺히는 그 날까지 누리소서!

그 밖에 억만년 외에 또 만세를 누리소서!

리듬을 섞어 가며 읊으니 제법 운치가 있었다.

결과? 당연히 대성공이지.

대왕대비는 옷고름으로 눈물을 닦고.

이경석, 정태화 등은 일어나서 손뼉을 쳤다.

이거 쑥스럽구만.

물론, 내가 지은 시조는 아니다.

국어시험에 나왔던 인상 깊은 시조를 재탕한 거다.

상황은 거기서 일단락되었다.

누군가는 감탄하고 누군가는 앙심을 품겠지만 뭐 어쩌겠
어. 이젠 쫄 이유가 없는데.

옥좌 옆을 지키는 이완, 유혁연이 오늘따라 아주 믿음직스
럽네.

수틀리면 대가리부터 다 깨부수는 거지 뭐.

54장. 홍문연이야?

난 옥좌로 돌아가 손짓으로 다음 식순을 진행했다.

곧 악공이 연주하는 흥겨운 반주에 맞춰 무희가 춤을 추었다.

나도 사낸지라 좀 전보다 훨씬 집중해서 봤다.

춤사위보단 무희 그 자체에 자꾸 눈길이 가는구만.

요즘 자꾸 여자한테만 눈이 가서 미치겠다.

하, 그만 간 보고 결혼해야 하나?

내가 슬쩍 운만 띄워도 바로 간택령을 내릴 기세던데.

가뜩이나 할 일이 많아 바빠 죽겠는데 꽤 성가시기도 하고.

그러고 보니 여기에 왕의 장인들이 꽤 많구만. 죽은 명성 왕후의 아비인 김우명은 저기 외척 자리에 앉아 있고.

숙종의 왕비, 그러니까 원래대로라면 내 첫 번째 며느리가 될 인경왕후의 아버지인 김만기는 김수항 옆자리에 앉아 있네.

그뿐만이 아니다.

그 옆 민유중은 숙종의 두 번째 왕비인 인현왕후의 아버지다.

맞다. 희빈 장 씨랑 치고받던 그 유명한 인현왕후다.

그러고 보니 명성왕후, 인경왕후, 인현왕후 다 서인 성골이네.

서인은 이 왕후들이 현역일 때, 정권을 계속 잡았고.

이러니 국혼물실이란 말이 나올 수밖에.

가만, 남인 출신, 아니 남인이 밀던 왕후도 한 명 있지.

위에서 언급한 희빈 장 씨, 장옥정!

장옥정의 아비가 아마 역관 장형인가 그랬을 텐데.

사실 장형이야 별거 없다.

그 사촌 형인 장현이 훨씬 더 중요한 자니까.

장현도 역관인데 실력이 좋았는지 조선 최고의 거부로 통했다.

물론, 실력만 좋다고 중인이 조선 최고의 거부가 되진 못한다. 다 효종이 뒤에서 싸바싸바해 줬기 때문이지.

장현도 잘만 쓰면 꽤 도움이 될 것 같은데.

난 손가락을 까딱거렸다.

바로 기다렸다는 듯 왕두석이 큰 머리를 디밀었다.

"명하실 일이 있으시옵니까?"

"추룡군에 역관 장현에 대해 좀 알아보라고 해."

"바로 전하겠사옵니다."

곧 선전관 한 명이 조용히 자리를 떠났다.

그사이, 무희와 악공의 공연이 끝났다.

이어 대왕대비가 보고 싶어 한 무형문화가 연이어 등장했다.

소리꾼, 광대놀음, 사자놀이 같은 탈춤 등등.

모두 우리 민족이 만들어 낸 훌륭한 문화유산이다.

여유가 되면 전통문화가 소실되지 않도록 신경 좀 써야겠어.

행사가 거의 끝나 갈 무렵.

갑자기 칼을 찬 아저씨 여덟 명이 무대로 올라왔다.

뭐야? 홍문연이야?

왕두석을 불러 누구냐고 물어보려는데.

왕두석이 아니라, 왕대비가 궁금증을 해결해 주었다.

"아니, 그대들은 팔장사가 아닌가!"

그러면서 왕대비가 오랜만에 친정 오빠를 본 것처럼 기뻐
했다.

허, 신기하네.

저런 미소는 자식인 나한테도 잘 보여 주지 않는데.

체구가 듬직한 장사 하나가 머리를 조아렸다.

"팔장사가 세 분 마마께 인사 올립니다."

왕대비는 아예 일어나서 물었다.

"다들 그동안 어떻게 지냈는가?"

"선대왕마마의 배려로 모두 무탈했사옵니다."

"다행이구만. 한데 오늘은 무슨 바람이 불어 다 같이 온 건가?"

"선대왕마마의 성은을 깊이 입은 몸으로 오늘처럼 경사스

러운 날에 어찌 가만있겠사옵니까. 마침 팔장사 여덟이 전부 도성에 와 있는 김에 어떤 선물을 드려야 기뻐하실까 논의하다가……, 별 볼 일 없는 재주지만 무예를 시연하여 두 분 마마와 상감마마의 흥을 돋워 보기로 마음먹은 것이옵니다."

그러면서 두 분 마마에게는 읍을 하고 내겐 군례를 취했다.

다행히 홍문연은 아닌 모양이네.

근데 팔장사가 뭐지? 우리 군에 저런 자들이 있었어?

그나저나 이름 하난 친근하네.

보통은 무협 소설의 빌런 가마꾼이 저런 별호를 쓰지 않나?

주로 주인공에게 줘 터지는 엑스트라 쪽으로.

일단, 추리는 나중에 하고 솜씨가 얼마나 좋은지나 봐야겠네.

난 손짓으로 허락했다.

팔장사는 곧 네 명씩 짝을 지어 무예를 시연했다.

여덟 명 다 진검으로 시연했는데 자못 볼만했다.

합을 맞춘 거긴 하지만 박진감이 넘쳤다.

무예를 모르는 두 분 마마야 더 말할 필요 없고.

진검이 얼굴 옆을 스치면 깜짝 놀라 숨을 들이켰다.

난 구경하는 척하며 팔장사 기록을 찾았다.

독해 스킬 덕에 한 번 본 책은 절대 안 잊는다.

사진 기억력 같은 게 아니다.

읽는 순간, 고대로 뇌에 프린트되는 수준이다.

다행히 찾는 데 오래 걸리지 않았다.

아, 그 팔장사구만.

팔장사는 효종 때 작성한 문서에 등장했다.

계속 읽어 보니 나와도 인연이 꽤 깊었다.

호란에서 패한 조선은 왕자 둘을 볼모로 보냈는데.

봉림대군은 형 소현세자와 함께 심양으로 끌려갔다.

그때 봉림대군을 호위한 군관 여덟 명이 바로 팔장사다.

봉림대군이 볼모로 가 있던 8년 동안.

팔장사는 주군과 그 가족 호위에 최선을 다했다.

그 덕에 봉림대군은 무사히 돌아와 세자가 되었다.

사방이 적인 곳에서 8년이나 주군을 보필했다니.

엄청나게 고생했겠어.

시연이 끝나기 무섭게 왕대비가 일어나 손뼉 쳤다.

왕대비가 그러는데 자식인 내가 뻘쭘히 앉아 있기도 뭐하지 않나.

장단을 맞추려고 같이 일어나 손뼉 쳤다.

그 모습을 본 다른 이들도 전부 일어나 손뼉 쳤다.

한동안 박수 소리가 끊이지 않았다.

아무튼 파티는 그걸 마지막으로 성황리에 끝났다.

난 두 분 마마에게 인사하고 걸음을 서둘렀다.

목적지는 관우정이었다.

진성 헬창답게 근손실이 오기 전에 헬스를 해야 했다.

처음엔 살아 보겠다고 한 건데 지금은 거의 중독 상태다.

헬스를 끊기가 이렇게 어려울 줄이야. 술과 담배는 약과였어.

관우정이 보일락 말락 할 시점.

잠시 보이지 않던 상선이 유령처럼 튀어나왔다.

"마마, 오늘 날씨가 참 좋지 않사옵니까?"

"우중충하기만 한데 뭐가 좋단 거요?"

"오, 저 새들 좀 보시옵소서. 암수 한 쌍이 아주 정답사옵니다."

"저건 까치들이 영역 다툼하는 거 같은데."

"오늘따라 바람이 아주 상쾌하옵니다."

"날이 왜 이렇게 춥지? 빨리 안으로 들어가야겠네."

"⋯⋯."

"갑자기 왜 말이 없는 거요?"

"올 때가 되었기 때문이옵니다."

"누가 온단 거요?"

그 순간. 제조상궁이 종종걸음 치며 다가왔다.

"마마, 상감마마!"

"무슨 일이요?"

"왕대비마마께서 잠시 대비전에 들렀다가 가시라고 하옵
니다."

"무슨 일인데 그러는 거요?"

"가 보시면 아옵니다."

"어허, 무슨 일이냐니까?"

"가 보시면 아옵니다."

안 간다고 하면 제조상궁이 바지를 잡고 늘어질 기세다. 할
머니가 노상에서 그러고 있으면 내가 쓰레기처럼 보이겠지.

"흐음, 이럼 곤란한데."

난 고개를 돌려 상선을 보았다.

상선이 또 하회탈 같은 미소를 지으며 서 있었다.

이놈의 영감탱이를 그냥! 후, 어린 내가 참아야지.

"갑시다."

"모시겠사옵니다."

난 제조상궁에게 납치되어 대비전으로 끌려갔다.

대비전은 이미 사람들로 바글댔다.

뭔가 해서 둘러보니 좀 전에 본 팔장사다.

나를 본 팔장사가 전부 일어나 조용히 읍을 하였다.

왕대비가 얼른 날 자기 옆에 끌어다 앉혔다.

"주상, 모처럼 팔장사가 모였는데 어찌 만나 보지도 않으시오?"

"어마마마께서 팔장사와 하실 말씀이 많을 듯해 그랬습니다. 소자야 하루 날을 잡아 따로 만나도 상관없지 않겠습니까?"

"허허, 이런 일에 날을 따로 잡을 필요 뭐 있겠소. 이렇게 만난 김에 얘길 나눠 보시구려. 서로 할 얘기가 많지 않겠소?"

팔장사야 아랫사람이니 얘길 먼저 꺼내기 쉽지 않다. 그건 나도 마찬가지고. 어린 시절 기억이 없는데 그들과 무슨 말을 하겠나. 책에서 몇 줄 읽은 게 단데.

약간 어색해지려는 찰나.

눈치 빠른 왕대비가 팔장사 한 명을 손짓했다.

"오 군관, 이리 가까이 오게나."

"예, 왕대비마마."

무예를 시연할 때 대표로 나선 이다.

난 호기심에 그를 관찰했다.

한눈에 봐도 강골임이 느껴지는 중년 사내다.

어깨는 떡 벌어지고 가슴팍은 강철처럼 단단하다.

왕대비가 오 군관을 가리키며 나에게 물었다.

"오효성 군관을 기억하시오?"

"기억하옵니다."

"다행이오. 기억 못 했으면 오 군관이 섭섭했을 거요. 심양에서 도성까지 수천 리 길을 오 군관 홀로 주상을 업고 왔는데."

"예, 오 군관 덕에 무사히 올 수 있었지요."

"주상이 어렸을 땐 성격이 유별날 정도로 까탈스러웠다오. 내 배 아파 낳은 자식이지만 이 어미도 감당하기 힘들 정도였소."

"고생시켜 드려 면목이 없습니다."

"어명이 떨어져 서둘러 도성으로 돌아가야 하는데 주상께선 죽어도 교자를 타기 싫다고 악을 써 댔다오. 그렇다고 어린 주상을 교자보다 더 흔들리는 말에 태울 수도 없는 일이고."

소현세자가 급사해 봉림대군이 급히 돌아와야 했었지.

인조가 봉림대군을 세자에 앉히려고 했으니까.

"해서 하는 수 없이 팔장사가 번갈아 가며 업고 가기로 했는데 글쎄 주상이 등에 업힐 때마다 자지러지게 울지 않았겠소."

그때가 떠오른 듯 왕대비가 한숨을 쉬었다.

어릴 땐 이 몸도 한 성깔 했나 보군.

몸이 약해지면서 성깔이 죽은 건가?

아니면 명성왕후 등쌀에 시달려서?

"한데 오 군관의 등에만 업히면 울음을 뚝 그치는 거요. 지금 생각해도 신기한 일이었소. 아무튼 그래서 주상을 업고 도성으로 돌아오는 일은 전부 오 군관의 몫이 되었다오."

"참으로 고마운 일입니다."

"바로 그렇소. 오 군관이 업는다고 까탈스러운 주상이 가만히나 있었겠소? 틈만 나면 오 군관 어깨를 물어 상처가 가실 날이 없었소. 거기다 침은 또 어쩌나 흘리던지 옷이 다 해질 정도였지. 그래도 오 군관은 불평 한마디 없었다오."

난 팔장사를 힐끗 보고 대답했다.

"오 군관을 포함한 팔장사 모두 훌륭한 충신입니다."

팔장사가 일제히 머리를 조아렸다.

"황공하옵니다, 전하!"

왕대비가 기다렸다는 듯 본론을 꺼냈다.

"이 어미가 하고 싶은 말을 방금 주상이 했다오. 팔장사 모두 조선 왕실 3대를 한결같은 마음으로 섬긴 충신이오. 이들이라면 어떤 어려운 일도 맡길 수 있을 거요. 이 어미가 장담하겠소. 선대왕께서 하신 것처럼 가까이 두고 부리시오."

결국, 팔장사를 옆에 두고 중히 쓰란 얘기다.

사실 왕대비가 이 말을 할 거 같아 오기 싫었다.

현재 조선군은 나를 중심으로 똘똘 뭉쳐 있다.

조직이라면 어디에나 있는 파벌조차 없다.

근데 그런 조직에 팔장사를 끼웠으면 어떻게 될까?

누군가는 분명 팔장사 쪽에 붙으려 하겠지.

선의의 경쟁을 하면 되지 않느냐고? 웃기는 소리.

이 세상에 선의의 경쟁 따원 없다.

이들이 과거에 한 일은 칭찬받아 마땅하다.

그리고 그 보상은 이미 효종이 충분히 했다.

효종은 팔장사를 위해 별군직청을 따로 만들었다.

내가 부채 의식을 가져야 할 이유가 없단 뜻이다.

그런데도 거절하지 못하는 이유는 하나다.

왕대비가 처음으로 부탁하는 일이기 때문이다.

아마 왕대비는 후원 일을 전해 듣고 깜짝 놀랐겠지.

조선에 감히 왕을 시해하려는 반역도당이 존재하다니!

아마 거기서 1차로 기함했을 거다.

더구나 반역도당은 실력까지 만만치 않았다.

그들은 내시부, 금군 같은 곳에 자기네 사람을 심었다.

그 부분에서 2차로 기함했을 테고.

왕대비 눈엔 내가 물가에 내놓은 어린아이 같을 거다.

당연히 그냥 지켜볼 수만은 없어 대책을 찾았겠지.

그게 팔장사였던 거고.

효종이 형제처럼 아낀 팔장사라면 믿을 수 있으니까.

왕대비는 저 옛날 팔장사가 나를 업고 도성까지 수천 리 길을 돌아온 것처럼 지금은 장성한 나를 지켜 달라 했을 거다.

그 순간. 꽤 괜찮은 아이디어가 하나 떠올랐다.

55장. 음, 뭐 순조롭구만.

난 처음에 특수 부대 두 개를 원했다.

하나는 나를 호위하는 금군이고.

다른 하나는 외곽에서 날 지원하는 특수 부대다.

지금의 착호군이 바로 그 특수 부대였지.

근데 추룡군이 창설되면서 착호군에 변화의 바람이 불었다.

이젠 특수 부대가 아니라 정보기관과 비슷해졌다.

CIA로 예를 들면 추룡군은 정보국이고 착호군은 작전국이다.

착호군의 성격이 변하며 진짜 특수 부대가 필요해졌다.

요인을 암살하고 후방을 교란하는 진짜 특수 부대가.

이 팔장사로 특수 부대를 만들면 괜찮지 않을까?

팔장사 개개인에게 100명으로 구성된 지역대를 맡기는 거다.

그럼 8개 지역대에 병력도 800명이 넘는다.

이 정도면 특수 작전을 펼칠 기본 조건은 된다.

결심을 굳힌 난 오효성 등을 돌아보며 물었다.

"팔장사는 왕대비마마의 말씀을 따를 생각이오?"

팔장사가 전부 머리를 조아렸다.

"그렇사옵니다, 전하!"

"좋소. 선대왕께 충성을 바쳤듯이 그 아들인 과인에게도 충성을 바치시오. 그럼 과인이 그 보상을 확실히 해 줄 것이오."

"성은이 망극하옵니다!"

난 몸을 돌려 왕대비에게 머리를 숙였다.

"어마마마께서 힘써 주신 덕분에 어디 가서도 구하기 힘든 충신 여덟 명을 얻었습니다. 이 은혜는 절대 잊지 않겠습니다."

"이 어미가 구중궁궐에 살고 있기는 하나 마음만은 자식을 둔 여염집 아낙네와 다를 바가 없다오. 그네들처럼 이 어미 역시 자식의 건강과 성공 외에 무에 더 바라는 게 있겠소."

왕대비에게 인사하고 팔장사와 희정당을 찾았다.

"특수 부대를 만들 생각이요. 그 특수 부대는 앞으로 정규군이 하기 어려운 은밀하고 힘들고 더러운 임무를 맡게 될 거고."

오효성이 전처럼 일행을 대표해 나섰다.

난 얼마나 은밀하고 힘들고 더러운지를 물어볼 거로 예상했다. 그게 당연하니까.

군인이라고 의사 타진도 없이 막 굴리면 안 된다.

근데 오효성의 입에서 나온 질문은 예상 밖이었다.

"인원은 어떻게 하실 생각이옵니까?"

자기들에겐 그딴 건 상관없다는 태도다.

아, 효종이, 아니 아버지가 큰 선물을 주고 가셨구나.

"한 개 대를 100명으로 해서 총 800명으로 이루어진 부대를
창설할 계획이오. 팔장사는 각 대의 대장을 맡으면 되겠지."

중후한 중년 신사 같은 김지웅이 나섰다.

"부대의 이름은 정하셨사옵니까?"

"이미 팔장사란 좋은 이름이 있지 않소?"

여덟 명이 짜기라고 한 것처럼 한목소리로 외쳤다.

"성은이 망극하옵니다!"

저렇게 좋아하는 걸 보면 팔장사에 대한 애착이 큰가 보네.

처음에 이들을 어찌 처리하나 고민했던 게 우스울 지경이다.

지금은 오히려 전화위복이 되었으니까.

역시 재산 불리는 데는 딴 거 없다.

유산을 상속받는 게 짱이다.

팔장사의 브레인은 김지웅인 모양이다.

주로 그가 희정당을 찾아 특수 부대 설립을 논의했다.

오늘도 새벽 댓바람부터 찾아온 김지웅이 물었다.

"팔장사는 어디에 속하게 되옵니까?"

난 하품이 나오는 걸 억지로 참으며 대답했다.

"훈련도감 직할 부대가 적당하겠지."

"그러면 훈련도감 도원수의 지시를 받아 움직이는 것이옵

니까?"

"평상시에는."

"평상시가 아닐 때는 그럼 어떻게?"

"유사시엔 과인의 지시를 따라야지."

"정말이옵니까?"

"꼭 전쟁만 유사시는 아니니까. 무슨 뜻인지 감이 오나?"

고개를 천천히 끄덕인 김지웅이 다시 물었다.

"훈련도감에서 반발하지 않겠사옵니까?"

"이미 도원수, 도제조와 협의까지 끝냈어."

"그럼 병력은 훈련도감에서 차출해야 하옵니까?"

"아니, 민간에서 지원받아 시험 쳐서 뽑아야지."

"군역을 자진해서 할 인원이 있겠사옵니까?"

"훈련도감 진무가 받는 녹봉을 제안하면 지원자가 쏟아질걸."

"가르치는 데 시간이 오래 걸릴까 걱정이옵니다."

"전시도 아닌데 그게 무슨 상관이야. 천천히 해."

"훈련은 군영에서 하던 대로 하옵니까?"

"그럼 군영이 하나 더 늘어나는 일밖에 더 돼?"

"하오면?"

"특수 부대가 괜히 특수 부대겠어? 병사들이 특수해 그런 이름이 붙은 걸 테지. 훈련도 당연히 그에 발맞춰 변화를 줘야지."

"송구하오나 소관은 그런 훈련에 대해 알지 못하옵니다."

"이걸 읽어 봐."

김지웅이 내가 건넨 책을 받으며 물었다.

"무슨 책이옵니까?"

"특수 부대 대원을 어떤 식으로 선발하고, 또 어떤 훈련을 해야 육성할 수 있는지 가르쳐 주는 책이야. 도움이 될 거야."

김지웅은 서둘러 책을 펼쳐 정독했다.

책 서두에는 특수 부대의 설립 목적이 적혀 있었다.

그리고 그다음부턴 대원 선발 방법이 쭉 기재되어 있었다.

책에서 말하는 선발 기준은 크게 세 가지다.

체력, 운동 능력, 지능.

기술은 가르칠 수 있고 경험도 쌓게 할 수 있다.

다만, 체력, 운동 능력, 지능은 가르치는 데 한계가 있다.

그것들은 일종의 타고나는 재능이기 때문이다.

그래서 아예 그런 재능을 가진 놈을 골라 뽑는 거다.

마지막엔 훈련 방법이 나열되어 있었다.

그냥 딱 봐도 엄청 자세하다는 걸 알 수 있었다.

육상과 수상은 물론이고. 물속, 고산, 사막, 정글, 겨울에 해야 하는 훈련까지 있었다.

김지웅의 입이 쩍 벌어졌다.

"전, 전하께서 이 책을 지으신 것이옵니까?"

"지은 게 아니라, 만들었지. 수명을 깎아서."

"그렇게 고생하며 지으셨을 줄은 미처 몰랐사옵니다. 소관을 포함한 팔장사는 전하의 높은 식견에 탄복할 따름이옵니다."

아니, 내 말을 오해하면 안 되지.

그건 진짜 수명을 깎아서 만든 거라고.

무려 500일짜리로 말이야.

물론, 21세기 특수 부대 훈련을 고대로 베낄 순 없었다.

비행기도 없는데 고공강하 훈련을 해서 뭐 하겠어.

당연히 지금 실정에 맞게 수정해야지.

난 우쭐거리며 책을 하나 더 건넸다.

"이건 특수 부대 전술을 쉽게 설명한 책이요."

그렇지 않아도 벌어졌던 김지웅의 입이 더욱더 벌어졌다.

저러다 턱 빠지겠는데.

아무튼 그도 다른 이들처럼 출처를 궁금해했다.

내가 생각한 건지, 아니면 다른 책을 보고 베낀 건지.

난 이럴 때마다 항상 같은 대답을 하곤 했다.

내가 천재라서 가능한 게 아닐까.

천재가 괜히 천재야?

평범한 사람은 모르는 걸 아니까 천재라고 하는 거지.

내 경우엔 약간 좀 다르지만 뭐 어때.

전술 책도 수명 500일짜리다.

방금 준 책만 활용해도 특수 부대 설립엔 별문제 없겠지.

팔장사는 선포전에서 합숙하며 두 책을 암기했다.

다 암기하고 나선 바로 특수 부대 설립에 들어갔다.

결과물이 나오는 데 2, 3년쯤 걸리려나.

아니, 어쩌면 더 걸릴지도 모르겠네. 교관을 맡은 팔장사
도 같이 배우면서 가르쳐야 하는 처지니까.

따당!

왔구만. 이때쯤 퀘스트를 클리어할 것 같긴 했지.

서브 퀘스트 23

꼭 새 술일 필요는 없다!

-새 부대에 꼭 새 술을 넣어야만 술이 잘 익는 건 아닙니다.
오히려 오래된 술일수록 향기가 더 근사할 때도 있습니다.

클리어 유무: 클리어

보상: 룰렛 1회 추첨권

팔장사를 등용해서 클리어한 건가?

하긴 새 부대에 새 술만 고집할 필은 없지.

예전 술이라도 술맛만 좋으면 만사 오케이라고.

오후엔 특수 부대 설립하느라 미룬 일을 처리했다.

"상선, 삼정승과 예조판서를 부르시오."

"예, 마마."

잠시 후. 이경석을 포함한 삼정승과 예조판서가 들어왔다.

1661년 봄이 되면서 당상관 몇 자리가 바뀌었다.

내가 변덕을 부린 건 아니다.

정치적인 이유로 개각을 단행한 건 더더욱 아니고.

원래 이 시대엔 관직 변동이 심했다.

당상관 대부분은 어디가 아프다면서 허구한 날 사표를 낸다.

안 받아 주면 못 해 먹겠다고 징징거린다.

아프지 않으면 삼년상을 해야 한다거나, 다른 관료가 디스

하는 바람에 기분이 나빠서 그만두겠다고 하는 경우가 많다.

심할 때는 벼슬의 주인이 한 달에 네다섯 번 바뀔 때도 있다.

이러니 정책이 연속성을 가지고 추진될 리 만무하지.

자기 부서에 누가 있는지도 모르는 놈이 태반인데.

다행히 이번 변동은 크지 않았다. 영의정과 좌의정은 변함없고. 우의정이 정유성에서 원두표로 바뀐 정도다.

상남자 원두표의 컴백이다.

무슨 개소리를 해 댈지 벌써 기대되는군.

육조에선 예조판서가 김좌명으로 교체되었다.

김좌명은 지금 서유럽회사 본사서 구르는 김석주의 아버지다.

절을 올린 원두표가 비꼬듯이 말했다.

"못 뵌 사이에 신수가 훤해지셨사옵니다."

"원 정승도 잘 쉬었나 보오. 배가 많이 나왔소. 어휴, 사정을 잘 모르는 사람이 봤으면 원 정승이 회임했나 했겠소, 하하하!"

"어흠."

민망함에 헛기침한 원두표가 앉고 나서 김좌명이 절을 올렸다.

"희정당에서 뵙는 건 오랜만인 것 같사옵니다."

"예판은 고생길이 훤하구만."

"그, 그렇사옵니까?"

"조정에 예학으로 콧방귀 좀 뀐다는 자들이 한둘이어야 말이지. 아마 사사건건 간섭할 텐데 한 귀로 듣고 한 귀로 흘려

버리시오. 다 쓸잘머리 없는 소리일 테니까. 아무튼 반갑소."

"신도 다시 뵈어 기쁘옵니다."

김좌명이 점잖게 대답하고 앉을 때.

원두표가 옆에서 대놓고 구시렁거렸다.

본인한테는 배가 나왔다고 악담이나 퍼붓던 내가 김좌명을 대할 땐 태도가 180도 달라진 게 못내 불만인 모양이다.

그러게 평소에 잘하면 좀 좋아?

눈치 빠른 이경석이 재빨리 화제를 돌렸다.

"예조에 명하실 일이 있어 부르신 것이옵니까?"

"과인이 대왕대비마마 탄신 행사를 쭉 지켜보며 새삼 또다시 느낀 건데 우리 민족이 아주 흥이 넘치는 민족이란 거요."

"……."

"탈춤, 광대놀음, 사자놀이, 거기다 춤과 판소리까지 다 우리 민족만이 지닌 독특한 흥에서 나온 소중한 문화 아니겠소. 그럼 조정에서 정책을 시행하는 경들은 어떻게 해야겠소?"

"……."

"상것들이나 즐기는 잡스러운 기예이니 그냥 점점 알아서 사라지게 놔둘 거요? 아니면 잘 보존해서 후손들이 자기네 조상이 얼마나 흥이 넘친 민족이었는지 알 수 있게 할 거요?"

좌의정 조경이 조심스레 물었다.

"전통문화 공연이 좀 더 많아지길 원하시옵니까?"

"그건 나중에 여유 있을 때 하고 지금은 이런 문화가 유실되는 일이 없게 기록하는 일에 힘쓰시오. 우리가 또 기록하는 재주 하나는 기똥차지 않소. 경들은 어떻게 생각하시오?"

김좌명이 바로 대답했다.

"훌륭한 생각이시옵니다. 당장 도화서에 일러 공연하는 모습을 상세히 그려 놓으라고 하겠사옵니다. 글은 표현 못 하는 걸 그림은 할 수 있으니 보존하기가 더 수월할 것이옵니다."

"오, 역시 예판이 뭘 좀 안다니까. 윤허하겠소."

"성은이 망극하옵니다."

그 외에도 몇 가지 사안을 보고받고 회의를 끝냈다.

그 순간.

따당!

메인 퀘스트 7

문화유산을 보존하라!

-민족의 정체성은 강력한 국방과 부유한 재정에서 오는 게 아닙니다. 바로 문화에서 오는 겁니다. 문화유산을 보존해 많은 백성이 찬란한 문화의 혜택을 누릴 수 있게 하십시오.

클리어 유무: 클리어

보상: 문화 스탯 개방 및 버프 개방

메인 퀘스트 클리어는 간만이로구만.

문화까지 나왔으면 국가 스탯은 얼추 다 나온 거겠지.

내친김에 국가 스탯이 얼마나 올랐는지 볼까.

조선 (+100,923)

레벨: 2

정치: 50(↑1) 행정: 39(↑3) 경제: 27(↑2) 재정: 21(↑1)
국방: 50(↑2) 외교: 22(↓1) 교육: 30(↓1) 문화: 44

음, 뭐 순조롭구만.

조선 수명은 꾸준히 느는 추세고.

외교와 교육 빼곤 다 상승 곡선을 타는 중이네.

그나저나 문화 44는 예상보다 더 좋은 수치다.

하긴 우리가 흥이 없나? 가진 게 없지.

이젠 버프를 살펴보자고.

저번에 시스템이 버프가 있단 건 슬쩍 흘리기는 했지만 어
디서 얻는 건지는 몰랐는데 문화 스탯에 따라오는 거였구만.

버프라.

게임에서 말하는 버프면 능력치를 올려 주는 효과잖아. 디
버프는 그 반대고.

EHS에선 버프가 어떻게 나올지 궁금해지네.

버프를 생각하는 순간.

눈앞에 페이지 수십 장이 촤라락 넘어갔다.

56장. 오, 있다!

어우, 뭐가 엄청 많은데. 일단, 위에서부터 살펴보자고.

선조의 탈주! (D)

황진이의 풍류! (D)

척준경의 돌격! (D)

백결 선생의 거문고! (D)

도림의 헌책! (D)

와우! 버프는 한반도 역사 전체를 베이스로 삼나 보네.

척준경은 고려 사람이고 백결 선생은 신라 사람이지.

그리고 좀 헷갈리는데 도림은 아마 고구려 사람이던가?

조선, 고려에 삼국시대 사람까지 이건 뭐 총망라로군.

그나저나 선조의 탈주라니!

대체 무슨 버프지? 가격은 얼마쯤 되려나?

기재된 수치를 보니 수명 10일짜리였다.

스킬에 비하면 헐값이라 좀 불안한데.

싼 게 비지떡이란 말이 대부분 맞긴 하니까.

정말 뭔가 하자가 있어 이렇게 싼 건가?

하긴 EHS가 얼마나 꼼꼼한 놈들인데.

얼마 안 하는데 시험 삼아 한번 사 볼까?

어차피 수명 부자라 오래 고민하지 않고 바로 구매했다.

선조의 탈주! (D)

광역 범위 안에서 이동하는 모든 것의 속도가 약간 빨라집니다.

버프 기준: 반경 10미터

광역 범위: 반경 100미터

지속 시간: 10일

역시 이동 속도 버프로구만.

하긴 선조가 런 하나는 기가 막히게 잘했지.

멍청이 인조는 런도 제대로 못 해 잡혔지만.

근데 버프 설명에 범위가 있네?

이러면 스킬과 달리 광역이 가능하단 소린데, 정말 그런가?

뭐, 알려면 직접 해 보는 수밖에 없겠지.

난 조깅하러 가서 내 몸에 선조의 탈주 버프를 써 보았다.

우선 버프 기준이 반경 10미터라는 얘긴 버프를 건 지점을 기준으로 반경 10미터 내에 있는 이동할 수 있는 모든 물체에 버프가 걸린단 뜻이겠지? 여기선 내가 그 기준점이고.

흠, 확실히 달리는 속도가 예전보다 약간 빨라졌는데.

내가 멀찍이 앞서가는 바람에 왕두석과 홍귀남이 헉헉대며 쫓아왔다.

"전, 전하, 천천히 가십시오! 이, 이러다 죽겠습니다!"

왕두석은 볼멘소리하면서도 뒤처지진 않았다.

아마 전이었으면 쫓아오지 못했을 거다. 이는 왕두석과 홍귀남도 나처럼 버프의 도움을 받고 있단 확실한 증거다.

버프를 걸 때 왕두석과 홍귀남도 10미터 내에 있었으니까.

좀 더 알아본 결과.

광역 범위는 역시 버프가 미치는 범위를 뜻했다.

이를 시험하기 위해 난 가만 서 있고 왕두석과 홍귀남에게 금군을 붙여 반대 방향으로 뛰게 해 보았다.

그랬더니 버프를 받지 못한 금군도 왕두석과 홍귀남 옆에 있으면 같이 버프를 받아 속도가 빨라졌다.

반대로 두 사람과 100미터 넘게 떨어진 이들은 버프 효과를 받지 못해 거리가 점점 더 벌어졌고.

이제 남은 건 스킬처럼 재사용이 가능한지 알아보는 거겠군.

열흘 동안 선조의 탈주 버프를 받으며 신나게 달리고 나서
버프 효과가 꺼지길 기다렸다가 곧바로 버프 창을 열었다.

아, 역시 사라지고 없구만. 예상대로 1회용이었어.

버프는 스킬보단 좀 더 신중하게 쓰는 게 좋겠군.

나름의 분석을 마친 난 버프 상점을 계속 들락거렸다.

그래도 뭔가 쓸 만한 게 있지 않을까?

오래지 않아 정말 쓸 만한 버프를 하나 발견했다.

이순신의 해전! (SSS)

오오오! 충무공은 당연히 등장하셔야지.

이름도 쩌네. 이순신의 해전이라.

설마 해전에서 무적으로 만들어 주는 버프인가?

그보다 가격은……. 흐미, 1,000일이나 되네.

하긴 SSS가 가장 강한 버프인데 이 정도는 해야겠지.

항해나 해전 관련해서 또 없나?

장보고의 해진! (S)

최무선의 함포! (B)

이종무의 상륙! (A)

정지의 격침! (A)

아, 내가 찾는 건 없네. 그래도 좀만 더 찾아보자.

그렇게 몇 분 더 검색했을 무렵.

오, 이건 가능성이 좀 있다!

신문왕의 만파식적! (SSS)

설화에 따르면, 만파식적을 불면 적군이 물러가고 앓던 병이 나으며 가뭄과 홍수에서 안전해진다고 한다.

셋 중에 하나면 되어도 선단에 큰 도움을 줄 거다.

그런 의미에서 일단, 만파식적부터 지르고 보자.

수명이 1,000일이라 좀 부담스럽긴 해도 그만한 값어친 하겠지.

신문왕의 만파식적! (SSS)

광역 범위 내에서 각종 재해로부터 재산과 인명을 보호합니다.

※SSS급 특성에 따라 재해를 맞닥뜨리는 순간 자동으로 버프 발동

버프 기준: 반경 1킬로미터

광역 범위: 반경 10킬로미터

지속 시간: 10일

오케바리!

정확히 내가 원하던 버프네.

이젠 이순신의 해전을 지르자.

이순신의 해전! (SSS)

승리할 수 없는 전력 차가 아닌 이상, 광역 범위 내에서 발생한 해전에서 승리할 가능성이 커집니다.

※SSS급 특성에 따라 해전에 돌입하는 순간 자동으로 버프 발동

버프 기준: 반경 1킬로미터

광역 범위: 반경 10킬로미터

지속 시간: 12시간

나이스! 이 두 버프가 있는데 더는 쫄 필요 없겠지.

이제 와 밝히는 거지만, 요즘 들어 엄청난 고민에 싸여 있었다.

소빙하기를 생각하면 서유럽회사 선단을 서둘러 띄워야 했다.

사실 지금도 늦은 감이 있을 정도지.

근데 그러지 못한 이유는 내가 무지막지한 쫄보여서다.

17세기 교역의 핵심은 물건을 사고파는 데 있지 않다.

핵심은 바다를 무사히 건너가는 데 있다고 봐도 된다.

바다에선 무슨 일이 생길지 아무도 모르니까.

태풍이나 해일과 같은 재해를 겪을 수도 있고.

해적이 덮치거나, 선상 반란이 일어나는 때도 있다.

거기다 전염병이 한 번 돌면 싹 죽는다고 봐야겠지.

이처럼 17세기 교역은 아슬아슬한 줄타기와 같다.

살짝만 삐긋해도 인명과 재산이 통째로 수장되는.

더 큰 문젠 나에겐 기회가 한 번밖에 없단 거다.

원 코인으로 고난도 게임을 클리어해야 하는 거다.

심지어 여분으로 주는 생명도 없다.

실패하는 순간, 게임은 바로 거기서 끝이다.

나도, 왕실도, 조선도 사이좋게 막장에 처박히는 거다.

아무리 강심장이라도 머뭇거릴 수밖에 없다.

근데 생각지도 못한 곳에서 돌파구가 생겼다.

이 시국에 버프가 딱 뜨다니 난 역시 하늘이 보우하신 몸이다!

이순신의 해전은 해적을 박살 내 줄 테고.

신문왕의 만파식적은 태풍 같은 재해를 막아 줄 거다.

강력한 실드를 이중으로 두르고 바다에 나가는 셈이다.

물론, 둘 다 일회용이긴 하지만 전에는 성공 확률이 50퍼센트였다면 지금은 80퍼센트는 될 거라 본다.

이젠 머뭇거릴 이유가 없다.

오랜만에 느껴 보는 짜릿한 희열에 몸이 떨린다.

이럴 땐 이게 빠질 수 없지.

"두석아!"

"예, 전하!"

"춤을 추거라!"

"오, 댄스 타임인 겁니까?"

"그래!"

"이 왕두석이가 한번 멋들어지게 춰 보겠사옵니다!"

왕두석은 일어나서 신나게 허리를 흔들었고.

홍귀남은 그런 왕두석을 보고 석상처럼 굳었다.

눈알을 굴리는 게 시선을 어디 둬야 할지 모르겠는 모양새다.

자식, 초짜네.

왕두석이 그런 홍귀남을 갈궈 댔다.

"인마, 선배가 춤을 추면 당연히 후임도 같이 춰야지."

"그, 그렇습니까?"

"나 혼자 이러고 있으면 미친놈 같지만……."

"같지만?"

"같이 추면 덜 쪽팔리잖아……."

"결, 결국 쪽팔리단 말이잖습니까?"

"이건 국가의 중대사가 성공하길 바라는 기원 의식 같은 거다. 여기서 춤을 안 추면 재수가 날아가 될 일도 안 된다고!"

"추, 추겠습니다!"

국가의 중대사란 말에 홍귀남도 억지로 춤을 췄다.

근데 생긴 것만 아이돌이 아니었다. 춤도 아이돌처럼 췄다.

처음엔 뻣뻣하더니 흥이 오르고 나선 날아다닌다.

"신나게!"

"신나게!"

"흔들어!"

"흔들어!"

곧 희정당이 출처 불명의 나이트로 전락했다.

아무튼 징크스란 게 이렇게 무섭다니까.

언젠가 댄스 타임이 있고 나서 일이 잘 풀렸다.

아마 하멜 일행을 처음 만났을 때였던 것 같은데.

그게 징크스가 되어 일이 잘 풀리면 춤을 추게 했다.

근데 그게 심해져 지금은 정말로 춤을 안 추면 영 불안하다.

미신이란 건 알지만 뭐 어떤가. 일만 잘 풀리면 장땡이지.

이젠 왕두석도 적응한 모양이었다.

그도 지금은 그 시간을 댄스 타임이라 부른다. 뭐 다 나한 테 배운 거긴 하지만. 그래도 뭔가 아쉬움이 남는다.

"사이키 조명만 있으면 딱인데 말이야."

그 순간. 슬며시 문을 열고 안을 살펴보던 상선이 기겁해 주저앉았다. 상선에게 조선 나이트는 아직 무리인가 보다.

난 코밑을 문질렀다.

"자식, 춤을 추고 싶었으면 진작 말할 것이지."

왕두석은 도끼눈을 뜨며 항변했다.

"댄, 댄스 타임을 원한 건 전하시지 않습니까?"

"말은 그렇게 하면서도 몸은 정직하네."

"예?"

"입으론 못 하겠다면서도 몸은 계속 흔들고 있잖아."

"이, 이건……."

"계속 보고 있으려니 여자 아이돌이 추는 자본주의 댄스 같구나."

"……."

"너도 충분히 즐겼겠지? 그럼 이제 그만해라."

"소, 소관이 언제 즐겼다고 그러시옵니까."

"1절만 해라. 시간 없다."

"예, 전하."

"너희 둘은 가서 김석주하고 박연을 데려와라."

"냉큼 잡아 오겠사옵니다!"

왕두석과 홍귀남이 부리나케 뛰어나갔다.

또 춤을 시킬까 봐 겁먹은 모양이네.

곧 서유럽회사 본사에 있던 김석주와 박연이 잡혀 왔다.

박연은 긴장한 모습이고. 김석주는 입이 댓 발 나온 게 용 돈 줄어서 삐진 초딩 같았다.

난 웃으면서 물었다.

"넌 뭐가 그렇게 불만이어서 입이 댓 발 나왔어?"

"거의 두 해를 꼼짝없이 갇혀서 재미없는 공부만 죽어라 하고 있었사옵니다. 소생의 입이 안 나오게 생겼사옵니까."

"그동안 자기 안 불러 줬다고 삐쳤네, 삐쳤어. 근데 착각하진 마라. 여긴 네가 놀던 저잣거리가 아니니까. 좋은 말로 할 때 입 다시 넣어라. 안 그러면 입을 아예 꿰매 버릴 거다."

다른 사람이면 김석주도 콧방귀를 뀌었을 거다.

근데 내가 꿰매 준다니까 얼른 입을 집어넣었다.

김석주가 보는 난 그만큼 사이코니까.

옆에 있던 박연도 덩달아 억지로 입을 집어넣었다.

"박 이사는 입 안 넣어도 괜찮아."

"이, 이게 편하옵니다."

"그래? 그럼 어쩔 수 없고."

난 둘을 자리에 앉히고 나서 책상을 쾅 때렸다.

김석주는 움찔하고 박연은 뒤로 벌렁 넘어갔다.

난 신경 쓰지 않고 팔을 번쩍 들며 소리쳤다.

"드디어 디데이가 왔도다!"

홍귀남의 도움으로 다시 앉은 박연이 숨을 헐떡이며 물었다.

"디, 디데이가 무엇이옵니까?"

"서유럽회사 선단이 출항할 날이 머지않았단 뜻이지."

"그, 그럼 정말 시작하는 것이옵니까?"

"맞다. 마침내 우리가 전 세계를 집어삼킬 날이 당도한 것
이다!"

피식 웃은 김석주가 느물거리며 물었다.

"실패하면 두 번째는 없다고 봐야 하는데 자신은 있으십니까?"

"내가 왜 자신감이 필요해. 그게 필요한 건 넌데."

"예에?"

"이번 1차 교역을 지휘할 대표는 김석주 너다."

"소생은 바다에 나가 본 적이 한 번도 없습니다!"

"한 달을 주마. 그동안 경험을 쌓아."

"한 달로 무슨 경험을 쌓습니까. 안 됩니다! 못해요!"

"잔말 말고 제물포에 가서 미친 듯이 굴러! 그럼 뭔가 감이
잡히겠지. 김석주를 빡세게 굴려서 한 달 안에 어떻게든 뱃놈

으로 만들어 놓으라고 내가 직접 지사 쪽에 연락해 놓지."

"절 그냥 이 자리에서 죽이십쇼!"

난 히죽 웃었다. 김석주가 떨떠름한 표정으로 물었다.

"왜, 왜 웃습니까?"

"네 아버지가 예조판서더라."

"전하도 참. 아버지 얘긴 왜 또 꺼내고 그러시옵니까?"

"요즘 보니까 예판이 아주 의욕이 넘치던데. 우리 민족의 전
통문화를 보존해야 한다면서 맨날 도화서에 들락거리더라고."

"그래서 하시고 싶은 말씀이?"

"상선, 가서 예판을 불러……."

"알겠사옵니다! 제물포에 가서 죽으라고 구르겠습니다!"

"하하하, 역시 넌 말귀를 잘 알아들어서 편해."

"알아들을 수밖에요. 매번 아버지와 숙부로 협박하시는데……."

"뭐?"

"아니옵니다……."

"너 재작년에 시험 보면 맨날 1등 할 자신이 있다고 했었지?"

"소생이 그런 말을 했던가요?"

"뭐야? 1등 못 한 거야?"

그 순간. 주눅이 들어 있던 박연이 살며시 손을 들었다.

"전하……."

"원조 뱃놈이 왜 이렇게 주눅이 들었어. 하고 싶은 말이 있
으면 그냥 해 버려. 난 선생이 아니고 박 이사도 학생이 아니
잖아. 과인이 호명할 때까지 손 들고 기다릴 필요 없다고."

박연이 얼른 손을 내렸다.

"김 이사는 지금까지 한 번도 1등을 놓쳐 본 적이 없사옵니다."

"뭐? 그게 정말이야?"

"틀림없는 사실이옵니다."

난 고개를 돌려 김석주에게 물었다.

"1등 했으면서 왜 안 한 것처럼 굴었어?"

김석주가 우쭐거렸다.

"그까짓 게 뭐라고 전하 앞에서 자랑하겠습니까."

"너도 참 꼬였다, 꼬였어. 그럼 1등 부상으로 받은 녹봉은
어떻게 했어? 기생집에 가서 계집질하는 데 쓴 건 아니겠지?"

"계집질하는 데 아깝게 돈을 왜 씁니까. 돈 안 써도 계집질
하는 덴 지장 없습니다. 오히려 여자들이 너무 달라붙어 골치
가 아플 지경이죠. 어제만 해도 김 참의네 과부를⋯⋯."

"네 밤마실 얘긴 듣기도 싫다. 조금만 들었는데도 귀가 썩
는 기분이야. 그래서 1등으로 받은 녹봉은 어떻게 했단 거야?"

"제기랄, 염병할, 육시랄 놈들에게 뿌렸죠."

"효과는 있었어?"

"세상에 돈 싫어하는 놈 보셨습니까?"

"못 봤지."

"제기랄, 염병할, 육시랄도 싫어하진 않더군요."

"아무튼 잘했다."

"전하께서 웬일로 소생의 칭찬을 다 하십니까?"

"급하면 뭔들 못 하겠냐. 독이라도 삼켜야지."

"흠흠."

"지금 바로 본사로 달려가서 너랑 친하고 실력 좋은 애들로 반마다 10명씩 차출해 같이 제물포로 가라. 너도, 그 애들도 물고기 밥이 되고 싶지 않으면 앞으로 한 달 동안, 미친 듯이 굴러야 할 거다. 한 달 후엔 선단이 출항해야 하니까."

"정말 시도하실 겁니까?"

"내가 피 같은 돈 들여서 헛짓하는 사람 같냐?"

"먼저 일어나겠사옵니다."

일어난 김석주는 큰절을 올리고 나서 바로 본사로 달려갔다.

말은 저렇게 해도 지금 가장 열의에 차 있는 건 김석주였다.

서유럽회사가 돛을 올리는 순간이었다.

57장. 감투 싫어?

난 고개를 돌려 박연을 보았다.

"이제부턴 박 이사도 학교 일 그만 보고 제물포 지사로 이동해."

"가서 어떻게 해야 하옵니까?"

"과인 대신에 전체적인 진행 상황을 확인하고 보고해. 잘 안되는 부분이 있으면 이사 자격으로 애들 좀 갈궈도 좋고."

"열, 열심히 하겠사옵니다."

"갈구는 걸?"

"보고를 열심히 하겠사옵니다."

"그래, 가 봐. 수고하고. 과인이 보고 싶어도 좀 참고."

"무슨 말씀이신지?"

"과인이 한 달쯤 후에 직접 제물포로 건너갈 거야."

"준비해 놓겠사옵니다."

박연을 돌려보내고 왕두석에게 물었다.

"장현이 집에 없다고?"

"사은사에 역관으로 따라갔다가 돌아오는 중이랍니다."

"언제 도착한대?"

"예정대로면 내일쯤 도착할 테지요."

"도착하는 대로 불러. 여독은 나중에 풀라고 하고."

"예, 전하."

장현은 아마 새벽 세 시에 일어났나 보다.

내가 네 시 반에 일어났는데 벌써 와서 기다린단다.

구린 게 많은 모양이군.

그렇다고 중요한 손님을 세워 둘 수야 없지.

"오늘 초조반은 뭐야?"

시중드는 궁녀가 공손히 대답했다.

"전복죽이라 들었사옵니다."

"그래? 맛있는 게 걸렸군. 수라간에 2인분으로 올리라고
전해."

"예, 마마."

잠시 후. 초조반으로 전복죽과 젓갈, 장아찌가 올라왔다.

시킨 대로 2인분이었다.

"상선."

"예, 마마."

"장현에게 들어오라고 하시오."

"알겠사옵니다."

곧 문이 열리고 풍채 좋은 중년 사내가 들어왔다.

저 사람이 장현이군.

얼굴에 여유가 넘치는 게 역시 부자는 다르다니까.

만면에 웃음을 띤 장현은 문 앞에서 바로 큰절부터 올렸다.

"소관 장현, 상감마마를 알현하옵니다."

"오, 잘 왔소. 어서 이리 와 앉으시오."

초조반을 차린 상을 힐끗 본 장현이 읍을 하였다.

"전하께서 초조반을 드시고 나서 뵙는 게 예의일 듯하옵니다."

"어허, 우리 사이에 그런 예를 따져 뭐 하겠소."

"그래도……."

"앉으라니까."

"그, 그럼 폐를 끼치겠사옵니다."

장현이 다가올 때.

난 재빨리 일어나서 비단 보료를 자리에 놔 주었다.

"여기 앉으시오."

"황, 황공하옵니다."

"어허, 우리 사이에 뭘 이 정도 갖고 그러시오."

장현이 앉길 기다리고 나서 내 자리로 돌아왔다.

"아직 아침 전일 텐데 같이 듭시다. 내 장 역관이 온다는 소
리를 듣고 일부러 전복죽을 해 달라고 했다오. 아침에 전복죽

한 그릇 딱 먹어 두면 점심때까지 배가 아주 든든하다오."

"성, 성은이 망극하옵니다."

"자자, 식기 전에 어서 듭시다."

내가 먼저 수저를 뜨니 그제야 장현도 죽을 한 숟갈 먹었다.

먹을 땐 개도 안 건드리는 법이지. 근데 이 속담이 맞나?

지금은 먹고 죽은 귀신 때깔도 곱다가 맞지 않나?

아무튼 일단 배불리 먹여 놓고 작업하자.

죽을 다 비우고 나서 상을 물리고 차를 마셨다.

"여독도 못 풀었을 텐데 이렇게 불러 미안하오."

"어찌 그런 말씀을 하시옵니까. 듣기 민망하옵니다."

"내 알아보니 장 역관이 심양에서 지금은 안 계신 백부와 우리 아버지를 6년이나 모셨다던데, 그럼 과인이 태어나는 것도 봤겠소?"

"그렇사옵니다. 소관이 몇 번 업어 드리기도 했지요."

"그러고 보니 팔장사하고도 친하겠구만."

"그렇사옵니다. 형, 아우 하는 사이지요."

"이번에 팔장사가 군으로 복귀했소. 아, 이제 막 도착했을 테니 아직 듣지 못했겠군그래."

"그렇사옵니다."

"어느 날 멍때리고 있다가 갑자기 심양에 있을 때, 아바마마와 나를 보필한 충신들을 내가 배척하고 있단 걸 알았지 뭐요."

"전하께선 배척하지 않으셨사옵니다."

"당사자가 그렇다는데 왜 장 역관이 부정하는 거요?"

"황, 황송하옵니다."

"팔장사도 복귀했으니 이제 장 역관도 큰물에서 놀아야 하지 않겠소? 뭐 재물이야 이미 곳간 넘칠 만큼 모으지 않았소?"

"선, 선대왕마마의 성은을 입은 덕분이지요."

"아마 따져 보면 장 역관이 나보다 부자일 거요."

"그, 그럴 리가 있겠사옵니까."

"아니, 진짜라니까. 내탕금은 명동에 땅 산다고 다 날리고 내수사는 호포제랑 바꿔 먹는 바람에 탈탈 털렸다오. 한마디로 개털이오, 개털. 장 역관과 비교하면 난 거지나 같소."

"소, 소관이 돌아가는 대로 왕실에 재물을 진상하겠사옵니다."

"어허, 그러니까 내가 꼭 갈취하는 것 같잖소?"

"아니옵니다. 성은에 보답하기 위해 바치는 것이옵니다."

그러니까 더 삥 뜯는 것 같잖아. 내친김에 좀 뜯어 볼까.

아니야, 삥은 나중에 뜯고 작업부터 마저 하자.

"재물은 됐고. 만난 김에 내 재미있는 이야기를 하나 해 주겠소."

"어떤 얘기를?"

"귀가 번쩍 뜨이고 눈이 쫑긋할 만큼 흥미로울 거요."

"비, 비유가 바뀐 것 같사옵니다."

"끝까지 들어 보면 왜 그런지 알게 될 거요."

"경, 경청하겠사옵니다."

"대대로 역관을 하며 부를 쌓은 집안이 있소. 그 집에 재물이 어찌나 많은지 조선에서 제일가는 부자란 말까지 들었소."

장현은 흠칫했으나 내 말을 끊진 않았다.

"부자가 된 역관은 이제 권력을 누리고 싶어졌소. 당연하지 않겠소? 권력을 손에 쥐면 훨씬 더 큰돈을 만질 수 있는데."

"……."

"해서 역관은 자기 딸을 궁녀로 들여보냈소. 혹시 아오? 딸년이 임금 눈에 들어 팔자를 고치게 될지. 거기다 딸이 회임해 아들이라도 낳아 보시오. 바로 후궁 직첩을 받게 되겠지."

"……."

"운때가 맞으면 그 후궁이 왕후가 될 수도 있고."

장현은 바닥에 쩧을 것처럼 머리를 조아렸다.

"소관은 결코 그런 의도로 딸을 궁녀로 보낸 게 아니옵니다!"

"얘기 안 끝났소. 또 내 얘길 끊으면 아주 혼쭐을 내 줄 거요."

"황, 황공하옵니다."

"한데 역관은 실패했소. 딸이 임금 눈에 못 든 거지. 역관은 반 포기 상태로 몇십 년을 보냈소. 그때, 친척 딸내미 하나가 아주 곱상하게 생긴 데다, 요염하기까지 해서 사내의 애간장을 녹이는 재주가 있음을 눈치챘소. 역관은 자신에게 두 번째 기회가 왔음을 직감했을 테지. 그는 곧장 돈과 인맥을 써서 그 딸내미를 궁녀로 들여보내고 기회를 엿보았소."

여기서부터가 장옥정의 기구한 인생 스토리지.

당신은 잘 듣고 화려하지만 썩은 동아줄을 잡을지, 아니면 겉은 좀 이상하게 생겼어도 튼튼한 동아줄을 잡을지 정하라고.

"역관이 수십 년에 걸쳐 세운 장대한 계획은 결국 성공했소.

그 친척 딸내미가 임금을 꾀어내는 데 성공한 거요. 더욱이 수단까지 좋아 아들을 슴풍 낳더니 왕후까지 되었소. 이것 참, 한 인간의 집념이 만든 기막힌 성공 얘기 아니오?"

"소, 소관은 잘 모르겠사옵니다."

"아, 물론 뒷이야기도 있소. 칼을 쥐면 휘둘러 보고 싶은 게 인간의 본능이오. 그 딸내미도 마찬가지였소. 친정 오빠를 동원해 권력을 쥐고 나서 왕후 자리를 지키려고 애를 썼소."

"……."

"하지만 화무십일홍이지 않겠소? 장 역관이 나보다 더 잘 알 테지만, 이 세상에 영원한 게 어디 있겠소. 더욱이 임금의 마음처럼 변덕이 심한 건 더더욱 없을 거요. 임금의 마음이 멀어지면 다 소용없단 소리지. 결국, 투기했다는 죄로 딸내미는 사약 먹고 죽고 딸내미 집안은 역적이 되어 윗전부터 말단 몸종까지 전부 사지가 찢겨 나가는 형벌을 받았소."

장현은 이제 식은땀마저 흘렸다.

난 그를 똑바로 바라보며 물었다.

"그렇다면 처음 그 꿈 많던 역관은 어찌 됐을 것 같소?"

"사, 사형당하거나 귀양을 가겠지요."

"바로 그렇소. 재물이 많든 적든 그게 무슨 소용이겠소. 잘하면 참수형이요, 잘못되면 참수되고 부관참시까지 당하는데."

"……."

"이제 귀가 번쩍 뜨이고 눈이 쫑긋해지지 않았소?"

"정, 정말 그렇사옵니다."

"눈치챘겠지만 앞부분은 몰라도 뒷부분은 미래를 얘기한 거요. 물론, 내가 점쟁이도 아닌데 미래를 어떻게 알겠소? 하지만 관상은 좀 볼 줄 알지. 못 믿겠으면 허적하고 이현일을 만나 보시오. 그 둘은 내 말이라면 이제 껌뻑 죽는다니까."

"시, 시간 나는 대로 만나 보겠사옵니다."

"내 장 역관의 관상을 보니 말년 운이 안 좋단 말이지."

"그, 그렇사옵니까?"

"우리 내기 하나 하는 게 어떻겠소?"

"어떤 내기를……."

"말년에 장 역관이 망하는지, 안 망하는지를 두고 내기하는 거요. 뭐 그땐 내가 없을지도 모르지만 뭐 어떻소? 하겠소?"

장현이 바닥에 바짝 엎드렸다.

"살, 살려 주시옵소서."

"아, 그냥 내기나 하자니까 그러네."

"제, 제발 살려 주시옵소서."

"그럼 내 제안대로 하시오. 다른 건 몰라도 말년은 편하게 보낼 수 있을 테니까."

"어, 어떤 제안이옵니까?"

"우선 역관 일은 그만두고 서유럽회사에서 일하시오."

동아줄을 기대했는데 썩은 줄이 내려온 모양이다.

아니, 이상한 줄인가?

장현의 얼굴이 기묘하게 비틀렸다.

그런 표정 짓지 마. 이미 외통수니까, 하하하.

내 생각에 장현이 무려 조정의 공식 문서에 국중제일거부, 그러니까 조선 제일의 거부란 말을 들은 이유는 두 가지다.

하난 효종이 뒤를 봐줬기 때문이다.

장현이 인삼을 허용 한도의 몇 배를 가져가 팔아먹을 수 있던 건 인삼을 실은 수레에 내수사란 표찰을 붙여 놓은 덕이다.

내수사 표찰이 붙은 수레를 누가 검사하겠나.

간을 생으로 씹어 먹은 놈이 아니고선 엄두도 못 낸다.

두 번짼 장현이 상재가 있어서다.

효종에게 총애받은 역관이 어디 한둘인가.

무려 8년 동안 역관을 옆에 끼고 살았는데.

근데 다 장현 정도로 부를 쌓진 못했다.

그건 그가 특출할 정도로 상재가 뛰어났기 때문이다.

그리고 그게 그를 고용하려는 이유다.

내가 비단이나 인삼에 대해 뭘 알겠나. 알 턱이 없지.

그럴 땐 배울 게 아니라, 전문가를 고용하는 게 낫다.

"마음은 정했소?"

"정, 정했사옵니다."

"잘했소."

"어떻게 정했는진 안 물어보시옵니까?"

"왜? 계속 역관하려고? 아니면 은퇴라도 하게?"

"서, 서유럽회사에서 일하겠사옵니다."

"거봐. 안 물어봐도 됐잖아."

"생각해 보니 그렇사옵니다."

쇠뿔도 단김에 빼랬다고 다른 용건도 슬슬 풀어 봐야겠다.

"두 번짼 투자 좀 하라는 거요."

"투, 투자를 말이옵니까?"

"왜? 내가 갈취하는 것 같아?"

"아, 아니옵니다."

"잘 아는 역관들 좀 꼬셔서 같이하면 더 좋고."

"동료들과 같이 투자하란 말씀이시옵니까?"

"사실 까놓고 말해서 조선에 역관만큼 은덩이 만지는 직업
도 없잖소. 다들 알부자겠지. 이자는 원금 상환할 때, 정확히
1할 붙여서 주겠소. 물론, 채무 계약서를 원한다면 써 주고."

"일단 그들의 의사를 타진해 본 다음에……."

"조선에 은행이 있는 것도 아닌데 곳간에 재물 쌓아 놓는다
고 그게 불어나겠소? 이참에 통 크게 투자해 돈을 벌어 보시오."

"사채로 빌려주면 그보다 훨씬……."

"자자, 돈 얘긴 이제 그만하고 일 얘기 합시다."

"알, 알겠사옵니다."

"일단 서유럽회사의 1차 교역국은 왜국이오. 왜국 애들이
환장하는 걸 팔고 우린 걔네가 가진 은을 최대한 많이 받아
와야 하오. 장 역관, 아니지 이젠 이사라고 불러 줘야겠구만."

"소, 소관이 이사란 말이옵니까?"

"왜? 감투 싫어?"

"그럴 리가 있겠사옵니까."

"그럴 줄 알았어. 암튼 장 이사가 비록 중국통이라 왜국 애

들 사정은 잘 모를 테지만 내 그쪽 사정을 아주 잘 아는 놈을
하나 붙여 줄 테니 그놈이랑 상의해 물건 좀 준비해 보시오."

"물, 물건 대금은 어떻게?"

"좀 전에 투자하란 말 기억하시오?"

"설, 설마 소관의 돈으로 물건값을……."

"역시 눈치 빠른 사람이랑은 대화가 잘 통한다니까."

장현은 눈 뜬 상태에서 내가 코 베어 간 듯한 표정을 지었다.

또 그런 표정을 짓네.

미련 가질 필요 없어.

이미 외통수니까.

근데 그 결정이 당신 가문을 살린 거라는 것만 알아 두라고.

58장. 게 아무도 없느냐

더 압박하면 책상으로 내 대가리를 찍을 것 같아 슬쩍 물었다.

"난 바빠서 이만 실례해야겠는데 할 말이 더 있소?"

장현이 세상 다 잃은 표정으로 고개를 푹 숙였다.

"없, 없사옵니다."

"좋소. 이만 돌아가서 내가 보낼 사람을 기다리시오. 이건 노파심에서 하는 소린데 지금 하는 말을 허투루 듣지 마시오."

"어, 어떤?"

"아마 오늘 내린 결정을 후회할 때가 있을 거요. 그럼 그때마다 당신 사촌인 장형네 집을 슬쩍 들여다보도록 하시오."

"장, 장형의 집을 왜?"

"장형의 집에 회를 쓰는 아들놈과 옥을 쓰는 계집아이가 있을 거요. 그럼 좀 전에 내가 한 재밌는 이야기가 뭔지 깨닫게 될 거요. 그리고 왕실과는 거리를 두시오. 괜히 인평대군 사가에 드나들다가 대신들에게 찍혀 욕먹지 말고. 알았소?"

좀 전까진 죽어 가던 장현이 그제야 정신이 번쩍 든 모양이다.

갑자기 큰절을 올리고 나서 서둘러 돌아갔다.

아마 나를 무슨 용한 무당쯤으로 안 모양이다.

내가 자기 사촌네 아들, 딸 이름까지 아는 게 이상한 거겠지.

역사에 관심 좀 있으면 다 알게 된다고 말하면 더 기겁하겠네.

21세기에선 드라마로 하도 우려먹어 5천만 국민이 다 안다고.

북한까지 알면 한 7천만은 되겠네.

하긴 이 정도면 천기누설 수준은 아니지.

눈앞에다 본인의 미래가 담긴 필름을 보여 준 거나 같으니까.

오전엔 상참을 제끼고 본사 화기 사업부를 찾았다.

방문 목적은 하나다.

이제 슬슬 거래를 트는 데 쓸 선물을 준비해야 했다.

"여봐라, 게 아무도 없느냐!"

"……."

"이것들이 빠져 가지고. 오너가 왔는데 아무도 안 내다본다고?"

내 목소리를 들은 박영준과 카시니가 버선발로 달려 나왔다.

비유가 아니라, 진짜 버선발로 달려 나왔다.

"아무리 급해도 신발은 신고 나와야지."

"황, 황송하옵니다."

"자자, 인사는 이쯤하고 물건부터 보자고."

"이쪽이옵니다."

난 박영준이 업무를 보는 너른 집무실로 들어갔다.

"희정당보다 더 좋네."

"황, 황공하옵니다."

"그냥 농담 삼아 한 말이야. 내가 한 소리 했다고 또 괜히 집무실 옮기고 그러지는 마. 아까운 생돈만 날리는 거니까."

"명, 명심하겠사옵니다."

곧 카시니가 비단 보자기에 싼 함을 바쳤다.

"이거야?"

"그렇사옵니다."

난 보자기를 풀어 함 외관부터 확인했다. 물건도 물건이지만 포장이 기깔나야 상대가 감동하는 법이다.

역시 포장부터 힘쓴 티가 팍팍 났다. 나전 칠기 기법으로 겉에 호랑이와 봉황, 용 등을 새겨 놓았다.

아무튼 있어 보이는 짐승과 신수는 죄다 새겼다.

그렇다고 난잡하냐?

전혀 난잡하지 않았다. 오히려 더 조화롭게 보였다.

이런 게 바로 장인의 노하우겠지.

엔간한 기술로는 댈 게 아니라고.

은으로 만든 자물쇠를 여니 황금빛이 터져 나왔다.

금빛의 정체는 바로 금박을 입힌 보라매였다.

난 금박 보라매를 집어 들고 찬찬히 살펴보았다.

"어후, 쩌는구만."

초조해하던 박영준의 얼굴이 봄날 눈 녹듯이 사르르 풀렸다.

"마음에 드시옵니까?"

"아주 마음에 들어. 잘했어."

"성은이 망극하옵니다."

박영준은 아직 모를 테지만 이건 뇌물이다.

뻣뻣한 놈을 흐물거리게 하는 데는 뇌물이 와따지, 흐흐.

물론, 걱정이 전혀 없진 않다.

"외국에서 이걸 뜯어보면 똑같이 복제할 수 있을까?"

박영준이 카시니와 귓속말을 나누고 나서 대답했다.

"할 수 있지만 오래 걸릴 것이옵니다."

"얼마나?"

"카시니는 2년을, 소관은 3년을 보고 있사옵니다."

"2년에서 3년이라. 생각보다 빠듯하네."

"참매를 계획보다 빨리 개발하는 건 어떻사옵니까?"

"그게 가능하겠어?"

"전하께서 주신 책 덕분에 기술 연구는 충분히 되었사옵니다."

"좋아, 당장 참매 연구를 시작하라고. 하지만 명심해. 참매
는 거쳐 가는 과정이야. 화기의 완성은 송골매가 할 거니까."

"한시도 잊지 않았사옵니다."

"한 자루는 희정당에 걸어 둬야겠네. 맘에 안 드는 놈 있으
면 대갈통에 확 쏴 버리게 말이야. 그럼 아무도 못 개기겠지."

박영준은 어찌할 바를 몰라 했다.

"아, 그, 저, 음……."

"하하하, 농담이야, 농담. 그냥 걸어만 둘 거야."

그제야 긴장을 푼 박영준이 얼른 대답했다.

"제일 화려한 녀석으로 진상하겠사옵니다."

"그래, 그래. 남은 놈들은 잘 포장해서 선포전 금고에 넣어
두고."

"바로 시행하겠사옵니다."

"두석아!"

"예, 전하."

바로 튀어나온 왕두석이 묵직한 은 보따리 세 개를 건넸다.

"하나씩 나눠 가져."

카시니가 얼른 은 보따리 하날 챙기며 물었다.

"그럼 남은 하나는 누구에게?"

"하, 욕심도 많다. 인마, 하나 챙겼으면 됐지 뭘 또 챙기려
고 그러냐. 달마다 녹봉에 보너스에, 거기다 지분까지 가지고
있는 놈이 그렇게 쫌생이처럼 굴어서야 부하들이 따르겠어?"

당황한 카시니가 얼른 손사래를 쳤다.

"제, 제가 받고 싶다곤 안 했습니다."

"남은 하나는 이번에 수고한 장인들에게 줘. 금박 입히고 세
공하느라 힘들었을 텐데 뭔가 가져가는 게 있어야지 않겠어?"

박영준이 카시니가 초를 치기 전에 얼른 대답했다.

"어명대로 하겠사옵니다."

"고생들 해라. 보라매 생산량은 좀 더 끌어올리고."

"예, 전하."

화기 사업부를 나와선 바로 옆에 있는 시계 사업부를 찾았다.

근데 문을 넘기도 전에 큰소리부터 들렸다.

"할배 오늘 초상 치른다!"

"이 똥물에 튀겨 죽일 양놈이 뚫린 입이라고 막 지껄여 쌌네!"

"나 화났다! 할배 오늘 꽃가마 탄다! 준비해라!"

"넌 그게 노인에게 할 소리여?"

"벌써 했다!"

"넌 집에 애비 애미도 없냐!"

"없다!"

"그래, 자랑이다, 이놈아!"

"그런 할배는 애비 애미 있냐?"

"이 나이에 있겠냐?"

"자랑이다!"

"그래, 오늘 너 죽고 나 죽자!"

"그로트 살고 할배 꽃가마 탄다!"

난 껄껄 웃으면서 들어갔다.

"하하, 역시 여긴 항상 활기가 넘쳐 좋다니까."

뒤따라오던 왕두석이 고개를 절레절레 저었다.

"저런 건 저잣거리 질 낮은 노름판에서나 듣는 말인데 저 화
란 장인은 어디서 저런 말만 주워들은 거지? 거참 신기하네."

홍귀남이 걱정하며 물었다.

"왕 선배님, 노름하세요?"

"엥? 내가 무슨 노름을 해, 인마. 그냥 그렇단 거지."

"휴, 다행이네요."

"인마, 장가가려고 먹을 거, 입을 거까지 아끼는 놈한테 그게 무슨 망발이냐. 너도 돈 허투루 쓰지 말고 악착같이 모아. 안 그러면 나처럼 이 나이 먹도록 총각 신세 못 면한다."

난 고개를 돌려 두 놈을 보았다.

"너희 둘, 장가 계획은 다 세웠냐?"

"황, 황공하옵니다."

"왕두석이."

"예, 전하……."

"너 노름 끊는 방법이 뭔지 아냐?"

"돈, 돈을 다 잃으면 못 하지 않사옵니까?"

"아니, 도끼로 손모가지를 끊어 놓는 거야. 그래야 다신 안 하지. 아, 한 손만 남겨 놓으면 그 손으로 또 할 테니까 끊을 때 덜 아프게 양쪽을 같이 잘라야 해. 그래야 효과가 좋아."

"아하하, 좋은 방법이옵니다. 노름엔 손모가지를 딱!"

"그래, 노름엔 손모가지를 딱!"

문을 열고 들어가니 환상적인 광경이 펼쳐졌다.

만대가 그로트 머리에 헤드락을 걸고 꿀밤을 때리는 중이었다.

그로트는 무슨 코브라 트위스트 같은 걸 시전하려는지 꿀밤을 맞아 가면서 만대의 팔과 허리를 이리저리 비틀어 댔다.

만대가 꿀밤을 때려 가며 약을 올렸다.

"어뗘? 대가리가 깨지겠지? 그러니까 빨리 항복혀."

그로트도 지지 않았다.

"할배, 허리 뿌라진다. 오늘 기어서 집에 간다."

주변엔 그들 말고도 시계 장인이 많았다.

100명 가까운 인원이 개인 부스 안에서 한창 작업 중이었다.

근데 놀라운 건 아무도 나와 보지도, 말리지도 않는단 점이었다. 마치 식후 땡을 하듯 자연스러운 분위기였다.

보다 못한 왕두석이 헛기침을 크게 했다.

그제야 날 발견한 만대와 그로트가 어색한 표정으로 떨어졌다.

"오, 오셨사옵니까?"

"안녕하세요……."

난 그로트를 툭 쳤다.

"너 인마, 여기선 우리말 못하는 척하다가 집에 가면 마누라랑 얼마 전에 낳았단 애기한텐 우리말 겁나 잘하는 거 아냐?"

"어, 어떻게 알았습니까?"

"네가 실제론 우리말 겁나 잘한다는 거?"

"내가 애기 낳은 거."

"니가 낳았냐? 니 마누라가 낳았지. 암튼 축하한다. 나 같아도 카시니랑 사느니 얼른 장가부터 갔을 거다. 이건 선물."

왕두석이 바로 준비해 온 아기 옷을 건넸다.

그로트가 아기 옷을 받고 팔을 부들부들 떨었다.

"이, 이건⋯⋯."

난 우쭐거리며 그로트 어깨를 툭 쳤다.

"왜? 내가 선물 준 게 그렇게 감동이야?"

"우리 애는 사내다."

"뭐?"

"이건 여자 아기 옷이다."

난 왕두석 머리를 후려쳤다.

"두 개 중에 하난데 넌 그걸 반대로 주고 자빠졌냐?"

"황, 황송하옵니다."

왕두석은 얼른 그로트 손에서 옷을 뺏고 다른 옷을 주었다.

여자 아기 옷이었다.

난 어색하게 웃으면서 만대에게 물었다.

"만대 영감은 얼마 전에 손녀를 보았다지?"

"그, 그렇사옵니다."

"이건 손녀 선물이야. 가져가서 입혀."

왕두석이 그로트에게 빼앗은 여자 아기 옷을 만대에게 건 넸다.

만대는 선물이 뭔지 진작 안 탓에 감동하는 표정이 아니었다.

"성은이 망극하옵니다."

난 왕두석 뒤통수를 갈겼다.

"너 땜에 김이 다 새 버렸잖아."

"소, 소관이 장가를 아직 안 가 봐서 아기 옷을 헷갈렸사옵 니다."

"헷갈려? 이참에 아예 내시부로 발령 내 줘?"

"살, 살려 주시옵소서."

난 무시하고 만대와 그로트를 집무실로 불렀다.

"그건 완성했어?"

바로 알아들은 만대가 금고에서 손바닥만 한 함을 가져왔다.

"여기 있사옵니다."

난 장갑을 끼고 나전 칠기로 만든 함을 열었다.

"오, 쥑이는구만."

함 안엔 손바닥만 한 회중시계가 들어 있었다.

물론, 평범한 회중시계는 아니었다.

케이스 전체에 금박을 입혀 엄청나게 번쩍였다.

"시계는 그래도 시간이 잘 맞는 게 먼저지."

팔짱을 끼고 지켜보던 그로트가 고개를 주억거렸다.

"당연하다."

"당연하다?"

"당연합니다."

"인마, 평소에 윗사람 모시는 연습 좀 하고 그래."

그로트 구박은 거기까지 하고 시계를 자세히 살폈다.

시침, 분침, 아라비아 숫자판 모두 세련되고 정교했다.

시간 역시 잘 맞는 것 같았다.

마지막으로 워치 체인, 즉 시곗줄을 확인했다.

회중시계 세계에선 이 워치 체인이 아주 중요하다.

회중시계는 말 그대로 포켓에 넣어 다니는 시계다.

근데 그렇게 하면 자기가 그 비싼 회중시계의 오너임을 다른 사람에게 알릴 방법이 없어 대신 워치 체인에 공을 들였다.

워치 체인은 밖에 나와 있어 눈에 잘 띄기 때문이다.

결국, 회중시계 구매 이유에 허세도 있단 뜻이다.

뭐, 고급 제품 중에 안 그런 게 어디 있겠냐만.

세상이 원래 다 그런 거지. 나야 돈만 잘 벌면 장땡이고.

"아주 좋아. 내가 주문한 대로 잘 나왔어."

만대는 뛸 듯이 기뻐했고 그로트는 갑자기 수염을 쓰다듬었다.

"야, 그냥 좋으면 웃어. 괜히 폼 잡지 말고."

"폼? 폼이 뭡니까?"

"그건 넘어가고. 이거 일반판도 계속 만드는 중이지?"

그로트가 쓸데없는 말을 내뱉기 전에 얼른 만대가 대답했다.

"그렇사옵니다."

"곧 불티나게 팔릴 거야. 재고 확보에 신경 써."

"그 점은 염려하지 않으셔도 될 것이옵니다."

"내가 준 모양대로 각인은 했어?"

"뒷면에 했사옵니다."

난 회중시계 뒤를 보았다.

시계 뒷면에 '만 & 그로트'라고 한글로 적혀 있었다.

흐흐, 역시 명품은 브랜드빨이지.

시계에 서유럽주식회사 시계 사업부라 적으면 무슨 듣도 보도 못한 공장에서 대량으로 생산한 양산품 같은 느낌이 난다.

근데 만 & 그로트라고 적는 순간 느낌이 달라진다.

흐흐, 독일 수제 제품 같은 느낌이 물씬 나지.

"잘했네."

"황공하옵니다."

"장인들 기술 수준을 계속 끌어올리고 신제품 개발도 소홀히 하지 말고. 그럼 둘 다 몇 년 안 가서 떼부자가 될 거야."

"명심하겠사옵니다."

이번엔 홍귀남이 은 보따리 세 개를 순대와 그로트에게 건넸다.

"하나씩 나눠 갖고 남은 건 고생한 장인들에게 나눠 줘."

"성은이 망극하옵니다."

"그래, 수고해."

난 시계 사업부를 나오면서 뒤를 돌아보았다.

왕두석과 홍귀남이 회중시계 10여 개를 나눠 들고 쫓아왔다.

"두 개는 대왕대비마마와 왕대비마마께 가져다 드려. 대왕대비마마껜 탄신 선물이라고 말하고, 왕대비마마껜 저번에 팔장사 일을 도와주셔서 드리는 거라고 꼭 전하고."

"알겠사옵니다."

"그리고 하나는 희정당 잘 보이는 곳에다가 걸어 놔. 희정당을 방문하는 사람들이 보고 다들 군침을 흘리도록 말이야."

왕두석이 급히 물었다.

"그럼 남은 건 선포전 금고에 보관하옵니까?"

"그래야지. 아, 그걸 말 안 할 뻔했네. 이상립 장군에게 앞으로 선포전에 얼씬대는 놈은 대가리를 다 깨 놓으라고 전해."

"그, 그렇게 전하겠사옵니다."

"너흰 먼저 돌아가서 내가 지시한 일 처리해."

홍귀남이 의아해하며 물었다.

"전하께선 같이 안 돌아가시옵니까?"

"난 의료 사업부에 들렀다가 갈 거야."

"그럼 먼저 가겠사옵니다."

둘을 돌려보낸 뒤 홀로 의료 사업부를 찾았다.

얼마 전, 백광현과 에보켄이 종두법 실험을 마쳤다고 알려왔다.

조선에서 천연두가 사라지기까지 얼마 안 남았다는 거다.

59장. 흠, 임상시험까지 마쳤단 소리군.

장현은 대궐 같은 집 안마당을 서성였다.

가끔 손톱까지 깨무는 걸 보면 많이 긴장한 모양이다.

잠시 후.

행랑아범이 젊은 사내 셋을 데려왔다.

"주인마님, 손님들을 모셔 왔습니다요."

"애썼다. 넌 가서 일 보거라."

"예, 마님."

장현이 찾아온 이들을 바라보며 물었다.

"누가 전하께서 보낸………?"

가운데 삐딱하게 서 있던 청년이 손을 살짝 들었다.

"내가 전하께서 보낸 권동숩니다."

장현은 재빨리 권동수란 청년을 훑었다.

꽤 번듯하게 잘생긴 청년이었다.

근데 최근에 코를 다친 적이 있는 모양이었다.

코뼈가 살짝 휘어진 게 흠이라면 흠이었다.

장현의 시선을 느낀 권동수가 히죽 웃었다.

그 순간. 권동수의 앞니 두 개가 사라지고 없는 게 보였다.

장현이 흠칫해 물었다.

"이는 어, 어쩌다가 그리 되었소?"

"저번에 도망치다가 잡혔을 때, 흠씬 두들겨 맞다 보니 빠지던데요. 또 도망치면 그땐 평생 죽만 먹게 해 준답니다, 흐흐."

"그, 그럼 양쪽에 계신 두, 두 분은?"

"아, 이분들이요. 제 이를 이렇게 만든 분들이죠, 하하."

권동수 말을 듣고 보니 확실히 범상치 않은 자들이었다.

장현도 호위 목적으로 싸움깨나 하는 종을 여럿 데리고 다니지만, 권동수를 따라온 무사처럼 눈빛이 강렬하진 못했다.

"어, 어쨌든 안으로 들어가 얘기합시다."

"좋죠. 도성 최고 부자가 어떻게 꾸며 놓고 사는지 궁금했는데."

그 말에 장현은 그저 쓴웃음을 지을 뿐이었다.

사랑채에 자리한 권동수가 안을 둘러보며 휘파람을 불었다.

"역시 최고 부자는 다르군요."

"그보다 왜인과는 주로 무엇으로 거래하는 편이오?"

"명주, 비단에 인삼 정도면 떡을 칠 겁니다."

"그나마 다행이군. 인삼과 명주는 내가 아는 거래처가 있고 비단도 얼마 전에 갔다 온 사은사를 통해 꽤 구해 뒀으니."

"도성 최고 부자께서 왜 이리 통이 작으실까."

장현이 발끈해 물었다.

"내 통이 작다고? 그게 무슨 뜻이오?"

"상감마마는 푼돈 벌려고 이런 짓을 하는 게 아니라 이겁니다."

"그, 그럼?"

권동수는 귓속말로 준비해야 하는 물량을 얘기했다.

장현은 그야말로 기겁해 소리쳤다.

"허, 헉! 그렇게 많이 준비해야 한단 말이오?"

"한 달 안에 물량을 맞추려면 용깨나 써야 할 겁니다, 흐흐."

몇 가지 상의하고 나서 권동수가 바로 일어섰다.

"그럼 다음에 또 뵙지요."

"벌써 일어나는 거요? 식사라도 하고 가지."

"하하, 전 그러고 싶은데 이분들이 싫어해서요."

그러면서 권동수가 옆에 있는 무사 둘을 눈짓으로 가리켰다.

장현도 더는 붙잡지 못했다.

"아, 그러면 어쩔 수 없지. 만나서 반가웠소."

"제가 더 고맙죠. 덕분에 오랜만에 콧바람을 쐤으니까, 하하."

그 순간.

왼쪽 무사가 대뜸 권동수를 붙잡고 밖으로 끌어냈다.

그사이, 오른쪽 무사는 장현에게 네모난 종이를 건넸다.

"받으시오."

"이, 이게 뭡니까?"

"읽어 보시오."

장현은 급히 종이에 적힌 문장을 읽었다.

"서유럽회사 무역 사업부 총괄이사 장현……."

"명함이오. 앞으로 가지고 다니시오. 그리고 명동 서유럽회사 본사에 사무실을 마련해 두었소. 내일부터 바로 출근하시오."

무사는 그 말만 남기고 바로 돌아갔다.

홀로 남은 장현도 멍때리고 있지만은 않았다.

물량을 마련하려면 지금부터 뭐가 빠지게 뛰어야 했다.

인삼이야 물량이 충분하다지만, 명주, 비단은 아니다.

사역원 역관을 집으로 전부 초대해 명주, 비단을 쓸어 담았다.

그래도 모자라 송상, 만상, 경강상인, 동래상인 등에 연통을 넣어 가지고 있는 물량 전부를 시세보다 비싸게 사들였다.

장현이 평소에 친분을 다져 둔 덕에 거절하는 상단은 없었다.

다만, 교통 때문에 물량 일부는 시간을 맞추지 못했다.

본사가 원한 물량의 3분의 2만 간신히 도착했으니 말이다.

물론, 그것도 장현이 아니었다면 불가능한 성과였다.

◆ ◈ ◆

난 도자기 병과 이상하게 생긴 침을 보며 물었다.

"그러니까 이게 종두법 시술 도구라 이거지?"

"그렇사옵니다, 전하."

백광현이 칭찬을 기다리는 어린아이 같은 표정으로 대답했고, 에보켄이 얼른 끼어들었다.

"책을 보고 똑같이 만들었사옵니다."

"나도 알아. 그 책을 내가 준 거잖아."

"그, 그렇지요."

"우선 몇 가지 물어보자."

백광현이 에보켄 앞을 슬쩍 막아서며 대꾸했다.

"뭐든 물어보시옵소서."

"우두는 어떻게 조달했어?"

"엄청나게 고생한 끝에……."

에보켄이 백광현 앞으로 쓱 나와 대답을 가로챘다.

"제주 마장에서 우두와 비슷한 증세를 보이는 말 세 마리를 찾아냈사옵니다. 당장 조사해 봤더니 그 말 세 마리 다 병자호란 때 청나라 놈들이 가져온 군마의 자손이었사옵니다."

백광현이 에보켄보다 반 발짝 더 나와 대답했다.

"군마는 소관이 전문이지 않사옵니까. 말 생김새만 딱 봐도 놈의 18대 조상까지 알아낼 수 있지요. 한데 그 말들은 여진족 말이 아니었사옵니다. 틀림없는 몽골 말이었사옵니다."

"몽골?"

"청나라와 몽골 다 오랑캐지 않사옵니까. 그러니 평소에 친하게 지내면서 자기네 말을 다른 오랑캐 말이랑 접을 붙여 봤겠지요. 제주의 병 걸린 말은 다 그런 말의 후손일 겁니다."

"흐음. 일리가 있구만."

후금이 가장 먼저 건드린 나라가 북원, 즉 몽골이다.

후금은 산해관 방면이 너무 빡센 탓에 계속 우회로를 찾았다.

때마침 북원 쪽 장성이 산해관보다 훨씬 약했다.

당연히 후금은 북원에 엄청난 공을 들였다.

사돈도 맺고 협박도 하고 가끔은 군대도 동원했다.

덕분에 몽골 부족 일부가 후금에 귀순하는 잭팟을 터트렸다.

물론, 그 우회로로 중원에 들어가 북경을 먹는 덴 실패했지만.

그런 걸 보면 백광현의 말이 터무니없진 않다.

아니, 오히려 정확한 추리에 가깝다.

사람도 섞는 마당에 무언들 못 섞으리.

그래도 의문이 다 가신 건 아니다.

"근데 몽골 말이 우두랑 무슨 상관이야? 아, 설마 바투?"

에보켄이 백광현보다 한발 빨리 대답했다.

"역시 전하의 식견은 훌륭하시옵니다. 몽골 놈들이 몇백 년
전에 유럽에 엄청나게 쳐들어가지 않았사옵니까? 그때 몽골
말과 유럽 말을 교배시키다가 병이 옮았던 것 같사옵니다."

백광현은 아예 에보켄의 입을 손으로 막고 대답했다.

"그때 옮긴 병이 후금, 병자호란을 거쳐 조선에까지 들어왔다
는 게 소관의……, 아니, 저희 두 사람의 공통 의견이옵니다."

난 코미디를 찍는 두 놈을 보며 물었다.

"근데 이건 뭔 짓거리냐?"

"……."

갑자기 할 말이 없는지 두 놈 다 입을 꾹 다물었다.

"내 앞에서 말 많이 하는 놈이 이기는 내기라도 했어?"

"그, 그건 아니옵니다."

그러면서 백광현이 슬쩍 에보켄을 노려보았다.

난 놀라서 에보켄을 보며 물었다.

"설마 에보켄 너, 백 어의 여동생 찬 거야?"

그 말에 에보켄은 죄지은 사람처럼 시선을 피했고.

백광현은 아예 산 채로 잡아먹을 듯이 에보켄을 노려보았다.

그냥 물어본 건데 진짜인 모양이네.

이거 잘못하다간 상해, 아니 살인사건 나겠는데.

갈등이 더 심해지기 전에 따로 떼어 놔야겠어.

"근데 왜 헤어졌어? 바람이라도 피웠어?"

에보켄이 의아해하며 물었다.

"바람을 피우다니요? 누가요? 설마 제가요?"

"그럼 왜 헤어졌어?"

"저희 안 헤어졌습니다."

"그럼 지금 이 개떡 같은 상황은 뭐야?"

"그게 그러니까……."

갑자기 에보켄이 입을 다물더니 머리만 긁어 댔다.

그 질문에 대답한 사람은 백광현이었다.

"일단 살림 차린 김에 얼른 혼례부터 올리라고 소인이 몇 번
이나 말했사옵니다. 소인의 집이 무슨 대갓집까진 아니어도

동네 사람들 보는 눈이 있지 않겠습니까? 한데 이놈이 연구하는 게 바쁘다며 매번 거절하더니 결국 우리 옥분이 배를 부르게 만들었지 뭡니까! 아이고, 동네 창피해 못 살겠습니다."

에보켄도 할 말이 있는 모양이다.

"그러니까 빨리 혼례부터 올리겠다는데 백 어의, 아니 처남이 허락은 안 해 주고 계속 자기가 혼례를 올리라고 할 때 혼인했으면 이런 일은 없었을 거 아니냐며 화만 내고 있습니다. 그래서 이러지도, 저러지도 못하고 옥분이 배만 더 불러오는 중입니다."

"그래서 둘이 치고받고 싸운 거야?"

그렇다는 듯 둘 다 말없이 고개만 주억거렸다.

"하, 난 또 뭐라고. 내가 나중에 주례 서 줄 테니까 그냥 애 낳고 결혼. 그리고 에보켄 너 인마, 조심 좀 하지 그랬냐. 결혼도 안 한 처녀를 임신부터 시키면 어떻게 하냐. 네덜란드에선 그래도 되는지 모르겠지만, 조선에선 인마 큰일 나. 아마 양반네 규수였으면 여러 사람 죽어 나갔을 거다."

"그건 네덜란드에서도 큰일……. 아닙니다."

"백 어의도 이제 화 풀어. 애가 있는데 갈라설 것도 아니고."

"어, 어명을 따르겠사옵니다."

내가 무슨 결혼 상담사도 아니고. 이 짓도 해 먹기 빡세네.

"다시 일로 돌아가자고."

그 말에 둘 다 다시 일 모드로 돌아왔다.

"그 병 걸린 제주 말을 어떻게 했다는 거야?"

백광현이 에보켄과 합의하에 먼저 대답했다.

"말에게 생긴 고름을 시험 삼아 암소 젖에 발랐더니 암소가 두창에 걸렸사옵니다. 처음엔 우연이라 생각했사옵니다. 우두가 사람에게 전염되긴 하지만 말에 생긴 두창이 소에게 전염된단 말은 못 들어 봤으니까요. 한데 몇 번 반복해도 같은 결과가 나와 안심하고 연구를 계속 진행했사옵니다."

백광현이 에보켄을 슬쩍 보았다.

여기부턴 에보켄보고 말하라는 뜻이다.

에보켄이 처남 쪽을 슬쩍 보고 나서 대답했다.

"전하께서 주신 책에 적힌 대로 소에 생긴 우두의 고름을 약으로 지어 사람에게 시험해 보려는데, 마침 강원도 쪽에 천연두가 퍼진 마을이 있어 급히 그쪽으로 달려갔사옵니다."

다시 백광현이 바통을 이어받았다.

"우선 환자의 병간호를 하는 가족을 설득해 환자와 그들의 가족에게 약을 주어 보았사옵니다. 그 결과, 환자의 병 진행 상태는 사람마다 차이가 있었지만, 병간호하던 가족은 천연두에 걸리지 않는단 사실을 수차례에 걸쳐 확인했사옵니다."

에보켄이 마지막으로 보충했다.

"그래도 사람 생명이 달린 일이라 신중해야 했사옵니다. 저와 처남은 고민하다가 형조의 도움을 받기로 했사옵니다. 다행히 영의정 대감과 연이 닿아 형조의 사형수 몇을 구할 수 있었사옵니다. 저흰 그 약을 사형수에게 접종하고 천연두가 퍼진 마을에서 일하게 했는데 사형수 모두 멀쩡했사옵니다."

흠, 임상 시험까지 마쳤단 소리군.

그럼 이젠 백신을 홍보하는 문제만 남은 건가?

사실 홍보도 문제다.

우선 백성이 약 효과에 의문을 가질 공산이 크다.

21세기에도 약을 불신하는 자들이 있는데 지금은 더하겠지.

더구나 그 약 자체도 문제가 된다.

멀쩡한 몸을 병에 걸리게 해서 다른 병을 예방하다니!

이 무슨 참신한 개소린가 싶을 거다.

아마 예방 접종하라고 하면 대부분 기겁할 테지.

문제는 거기서 끝나지 않는다.

아니, 어쩌면 이게 가장 큰 문제일지도 모른다.

바로 그 약이 병 걸린 소의 고름에서 나왔단 문제다.

인두법이 있긴 해도 인간과 짐승은 다른 법이니.

이럴 때 가장 효과가 빠른 방법은 고위층이 먼저 맞는 거다.

특히, 급이 엄청나게 높은 고위층이 맞아야 직빵이다.

현대로 따지면 대통령이고 여기선 임금이 되겠지.

그 말은 내가 저걸 첫 빠따로 맞아야 한단 거다.

종두법이 효과가 있단 걸 알면서도 망설여지는 게 사실이다.

더구나 저건 말에 걸린 두창을 소로 옮겨 와 만든 백신이다.

내가 알던 잉글랜드산 오리지널이 아니란 뜻이다.

잠깐 수명을 대폭 쓰는 한이 있더라도 도서관에서 백신 관련 책을 잔뜩 빌려 먼저 공부부터 해 볼까 하는 생각을 하였다.

아니야. 그건 너무 오래 걸리고 낭비도 심해.

지금은 백광현과 에보켄을 믿어 보자.

물론, 내가 첫 빠따로 맞을 순 없지.

난 둘에게 보너스를 잔뜩 안기고 희정당으로 돌아왔다.

"두석아, 귀남아."

"예, 전하."

이름을 부르는 내 표정이 심상치 않았나 보다.

두 놈이 대답은 하지만 선뜻 다가오진 않았다.

그래도 뭐 어쩌겠나.

내가 부르는데 지들이 안 오고 배겨?

이놈들은 젊고 건강하니까 회복도 빠를 거다.

물론, 그냥 하라고 하면 좀 그러니까 당근도 제시해야지.

난 슬쩍 운을 띄워 보았다.

"너희도 마마가 싫지?"

당황한 홍귀남이 얼른 손을 흔들었다.

"소, 소관은 전하를 싫어하지 않사옵니다."

엥, 이건 또 뭔 소리다냐?

심지어 옆에 있던 왕두석은 실실 쪼개기까지 했다.

"소관은 전하처럼 너그러우신 상전을 모실 수 있게 되어 얼마나 기쁜지 모르옵니다. 한데 그런 소관이 어찌 전하를 싫어할 수 있겠사옵니까. 그거는 천벌을 받아 마땅한 일이지요."

"아니, 나 말고 천연두 말이야."

"아, 천연두요. 그건 당연히 싫지요. 살아도 산 게 아닌데."

"너희는 잠깐 아픈 대가로 평생 천연두에 안 걸린다고 하면 시술받을 용의가 있냐? 나라면 잠깐 아프고 말 것 같은데."

왕두석이 침을 꿀꺽 삼켰다.

"용, 용의가 없으면 때리실 건가요?"

"할 거야? 말 거야?"

"정, 정말 조금 아프고 마는 거지요?"

"맞아."

"어디가 병신 되고 그러는 건 아니지요?"

"그렇다니까."

"전하께선 저희를 무척이나 아끼시지요?"

"다른 땐 모르겠는데 지금은 아낀다고 해야 너희 기분이 좋겠지. 아무튼 너희의 선택에 달린 문제다. 물론, 보상도 있고."

왕두석이 그 말을 왜 이제 하냔 얼굴로 물었다.

"어떤 보상이옵니까?"

"은 보따리 하나씩 주마. 장가 밑천으로 넘칠 거다."

"하, 하겠사옵니다."

"귀남이 넌?"

"하겠사옵니다. 물론, 은 때문에 하는 건 아니옵니다. 소관은 그저 전하의 대업에 보탬이 될 수만 있다면 어떤⋯⋯."

왕두석이 팔로 홍귀남을 슬쩍 건드렸다.

"그럼 넌 은 보따리 안 받을 거야?"

"주신다면 당연히 감사하게 받겠⋯⋯."

"생긴 거 따라간다더니 여우짓은 니가 다 한다, 야."

난 더 시끄러워지기 전에 손을 들어 조용히 시켰다.

"그래, 잘 결정했다. 오늘은 일찍 들어가서 푹 쉬어."

다음 날.

백광현과 에보켄이 도구를 가지고 희정당을 찾았다.

종두법은 접종보다 시술에 가까웠다.

1. 끝이 갈라진 침을 불에 달궈 약이 든 도자기 병에 넣는다.

2. 침을 어깨나 발에 몇 번 찌른다.

시술을 마친 후.

잔뜩 긴장해 있던 왕두석과 홍귀남이 오히려 당황했다.

그들은 무슨 팔이 잘리는 고통쯤을 예상한 모양이다.

도구를 챙기는 백광현에게 물었다.

"이제 과정이 어떻게 되지?"

"며칠 내로 침을 찌른 부위에 붉은 반점이 생기옵니다. 물론, 염려할 필요 전혀 없사옵니다. 자연스러운 과정이니까요."

다음 설명은 에보켄이 하였다.

"열흘쯤 지나면 붉은 반점이 부풀어 올라 안에 고름이 차는데, 역시 걱정할 이유가 전혀 없사옵니다. 흉터가 낫는 것처럼 곧 고름이 사라지면서 상처에 딱지가 앉을 것이옵니다."

난 고개를 돌려 왕두석과 홍귀남을 보았다.

"둘 다 들었지?"

"예, 전하."

"반점이나 고름이 생겨도 징징 짜지 말고 푹 쉬면서 기다려."

"예, 전하⋯⋯."

"그리고 이건 약속한 은 보따리다. 장가 밑천으로 써."

"예, 전하!"

그로부터 며칠 후.

왕두석이 등청하기 무섭게 달려와 울상을 지었다.

"전, 전하, 침에 찔린 부위에 반점이 생겼사옵니다."

"내가 징징거리지 말라고 했지?"

"그래도⋯⋯."

"넌 이제 등청하지 마라. 이것도 전염병인데 옮기면 안 되지."

"전, 전하, 소관을 정녕 이렇게 버리시는 것이옵니까?"

"농포가 없어지고 나서 딱지가 생기면 다시 등청해."

다시 보름이 지났을 때, 왕두석이 등청하자마자 접종한 부위를 들이밀었다.

"전하, 보시옵소서. 농포가 딱지가 되었사옵니다."

"순조롭네."

한 달 후. 등청한 왕두석이 기뻐하며 보고했다.

"딱지가 떨어져 나갔사옵니다."

"몸은 어떠냐?"

"평소랑 별다를 바 없사옵니다."

"그래, 다행이네. 귀남이는?"

"소관도 마찬가지이옵니다."

"그럼 날을 잡자."

왕두석이 큰 머리를 갸웃거리며 물었다.

"무슨 날을 말이옵니까?"

"과인도 맞아야지."

"전, 전하께서 직접요?"

"내가 맞아야 백성들도 안심하고 맞지."

"그럼 언제로 하시겠사옵니까?"

"제물포에 갔다 와서 할 테니까 삼정승부터 불러라."

"예, 전하."

"잠깐."

"명하실 일이 또 있으시옵니까?"

"이왕 부를 거 육조판서, 의정부 좌, 우찬성, 좌, 우참찬, 그리고 삼사 각 수장, 승정원 도승지, 한성판윤도 같이 불러라."

얼마 지나지 않아 희정당이 오랜만에 사람으로 바글거렸다.

더구나 전부 당상관 이상이란 걸 생각하면 더 대단했다.

말 그대로 조선을 움직이는 수뇌부가 집결한 셈이다.

그들은 내가 부른 이유를 두고 설왕설래하였다.

물론, 이유를 정확히 아는 자는 없었다.

그저 내가 또 무슨 사고를 치나 싶어 불안해할 뿐이다.

이젠 날 어리게만 보는 대신은 존재하지 않는다.

호포제와 군제 개혁으로 2연타를 맞으면서 시선 자체가 변했다.

병약한 햇병아리 왕에서 어디로 튈지 모르는 이상한 놈으로.

"정숙하시오."

장내를 정리한 이경석이 머리를 숙이고 나서 조용히 물었다.

115

"신들과 의논하실 일이 있으시옵니까?"

난 대신들 한 명, 한 명과 시선을 맞추었다.

누군가는 불편해하고 누군가는 무표정이었다.

다만, 송시열만은 다른 이들과 표정이 달랐다.

흥미로운 사람을 보는 듯한 눈빛으로 날 보았다.

괜히 신경 쓰이네. 뭐 대놓고 야리거나, 경멸하는 표정은 아니어서 다행이지만. 아무튼 시작해 보자고.

"당상관을 전부 소집한 이유는 오늘 일이 아주 중요하기 때문이오. 심지어 국가의 백년대계보다 더 중대할 수도 있소. 바로 백성의 목숨과 관련한 일이기 때문이오. 여기서 말하는 목숨이란 수백, 수천 명을 말하는 것이 아니오. 수만 명, 어쩌면 수십만의 목숨을 살릴 수도 있는 일이란 뜻이오."

우의정 원두표가 득달같이 물었다.

"대체 그게 무엇이온데 수십만의 목숨이 걸려 있단 말입니까?"

"지금부터 과인의 설명을 잘 들으시오. 생각보다 어려울지도 모르오. 이해가 안 되더라도 일단 끝까지 듣고 물어보시오."

난 한동안 종두법에 관해 자세히 설명했다.

물론, 출처는 속였다.

머릿속 도서관에서 책을 빌려 만들었다곤 할 수 없다.

내가 미래 사람이라 알고 있단 말은 더더욱 못 하고.

그냥 에보켄이 유럽에서 배워 온 거란 말로 둘러댔다.

종두법이 유럽에서 온 건 사실이니까.

다만, 본토보다 100년쯤 빠른 게 좀 다를 뿐이지.

내 설명이 끝났을 때. 대신들은 두 가지 반응을 보였다.

하나는 침묵이고, 다른 하나는 격렬한 반발이다.

대사간 김수홍이 눈에 핏대를 세웠다.

"어찌 병 걸린 짐승의 고름을 사람의 몸에 바른단 말이옵니까! 이런 계책을 제안한 화란 의원이란 놈을 당장 엄히 벌해야 하옵니다. 또한, 이런 괴소문이 궐이나 민간에 돌지 못하게 관련자들의 입단속을 철저히 해야 할 것이옵니다!"

"옛말에 개똥도 약에 쓰려니 없단 말이 있소. 사람의 생명을 구하는 데 개똥이면 어떻고 병 걸린 소의 고름이면 어떻소? 대사간은 약이 어디서 나왔냐에 집착하지 말고 그 약으로 얼마나 많은 생명을 구할 수 있는지를 상상해 보시구려."

그나마 대사헌 이상진은 좀 부드러웠다.

날 가르치려 드는 것 같아 기분이 좀 더럽긴 해도.

"전하, 사람과 짐승은 엄연히 다르옵니다. 간혹 짐승 중에 인두겁을 쓴 것처럼 똑똑한 놈이 있는가 하면, 사람 중에도 짐승보다 더 우둔한 자가 있는 것이 사실이옵니다. 하나 그렇다고 하여 사람과 짐승이 어찌 같을 수 있겠사옵니까?"

"그래서 대사헌이 하고 싶은 말이 뭐요?"

"우두에서 나온 고름이 두창을 예방하는 데 효과가 있더라도 그게 사람한테 통하지는 않을 거란 뜻이옵니다. 잘못된 정책으로 많은 인명을 해치기 전에 어명을 거두어 주시옵소서."

"하, 이럴까 봐 과인이 좀 전에 세 번이나 반복해 말하지 않았소? 의료 사업부에서 두 차례에 걸쳐 사람에게 시험해 봤다고. 그리고 약이 마마를 완벽히 예방했음을 확인했다고.
이미 사람에게 통한 전례가 있는 마당에 계속 사람과 짐승의
차이를 들어 안 된다고만 하면 그건 억지 아니오?"

대답은 이상진이 아니라, 대제학 유계가 하였다.

"두 차례 성공했단 말도 어폐가 있사옵니다."

"그렇게 생각하는 이유가 뭐요?"

"두 차례 성공했다고 해서 꼭 세 번째도 성공하란 법이 없
지 않사옵니까. 좀 더 연구해 본 후에 천천히 시행해도 될 법
한 정책을 이리 급하게 서두르시는 이유를 신은 도저히 이해
못 하겠사옵니다. 전하께서 방금 하신 말씀대로 사람의 목숨
이 걸린 일을 어찌 이리 가벼이 결정하려 하시옵니까?"

이건 맞는 말이다.

두 번 시도해 두 번 성공하면 100%다.

근데 세 번째 시도에 실패하면 확률이 66.6%로 떨어진다.

즉, 표본이 터무니없이 적단 얘기다.

근데 이건 표본이 적든 많든 상관없다고!

무슨 코로나 백신도 아니고 말이야.

인간이 없앤 거의 유일한 전염병이 천연두다.

종두법과 거기서 발전한 백신 덕분이다.

운에 기대는 게 아니라, 팩트에 기반해서 추진하는 거란 뜻
이다. 서두르는 이유도 당연히 성공을 확신하기 때문이고.

빨리 시행할수록 더 많이 살릴 수 있는데 왜 미적거리겠어.

근데 이걸 이들에게 어떻게 납득시킨다?

귀찮은데 스킬을 써서 해결해?

그 순간. 의외의 곳에서 지원 사격이 들어왔다.

"명나라에선 인두법을 한다고 들었사옵니다."

난 의아한 눈길로 방금 말한 이를 쳐다보았다.

바로 좌참찬 송시열이었다.

의도가 뭐지? 순수한 마음으로 도우려는 건가?

아니면 뭔가 다른 꿍꿍이가 있어서?

이유는 알 수 없지만 덕분에 활로가 생긴 건 분명하네.

"맞소. 명나라에선 인두법을 시행하고 있소. 물론, 인두법
에는 커다란 문제가 있소. 좌참찬 대감은 그게 뭔지 아시오?"

"몸이 약한 이가 인두법을 하면 십중팔구는 죽기 때문이옵
니다."

"그러하오. 인두법을 모르는 사람을 위해 잠시 설명하자면,
그건 천연두에 걸린 환자의 고름과 딱지를 멀쩡한 사람에게
묻히거나 상처에 발라 천연두를 예방하는 거친 예방법이오."

송시열이 장단을 맞추듯 말을 받았다.

"우리도 민간에선 수묘법이라 하여 환자의 고름을 말린 다
음에 물에 갈아 마시는 방법을 쓴다는 풍문을 들었사옵니다."

"인두법을 쓰면 멀쩡한 사람도 천연두를 앓을 수밖에 없
소. 물론, 병을 앓는 강도가 약한 덕에 운이 좋다면 살 수 있
지. 문제는 운이 나쁜 경우요. 운이 나쁘면 평생 안 걸리고 넘
어갈 수도 있는 천연두를 막겠다고 일부러 걸렸다가 죽는 거
요. 실제로 그렇게 해서 죽는 이가 생각보다 훨씬 많소."

송시열이 다시 물었다.

"종두법은 인두법과 달리 안전하단 말씀이시옵니까?"

"그렇소. 애초에 소의 두창은 사람에게 옮아도 농포가 약간 생기는 점 외에 부작용이 없소. 예방 효과도 더 탁월하고."

이조판서 송준길이 콧방귀를 뀌며 고개를 저었다.

"전하와 대소 신료가 전부 나서서 종두법이 인두법보다 훨씬 안전하다고 설파한들, 무지한 백성들이 그걸 알아듣겠사옵니까? 분명 백이면 백 다 거부감을 드러낼 것이옵니다. 그렇다고 강제로 시행하면 백성의 반발은 더 커지겠지요."

"이판의 말이 맞소. 과인도 그렇게 생각하오."

날 도울 기회를 엿보던 예판 김좌명이 당황해 물었다.

"그걸 아시는데도 종두법을 계속 추진하신다는 말씀이옵니까?"

"과인에게 이를 타개할 좋은 방법이 있소."

다른 대신들이 딴소리 못 하게 호판 이시방이 얼른 질문했다.

"무엇이옵니까?"

"과인이 가장 먼저 종두법 시술을 받는 거요."

이경석, 정태화, 조경 등이 일제히 소리쳤다.

"아니 되옵니다, 전하!"

"옥체를 보중하시옵소서!"

"어찌 전하께서 스스로 위험을 자초하려 하시옵니까!"

그래도 나 생각해 주는 건 노신들밖에 없구만.

"과인이 처음으로 맞겠다고 할 만큼 안전하기 때문이오.

물론, 과인 혼자 해선 효과가 크지 않을 거요. 과인이 속임수를 쓴다고 생각할 백성도 많을 거고. 해서 하는 제안인데, 당상관도 과인과 같이 종두법의 첫 시혜를 받아 보지 않겠소?"

희정당이 술렁거렸다.

이경석이 조용히 아뢰었다.

"전하, 신들이 상의할 시간을 주셔야겠사옵니다."

"그렇게 하시오."

이경석의 주도로 회의는 빈청에서 계속되었다.

근데 빈청에서 회의하고 있어야 하는 인물이 갑자기 찾아왔다.

예상대로 송시열이었다.

아까 행동도 그렇고 지금 찾아온 것도 그렇고 꿍꿍이가 있구만.

아무튼 무슨 얘길 하는지 들어나 보자고.

곧 송시열이 남의 눈을 피해 조용히 입실했다.

61장. 윤허하오.

송시열이 절도 있게 걸어와 정성스레 읍을 하였다.

"전하, 알현을 윤허해 주셔서 망극하옵니다."

"앉으시오. 차는 어떻게 드릴까?"

"괜찮사옵니다."

"빈청에서 한창 회의 중일 텐데 이렇게 나와도 괜찮은 거요?"

"설마 신이 없다고 회의가 멈추기야 하겠사옵니까?"

멈출지도 모르지.

서인은 양송, 특히 송시열의 의중을 알고 싶어 할 거다.

조금 전 송시열의 행동으로 인해 현재 의견이 분분할 테니.

근데 그 당사자가 없으니 혼란이 생길 수밖에.

"이렇게 찾아온 걸 보면 중요한 일일 듯한데 무엇이오?"

"종두법을 전 백성에게 시행하기 위해서는 상당한 재원이 필요하리라 보는데 그 비용을 마련할 방책은 있으시옵니까?"

"과인도 그 비용이 만만치 않을 거란 점은 충분히 인지하고 있소. 하여 천연두가 자주 창궐하는 고을부터 종두법을 시행하다가 재정에 여유가 있을 때 팔도로 확장할 계획이오."

송시열은 살짝 감탄한 표정이었다.

그는 내가 호포제처럼 막무가내일 줄 알았던 모양이다.

"그래도 비용이 적지 않을 터인데 그건 어떻게 감당할 요량이시옵니까? 설마 세곡으로 충당하실 생각은 아니시겠지요?"

"이미 의료 연구소에서 조정의 도움을 일절 받지 않고 10만 명이 접종할 분량을 만들어 놨소. 그 말은 종두법을 시행한다고 해서 재정적으로 큰 부담이 있지는 않을 거란 소리요."

"소는 농민이 가진 가장 큰 자산이옵니다. 의료 연구소에서 종두법에 쓸 약을 만들기 위해 소를 계속 사들인다면 분명 소값이 크게 올라 농사를 짓는 데 어려움이 따를 것이옵니다."

이게 본론이구만.

소 한 마리당 백신 하나 달랑 나오는 것도 아닌 상황에서 돈 얘길 하는 거 보면 뭔가 나와 딜을 하고 싶은가 본데.

"하고 싶은 말이 뭐요?"

"현재 조선은 대외적으로 안정기에 접어들었사옵니다. 군 규모를 약간 줄여 종두법에 사용할 재원을 마련하시옵소서."

응? 내가 지금 제대로 듣긴 한 건가?

아무리 북벌론이 짜고 친 가라라지만 군의 규모를 줄이라고? 이건 또 무슨 함정 카드냐?

일단 한껏 성난 연기부터 해 보자.

"우리 조선이 재조지은을 입은 명나라를 멸망케 한 오랑캐가 저 중원에 버젓이 두 눈 뜨고 살아 있는데 군 규모를 줄이라니! 좌참찬 대감 입에서 나왔다곤 믿기지 않는 소리구려."

"이미 저들과의 국력 차이가 어마어마한 상황에서 북벌론이 가당키나 하겠사옵니까? 지금은 상황을 냉정하게 따져 봐야 할 때이옵니다. 쓸데없는 지출을 줄여 종두법처럼 백성에게 실익이 가는 정책을 강단 있게 추진하시옵소서."

연기가 안 먹히면 뻗대 보는 수밖에.

"군 규모를 줄이는 일은 절대 불가하오!"

"그럼 종두법은 계속 추진하기 힘들 것이옵니다."

"서인 쪽에선 벌써 그렇게 하기로 결론 난 거요?"

"아직 나지 않았사옵니다. 하오나……."

"천하의 우암 선생이라면 그렇게 만들 수 있겠지."

"이를 타개할 방법이 전혀 없진 않사옵니다."

"무엇이오?"

"전하께서 백성을 사랑하는 마음이 이처럼 지극하시다면 아예 전하의 사비를 동원해 종두법을 추진하는 방법은 어떻사옵니까. 신이 풍문으로 듣기론 내수사를 정리해 만든 서유럽회사가 곧 출항을 앞뒀다고 하던데, 선단이 큰 이문을 남기면 종두법 정도야 충분히 추진할 수 있지 않겠사옵니까?"

하, 이미 다 꿰고 있었구만.

목적은 결국 서유럽회사를 조정으로 끌어들이는 거였나?

서유럽회사가 종두법을 책임지고 맡아 실행하면 그건 사기업이 아니라, 이미 어느 정도 종속된 공기업이 되는 거다.

즉, 서유럽회사가 조정의 자산이 될 수도 있단 뜻이다.

그렇게 하면 내수사도 없는 왕실은 갈수록 약해지겠지.

그리고 저들은 그 약해진 왕실을 갖고 놀려고 할 테고.

저 옛날 정도전을 위시한 신진사대부처럼 말이야.

정도전의 정치 철학은 크게 보면 하나다.

왕실에선 성군도, 명군도 나오지만, 그 반대도 있다.

즉, 때때로 폭군도, 암군도 나온다는 거다.

백 퍼센트 맞는 말이다. 명나라를 말아먹은 만력제, 천계제 콤비만 봐도 답이 나오지 않나.

그럼 정도전이 원한 이상적인 정치 체제가 뭐냐고?

명석한 재상이 군왕을 대신해 나라를 운영하는 거다.

바로 정도전 자신 같은 훌륭한 재상 말이다.

물론, 그 바람에 태종의 칼에 목이 뎅강 날아갔지만.

사실, 세상에 완벽한 정치 체제는 없다.

정도전 방식의 철인정치 역시 마찬가지다.

아니, 단점이 너무 많다.

"무슨 생각을 그리 깊이 하시옵니까?"

난 송시열의 말을 듣고서야 상념에서 빠져나왔다.

"정도전을 생각하고 있었소. 삼봉 정도전."

"지금의 조선을 만든 분이나 마찬가지지요."

"태조대왕이나 태종대왕은 한 게 없단 뜻이오?"

"말꼬리를 잡으시는 건 악취미이옵니다."

"삼봉 대감을 존경하시오?"

"탄복한다고 해서 꼭 존경까지 해야 하는 건 아닐 것이옵니다."

"과인은 그를 흥미로운 사람이라 생각하오. 특히, 경과는 아예 날을 잡아 삼봉에 대해 깊이 이야길 나눠 보고 싶기도 하오."

"어떤 주제로 말이옵니까?"

"불씨잡변이 현 학계에 미친 영향이라든지……."

송시열이 빙그레 웃었다.

"그것만으로도 며칠 밤은 새워야 할 것이옵니다."

"그뿐만이 아니오. 삼봉은 명석한 재상이 나라를 운영하는 게 이상적이라 했는데 현실과 너무 동떨어진 얘기 아니오?"

"그렇게 생각하시옵니까?"

"명석한 재상이 부패하지 말란 법도 없잖소? 오히려 권력을 한 손에 쥐고 있으니 더 부패할 공산이 크지 않겠소? 설마 경은 이 세상에 절대 부패하지 않으면서 왕을 충심으로 섬기고 백성을 진심으로 사랑하는 재상이 존재할 거라 보시오?"

"재상의 인사권이 확실히 군왕에게 있고 또한 재상을 견제할 기구, 이를테면 사간원이나 사헌부가 제 역할을 다한다면 전하께서 염려하시는 문제는 없을 거라 사료되옵니다."

"그래서 이상적이라는 거요. 과인이 재상이라면 그 사간원과 사헌부부터 내 사람을 앉혀 권력을 공고히 하는 데 사용할 거니까. 그런 상황에서 왕이 인사권을 쥐고 있는 게 뭔 소용이겠소? 왕의 말이 이미 먹히지 않는 상황일 텐데."

"그럼 전하께선 이러한 모순을 해결할 방법이 있으시옵니까?"

"완벽하진 않지만 딱 하나 있소. 백성이 재상을 견제하는 거요. 아, 이건 너무 나간 거 같소. 이제 다른 얘길 해 봅시다."

"하시옵소서."

"일단, 삼봉의 생각대로 명석한 재상이 운영하는 나라가 있다고 해 봅시다. 그럼 그 명석한 재상은 어떻게 찾아내야 하오?"

"천거나 과거 같은 시험을 통해 뽑을 수 있겠지요."

"천거를 받으려면 다른 이들도 알 만큼 학식이 있어야 할 거고 시험을 통과하려 해도 역시 어느 정도의 학식이 있어야 가능할 거요. 그렇다면 이러한 학식을 갖추기 위해 얼마나 공부해야 하오? 물론, 개인마다 차이는 있을 테지만 적게는 수년, 많게는 수십 년이 필요할 텐데 그게 가능하오?"

"그래서 공부하는 이들에게 특별한 혜택이 필요한 것이겠지요."

"그럼 그 혜택을 농부는 받을 수 있소? 저잣거리 상인이나, 군기시에서 열심히 무기를 만드는 장인도 받을 수가 있소?"

"현실적으론 어렵겠지요. 모든 백성이 과거를 보기 위해 공부한다면 나라, 아니 사회가 더는 지속될 수 없을 것이옵니다."

"현실적으로 어렵다면 농부와 상인과 장인은 절대 재상이 될 수 없겠군. 과인에겐 이게 무슨 말처럼 들리는지 아시오?"

"극단적인 신분제로 보이시겠지요."

"그렇소. 말로는 천인을 제외한 양인이 과거를 보고 양반이 될 수 있다고 하지만, 실제는 그렇지 않소. 지금은 아예 18대 조상 중에 벼슬한 이가 있으면 양반 행세를 하면서 농부와 상인과 장인을 마치 아랫사람처럼 부리고 있소. 본인은 벼슬한 자리도 하지 않았는데 말이오. 그게 무슨 뜻이겠소?"

"양반이 귀족이 되었단 말씀이시옵니까?"

"바로 그렇소. 삼봉 대감 시절의 신진사대부는 사회적으로 용인된 일종의 계급 같은 거였소. 한데 지금은 계급이 아니라 신분으로 변질했소. 이거야말로 조선의 가장 큰 병폐요."

"전하께선 신분제를 혁파하길 원하시옵니까?"

"그건 너무 나갔소. 과인은 그저 양반도 이제는 신분이 아니라 계급의 의미로 돌아가야 하지 않겠냐고 말했을 뿐이오."

송시열은 무슨 생각을 하는지 한동안 말이 없었다.

뭐 이번엔 나도 흥분해서 좀 오버하긴 했지.

그래도 아닌 건 아닌 거다.

"좀 전에 경이 한 제안에 답하겠소. 종두법 때문에 군을 줄이는 일은 절대 없소. 또한, 서유럽회사가 번 이득으로 종두법을 추진하지도 않을 거요. 물론, 이득이 충분하다면 서유럽회사는 세금을 낼 거요. 그 세금으로 나라가 종두법을 추진한다면 과인도, 서유럽회사도 전혀 상관하지 않을 거요."

송시열의 눈빛이 더 깊어졌다.

물론, 나도 여기에 함정을 팠다.

그가 눈치챘는지 아닌지는 아직 모르지만.

송시열이 한참 만에야 어렵게 입을 뗐다.

"그러실 필요 없사옵니다."

제길, 눈치챘나?

"그게 무슨 뜻이오? 그럴 필요 없다니."

"신이 처음에 군의 규모를 줄이자고 한 진정한 이유는 훈련도감이 전하의 사병으로 취급되어선 안 된단 뜻이었사옵니다."

뭐지? 이해가 안 가는데.

훈련도감이 내 사병이라고 한 건 이해가 간다.

실제로 그러니까.

그래서 병력을 줄이란 말이 더 이해 안 가는 거고. 병력이 준다고 훈련도감이 내 사병이 아니게 되는 것도 아닌데.

그 둘이 대체 무슨 관계가 있다고 이러는 거야?

"훈련도감이 과인의 사병이란 문제는 둘째 치고서라도 군의 규모를 줄이면 훈련도감이 과인의 사병이 아니게 된단 말이오?"

"그런 뜻은 아니옵니다."

"그럼 대체 어떤 뜻이오?"

"훈련도감 유지에 드는 군비가 조선의 백성이 피와 땀으로 마련한 호포에 기대고 있음을 부정하지 않으실 것이옵니다."

"부정하지 않겠소. 애초에 그러기 위해 호포제를 한 거니까."

"한데 그렇게 마련한 호포로 유지하는 훈련도감이 전하의 사병이 된다면 이는 호포제의 의의를 해치는 행위일 것이옵니다. 차라리 그럴 바에야 호포 일부를 전용해 종두법처럼 백성을 위한 정책에 쓰는 게 합당하다고 봤기 때문이옵니다."

어럽쇼? 함정은 내가 걸린 것 같은데.

그것도 빠져나가기가 정말 힘든 함정에.

대체 몇 번을 꼬아서 함정을 판 거지?

정말 혀를 내두르게 하는구만.

애초에 타깃은 종두법이 아니었어. 훈련도감이었지.

"호포제의 의의를 해치지 않으려면 훈련도감이 과인의 사병이 아님을 증명해야겠구려. 어떻게 하면 증명할 수 있겠소?"

"훈련도감 병력을 쪼개 복수의 군영으로 분리하시옵소서. 그리고 새로 설립한 군영의 지휘관은 의정부, 이조와 상의해 정하시옵소서. 그렇게 하면 남은 훈련도감이 전하의 사병이라 해도 호포제의 의의는 훼손되지 않을 것이옵니다."

아, 빡치네. 내가 몇 달을 개고생해 만든 군제 개혁인데 그걸 되돌리라고?

"불가하오!"

"그럼 신도 이만 물러가 보겠사옵니다."

"정말 이럴 거요?"

"전하께서는 신에게 타협의 여지를 전혀 보여 주시지 않았사옵니다. 한데 어찌 신에게는 여지가 있기를 바라시옵니까?"

이건 선전 포고다! 여소야대 정국에서 야당이 노발대발하며 뛰쳐나가겠단 거다.

이렇게 되면 사소한 법안조차 본회의에 상정 못 한다.

아니, 본회의가 뭐냐. 개별 소위나 상임위조차 통과 못 할 거다. 아예 열리지 않을 테니까.

타개할 방법은 두 가지다.

하나는 계엄령을 선포하는 거다.

다른 하나는 끝까지 타협해 보는 거다.

종두법 때문에 계엄령을 내릴 순 없다. 뒤에 더 큰 게 많이 남아 있으니까. 결국, 타협밖에 없다.

지고 들어가는 타협은 패배와 같다. 서유럽회사가 문제인 줄 알았더니 진짜 문제는 조정에 있었을 줄이야.

난 마침내 백기를 들었다.

"과인이 어떻게 해야 만족하겠소?"

"군제 개혁을 되돌리시옵소서."

"그렇게 할 수 없다면?"

"신을 끝까지 밀어붙이시는군요."

"정녕 다른 방법은 없겠소?"

"훈련도감에 정 1품 관직을 새로 만들고 그 자리를 비변사 당상 한 명이 겸임하게 해 훈련도감을 감독하게 하시옵소서."

결국, 최종 목적은 이거였구나.

막다른 골목에 밀린 상태라 어쩔 수 없다.

"윤허하오."

"종두법은 곧 시행될 것이옵니다."

승리한 송시열은 처음과 같은 표정으로 퇴실했고.

난 앉은뱅이책상을 집어 창문으로 던져 버렸다.

62장. 패배에서 배워라!

창문이 깨지는 소리가 들리기 무섭게 사람들이 뛰어 들어
왔다.

상선이 가장 빨랐고 그다음은 홍귀남이었다.

마지막은 왕두석이었는데 바지춤을 부여잡고 있었다.

"무, 무슨 일이옵니까?"

"넌 똥 싸다가 왔어?"

"소, 소피를 보다가……."

"가서 이완 장군하고 유혁연 장군을 불러와라! 당장!"

"예, 전하!"

왕두석과 홍귀남이 밖으로 뛰쳐나갔다.

그사이, 상선은 내관을 지휘해 주변을 수습했다.

어느 정도 수습을 마쳤을 때, 상선이 은근히 물었다.

"송시열 대감과 안 좋은 일이 있었사옵니까?"

"자꾸 내 껍데기까지 벗겨 먹으려 들어서 좀 빡쳤을 뿐이오."

"참으시옵소서."

"참으라고?"

"그렇사옵니다. 아직은 더 참으셔야 하옵니다."

"언제까지 참아야 하는 거요?"

"조정을 칼로 위협해 잠깐은 말 잘 듣는 개로 만들 순 있사옵니다. 하나 그 기간이 길면 개도 주인을 무는 법이옵니다."

"뜬구름 그만 잡고 알아듣게 말해 보시오."

"백성의 전폭적인 지지를 얻으시옵소서."

"백성의 지지?"

"그렇사옵니다. 백성의 지지를 한 몸에 받는 전하께서 하시는 일에 감히 누가 딴지를 걸겠사옵니까. 그땐 개가 주인을 몰라보면 확실히 버릇을 고쳐 놓으실 수 있을 것이옵니다."

"으음, 알겠소."

상선의 말을 듣고 보니 뭔가 눈앞의 안개가 걷히는 느낌이다.

이래서 짬이 중요하다니까. 광해군, 인조, 효종에 나까지 4대를 모신 경험은 어디 안 간다.

전쟁, 반정, 숱한 옥사를 거쳐 살아남은 영감 아닌가.

오히려 정치적인 면에선 나보다 상선이 훨씬 뛰어나다.

난 입실한 이완, 유혁연과 상의했다.

다행히 둘 다 큰 반발 없이 상황을 받아들였다.

아마 내가 화가 났단 말을 들은 모양이다.

다음 날. 어쨌든 송시열은 약속을 지켰다.

종두법은 서인이 압도적인 물량 공세를 퍼부어 통과시켰다.

이젠 나도 약속을 지켜야 했다.

우의정 원두표가 훈련도감 제조를 겸임하는 안을 승인했다.

제조는 도원수, 도제조를 도와 훈련도감을 감시하는 임무를 맡게 되는데 원두표의 성격상 깽판을 안 치면 더 이상했다.

따당!

서브 퀘스트 24
패배에서 배워라!
-피와 무기로 통치하는 독재자가 아닌 이상, 유저도 정쟁에서 항상 이길 수만은 없습니다. 오히려 패함으로써 얻는 이득도 있을 겁니다. 패배의 교훈을 밑거름으로 삼으십시오.
클리어 유무: 클리어
보상: 룰렛 1회 추첨권

말은 그럴싸하군.

패배의 교훈? 존나 빡친다는 거 하난 알겠네.

사실 이번 일은 누굴 탓할 일이 아니다.

다 내가 멋모르고 나대다가 처맞은 결과니까.

송시열은 아마 내가 대왕대비마마 탄신연에서 김수항 등을 호기롭게 갈구는 모습을 보고 같잖게 생각했음이 틀림없다.

그리고 내 자신감이 어디서 나오는지도 당연히 알았을 테지.

바로 훈련도감 말이다.

송시열은 칼을 갈다가 종두법이 언급되자 옳다 싶었을 거다.

호포제, 군제 개혁, 훈련도감과 종두법으로 날 멋지게 옭아
맸다. 괜히 붕당의 종주가 되는 게 아닌 모양이다.

어쨌든 이번엔 한 방 먹었지만, 다음번엔 내가 한 방 먹여
주지.

◆ ◈ ◆

난 이완, 유혁연의 솜씨를 믿고 외유를 서둘렀다.

두 사람의 실력이라면 원두표를 쌈 싸 먹을 수 있을 거다.

원두표야 혼자 섀도복싱이나 하게 되겠지.

지금은 그보다 제물포로 가는 일이 우선이다.

종두법 때문에 약속한 한 달을 이미 훌쩍 넘겼다.

그렇다고 양반처럼 꾸미고 나갈 순 없다.

일전에 있었던 후원 습격 사건으로 궐에 숨어든 첩자 놈들
을 다 제거했다고는 하지만 바퀴벌레가 왜 바퀴벌레겠는가.

안 뒤지니까 바퀴벌레지.

그렇다면 행적이 노출되었단 가정하에 움직이는 게 안전
하다.

곧 금군 300명을 동원한 초대형 어가 행렬이 꾸려졌다.

난 백광현이 마장에서 골라 온 군마를 타고 중앙에 자리했다.

전직 마의답게 길이 아주 잘 든 군마를 골라 왔다.

무슨 초고급 세단을 모는 느낌이네.

주위엔 금군 기병 수십 기가 만장 같은 깃발을 들고 호위했다.

이렇게 하면 깃발에 가려 저격이 힘들었다.

하려면 어디 산 중턱 가서 해야 하는데 활을 쏴도 안 된다. 거리가 너무 머니까. 총은 더더욱 안 되고.

잠깐만, 혹시 천자총통 같은 걸 쏘면 되지 않을까?

잡생각은 거기까지 하고 양옆을 돌아보았다.

말을 탄 왕두석과 홍귀남이 주변을 살피며 내 보조를 맞췄다.

그들의 등에는 가방처럼 커다란 궤짝이 있었다.

궤짝 안에 핵심 아이템이 있어 두 사람에게 지고 가게 했다.

다른 놈에게 맡겼다가 갖고 도망가 버리면 난감하다.

뒤에선 상선이 말을 타고 열심히 쫓아왔다.

상선은 나이 때문에 쓰러질까 봐 오지 말라고 했는데 곧 죽어도 따라가겠다고 고집을 부려 어쩔 수 없었다.

이럴 때 보면 참 애 같은 면이 있다니까.

아니면 한시도 떨어지기 싫을 만큼 날 너무 좋아하거나.

어가를 호종하는 관원, 내관, 궁녀까지 합치면 500명이 넘었다.

어가 행렬의 위세가 대단해 백성들은 감복했고.

이번 승리로 우쭐대던 자들은 경계의 눈길을 보냈다.

이경석이 이끄는 조정 대표단도 홍제원까지 배웅 나왔다.

왕을 배웅하고 마중하는 일이 뭐 중요할까 싶지만, 꼬투리 잡기엔 이보다 더 좋은 게 없어 병가 낸 자 빼곤 다 나왔다.

예전에 성혼이 이걸로 한 소리 들은 적 있었지 아마.

이이는 젊을 때 절에 잠깐 몸담은 걸로 까이고, 성혼은 선조가 근처를 지나가는 데도 안 나왔다고 대차게 까였다.

성리학은 참 남 꼬투리 잡기 좋은 학문이다.

"과인이 궐을 비운 동안에는 영상 대감이 정무를 처리하시오. 멀리 가는 건 아니니 급한 일이면 파발을 띄워도 상관없소."

이경석이 공손히 읍을 하였다.

"최선을 다하겠사옵니다, 전하."

"사실 까놓고 말하면 그동안 일은 영상이 다 했는데 과인이 이제 와 이런 말 하기도 부끄럽구려. 암튼 난 영상만 믿겠소."

그 말에 몇몇 대신들이 대놓고 고개를 끄덕였다.

그렇다고 고개를 끄덕일 건 뭐야.

내가 막 한 소리 하려는데.

이경석이 내가 탄 말의 엉덩이를 찰싹 쳤다.

"전하, 날이 곧 어두워지겠사옵니다. 서두르시옵소서."

"어, 날은 아직 밝은데."

"아무튼 서두르시옵소서."

이경석의 재촉에 어가는 속도를 더 높였다.

제물포로 가는 동안, 다행히 자객의 습격은 없었다.

하긴 병력을 이렇게 많이 달고 왔는데 습격할 리가 없겠지.

멀리서 보면 아주 줄줄이 비엔나가 따로 없다니까.

어가는 1박 2일 고생한 덕에 제물포 지사에 무사히 도착했다.

이 정도면 꽤 서두른 거다.

지금은 경인 고속도로가 없다.

옛 시인의 말마따나 물 건너 산 넘어 온 셈이다.

환영하는 팡파르는 없지만 수많은 사람이 마중 나와 있었다.

박연, 장현, 김석주, 일양, 최립, 조온잠, 고온내 등등. 조선소에 있는 순구와 호버트 부자도 차례로 모습을 드러냈다.

당연히 관과 군에서도 대빵이 나와 있었다. 내가 온다는 소식을 듣고도 가만있으면 제정신이 아닌 거겠지.

관에서는 도호부사가, 군에서는 별장이 출동했다.

거기에 어가 구경하겠다고 몰려온 어부와 그 가족들까지 전부 합치면 제물포 근방에 사는 전 백성이 다 모인 것 같다.

"상감마마를 알현하옵니다!"

도호부사가 선창하며 무릎을 꿇는 순간.

수천에 달하는 백성이 같이 무릎을 꿇으며 절을 올렸다.

"모두 일어나라!"

"예, 마마!"

"과인을 환영해 주어 아주 기쁘구나!"

"성은이 망극하옵니다!"

"이제 다들 돌아가 생업에 힘쓰거라!"

"예, 마마!"

구경꾼을 돌려보내고 나서 도호부사, 별장 등과 몇 마디 나눴다.

둘 다 내 눈에 띄려고 안달했지만 난 관심 없었다.

내 관심은 온통 제물포 지사에 가 있었다.

끈덕지게 들러붙는 자들을 억지로 떼어 내고 지사에 들렀다.

도성 백성들은 명동 본사를 명동 대궐이라 부른다.

내가 자주 들르기도 하지만 생긴 거 자체가 대궐과 닮아서다.

그런 면에서 제물포 지사는 제물포 요새로 불려야 마땅하다.

제물포는 작은 항구지만 한땐 왜구가 들락거리던 요충지였다.

그 바람에 주변에 성터가 꽤 많았다.

왜구가 수백 년을 약탈했으니 성터도 많을 수밖에.

난 그중 가장 쓸 만한 성터를 개조해 지사로 만들었다.

앞으로 제물포가 서유럽회사의 모항과 같은 역할을 해야 하기에 처음 지을 때부터 아낌없이 돈을 처발라 웅장하게 지은 것이다.

외국인이 인천공항에 감탄하는 거와 같은 효과를 노린 거다.

그 결과를 내 눈으로 직접 보는 건 오늘이 처음인데.

다행히 돈값은 제대로 했다. 성벽도 있고 옹성도 있고 성첩도 있으니 진짜 산성에 와 있는 것 같다.

어딜 봐도 웅장하고 화려했다. 한마디로 뽀대가 난달까?

돈 엄청 처바르길 잘했네.

곧 제물포 지사장이 나와 인사를 올렸다.

"오셨사옵니까?"

"그동안 우 지사장이 애 많이 썼어."

"황송하옵니다."

제물포 지사장은 내수사 전수이던 우윤학이었다.

그는 이를테면 실력을 인정받아 지사장으로 영전한 케이스다.

우윤학의 안내로 지사를 둘러보고 점심을 먹었다.

그리고는 곧장 항구로 이동했다.

사실 지사보단 여기가 엑기스지.

항구를 감시하는 망루에 올라 바다를 보는 순간.

내 입에서 절로 감탄이 터져 나왔다.

"오오오!"

제물포 앞바다에 100척이 넘는 범선이 떠 있었다.

조류에 밀려 나가지 말라고 서로 밧줄로 연결해 뒀는데 그 바람에 제물포 앞바다에 거대한 섬 하나가 떠 있는 느낌이다.

누가 불이라도 내면 아주 순식간에 조질 수 있겠는데.

가만, 조조도 적벽에서 이 지랄하다가 함대를 말아먹지 않았나?

어쨌든 장관은 장관이로다.

내수사로 만든 자금을 여기다 쏟아부었다.

그래도 돈이 모자라 장현까지 끌어들여야 했는데.

역시 돈지랄한 보람이 있다니까.

물론, 이 배들은 대양을 항해할 수 있는 진짜 범선은 아니다.

어선, 세곡선을 범선 비슷하게 개조한 쪽에 가깝다.

대양 항해가 가능한 초대형 범선을 100척 넘게 건조하려면 내수사가 아니라, 금광에서 노다지 정돈 찾아야 할 거다.

공중 시찰을 마치고 내려와 보니 사람들이 잔뜩 늘어서 있었다.

우윤학이 재빨리 설명했다.

"서유럽회사 무역 사업부에서 채용한 선원들입니다."

"아, 그렇군."

난 선원들을 쭉 둘러보았다.

대충 세어 봐도 최소 천은 훌쩍 넘었다.

"수군에서 차출한 300명이 이렇게 늘어난 건가?"

이번 질문엔 박연이 대답했다.

"그렇사옵니다, 전하. 초기부터 화란 선원에게 항해 교육을 받은 수군 출신 300명은 선장, 항해사, 조타수, 갑판장 등을 맡고 나머지는 한창 교육받는 중인 일반 선원들이옵니다."

"주로 인천도호부 백성들인가?"

"그렇사옵니다. 어부도 있고 물질 잘하는 농부도 있사옵니다."

"출신이 무슨 상관이야. 일만 잘하면 장땡이지."

"지당하신 말씀이옵니다."

난 우윤학을 불러 지시했다.

"제물포 지사에서 준비한 술과 고기로 술상을 차리시오."

"예, 마마!"

곧 부두 곳곳에 간이 술상이 차려졌다.

따로 자리랄 건 없었다.

판자 깔고 그 위에 술과 고기를 놓으면 끝이다.

그래도 인원이 워낙 많아 부두 전체가 술판으로 변했다.

난 술잔을 들고 탁자 위에 올라가 소리쳤다.

"모두 그간 고생 많았다!"

"황공하옵니다!"

"출항에 앞서 그동안 수고 많았단 의미로 과인이 오늘 크게 한턱 쏘겠다. 다들 코가 비뚤어질 때까지 먹고 마시거라!"

"성은이 망극하옵니다!"

"자, 다들 건배하자! 그리고 건배는 이렇게 하는 거다!"

외치고 나서 내가 시범을 보였다.

난 술을 비운 빈 잔을 머리 위에 가져가 뒤집었다.

"술을 한 방울이라도 남기는 놈은 과인이 직접 볼기를 치겠다!"

"와아아!"

선원들은 연신 건배를 외치며 술을 쭉쭉 들이켰다.

빈 잔은 당연히 머리 위에 가져가 뒤집었다.

다행히 술을 남긴 쪼잔한 뱃놈은 보이지 않았다.

그래 뱃놈은 이래야지.

집채 같은 파도가 덮쳐도 태연히 밥 먹는 친구들이니까.

난 흡족한 표정으로 선원들을 보았다.

무역 사업부는 두 축으로 이루어져 있다.

하나는 김석주 같은 교역 전문 인원이고.

다른 하나가 바로 실질적으로 항해를 책임지는 선원들이다.

선원들을 우대해 줘야 하는 이유다.

이들이 선상 반란이라도 일으키면 좆되니까.

결국, 투 트랙으로 나가야 한단 뜻이 된다.

김석주 등은 확실히 휘어잡아 딴짓 못 하게 하고.

선원들은 좀 느슨하게 풀어 줘 반란을 일으키지 않게 하고.

역시 세상에서 젤 어려운 게 사람 다루는 일이라더니 맞는 거 같다.

다행히 난 이런 방면에 재능이 있는 편이지, 후후.

난 술 석 잔을 스트레이트로 마시고 나서 우윤학을 불렀다.

"우 지사장은 가서 선원 쪽 대빵을 불러와."

"선, 선장들을 데려오란 명이시옵니까?"

왕두석이 당황한 우윤학을 위해 힌트를 슬쩍 주었다.

"선원 전체가 믿고 따르는 자가 한 명은 있을 거 아닙니까? 전하는 우 지사장에게 그런 사람을 데려오라 명하신 겁니다."

"아, 있지요. 그런 사람 있습니다!"

우윤학은 부리나케 달려가 수염이 반쯤 센 중노인을 데려 왔다. 중노인은 한쪽 무릎을 꿇는 군례를 취했다.

"소장 어용담, 상감마마께 처음 인사 올립니다!"

"소장? 수군 출신이야?"

"그렇사옵니다."

"그래도 지금은 군인이 아니잖아. 민간인은 민간인답게 행동해."

"황송하옵니다."

"어용담? 이름 참 특이하네. 어영담과는 무슨 관계야?"

"소생이 직계 후손이옵니다."

"오, 진짜 명장의 후손이었구만. 근데 이름이 너무 비슷한 거 아냐? 어영담 장군이 저승에서 화를 내면 어쩌려고 그래?"

"조상님처럼 장차 큰 인물이 되라고 조부가 직접 지어 준 이름이옵니다. 물론, 아직 조상님 실력에는 미치지 못합니다만."

"명장의 후예라. 더 잘됐네. 금일부로 어 선장을 선단장으로 임명하지. 앞으로 역사에 남을 선단을 만들어 봐. 나중에 어영담 장군처럼 자네 이름 석 자를 모르는 이가 없게 말이야."

"영, 영광이옵니다!"

"그래, 가서 선원들 좀 챙겨. 술 잘 못 먹는 선원한테는 술 적당히 주라고 하고. 곧 출항하는데 술병이 나서야 쓰겠어?"

"바로 가서 챙기겠사옵니다."

어용담이 술판으로 돌아가고 나서 나도 자리를 빠져나왔다.

원래 회식 땐 높은 놈이 알아서 빠져 줘야 하는 법이다.

눈치 없이 궁둥이 붙이고 앉아 있다간 욕만 처먹는다.

물론, 쉬러 들어간 건 아니다.

만나야 할 이가 아직 한 트럭이다.

쳇, 오늘 밤은 아무래도 잠자긴 틀린 모양이네.

뭐 어쩌겠나. 따지고 보면 이것도 다 내 업보인데.

스케줄에 따르면 순구, 호버트 부자와 첫 미팅이 잡혀 있었다.

범선 건조가 얼마나 됐는지 알아보려고 불렀다.

누구나 짜가보단 진짜를 갖고 싶어 하니까.

순구와 호버트 부자가 조심스레 들어와 절을 올렸다.

자리를 권하고 나서 물었다.

"다들 오랜만이다. 제물포에선 지낼 만하고?"

순구가 대표로 대답했다.

"사람이 좀 거칠어 그렇지, 아주 편하게 지내고 있사옵니다."

"뱃사람들이 좀 거칠긴 하지."

"그래도 인정은 많사옵니다."

"저번에 만대를 통해 아기 옷을 보냈는데 받았나?"

"받았사옵니다."

"꼴을 보니 내가 준 옷이라고 안 입고 모셔 뒀구만."

"아, 아니……. 예, 그렇사옵니다."

"그냥 입혀. 애가 크면 상의원에 말해 또 보내 줄게."

"황, 황송하옵니다."

난 고개를 돌려 호버트 부자를 보았다.

"두 사람도 잘 지냈어?"

이젠 호버트도 우리말을 꽤 했다.

"잘 지냈습니다. 한데 정말 범선을 만들면 우릴 보내 줄 겁
니까?"

"그렇다고 했잖아. 왜, 내가 뻥칠 것 같아?"

"아, 아닙니다."

난 고개를 돌려 순구에게 물었다.

"범선 건조는 어떻게 돼 가고 있어?"

내가 화났다고 오해한 순구가 조심스레 대답했다.

"현재 세 척을 동시에 건조 중이옵니다."

"진행 상황은?"

"용골을 포함한 주요 골격은 거의 완성했사옵니다."

"그럼 이제 뭐가 남은 거지?"

"돛과 닻, 선창 제작, 함포 설치, 마무리 공사를 해야 하옵니다."

"올해 안에 끝낼 수 있을까?"

순구가 호버트를 힐끗 보고 나서 대답했다.

"할 수 있사옵니다."

"대답이 아주 마음에 드는군. 이건 그간 고생해서 주는 거야."

내 눈짓을 본 왕두석이 은 보따리 두 개를 건넸다.

"하나는 순구와 호버트 부자가 반씩 나눠 가지고, 나머지 하나는 고생한 기술자와 인부에게 나눠 줘. 이럴 때 인심 좀 팍팍 써서 부하 직원들이 콧노래를 부르며 일하게 만들라고."

"성은이 망극하옵니다."

순구 일행이 돌아가고 나서 화란 선원 다섯이 들어왔다.

"이름들이 어떻게 되지?"

"소생은 얀 피터슨이옵니다, 전하."

"요하니스 람펜입니다……."

"안, 안토니 울, 울데릭입니다."

"산더 부스켓……."

"얀스 스펠트라고 합니다."

난 피식 웃었다.

"이름들이 다 어렵구만."

얀 피터슨이 어색한 표정으로 따라 웃었다.

"저희도 조선 사람 이름이 어렵사옵니다."

"얀 피터슨이라고 했지? 자네가 대표인가?"

"임시 대표지요."

"그래, 날 찾아온 용건이 뭐야? 다섯이서 덮쳐 날 인질로 잡고 조선에서 탈출하려고? 그런 거면 간 보지 말고 빨리해."

울데릭이란 이는 붉게 탄 얼굴이 시커메졌고.

스펠트와 람펜은 당황해 무릎 꿇을 준비부터 했다.

그나마 피터슨과 부스켓 둘은 표정에 변화가 없었다.

부스켓은 알아듣지 못해서고 피터슨은 농담인 걸 안 듯했다.

피터슨 쟤는 머리도 좋고 성격도 침착하네.

서유럽회사에 저런 인재가 필요한데 말이야.

근데 피터슨도 3년 반이 지나면 떠나겠지.

"농담이시지요?"

"하하, 맞아, 농담이야."

그제야 울데릭 등이 안심하고 가슴을 쓸어내렸다.

한 번 더 하면 울데릭 쟨 진짜 울겠는데.

미팅 일정이 남은 탓에 바로 본론으로 들어갔다.

"근데 무슨 일로 날 보자고 한 거야?"

역시 얀 피터슨이 대표로 대답했다.

"저희 다섯 명은 조선에 남고 싶사옵니다."

"응?"

"누구의 강요도 아니고 스스로 자진해 남기로 한 것이옵니다. 그리고 뭔가 나쁜 속셈이 있어 그런 건 더더욱 아니고요."

"요즘도 클라슨이나 카시니, 그로트, 에보켄 등과 연락하나?"

"가끔이긴 하지만 인편을 주고받고 있사옵니다."

"귀화가 가능하단 얘기야 그들에게 들었다고 쳐도, 이유가 뭐야? 설마 조선이 좋아서 귀화하겠다고 한 건 아닐 거 아냐?"

"이유는 각자 다르옵니다."

그러면서 피터슨이 울데릭과 스펠트를 가리켰다.

"이 두 친구는 제물포에서 가정을 꾸렸사옵니다. 고향에 가고 싶기는 하나 차마 가족을 버리고 갈 순 없다고 하는군요."

"그럼 남은 셋은?"

"람펜과 부스켓은 네덜란드 동인도회사보다 서유럽회사가 마음에 들어 남는다고 했습니다. 월급과 대우가 더 나아서요."

"그럼 얀 피터슨 자넨?"

"소생은 서유럽회사에서 희망을 보았사옵니다."

"희망?"

"그렇사옵니다. 전하께선 불과 1년 반 만에 엄청난 성과를 만들어 내셨사옵니다. 그렇다면 2년, 3년, 아니 10년쯤 지났을 때, 서유럽회사가 어떻게 변했을지 누가 알겠사옵니까?"

"쫄딱 망했을 수도 있지."

"물론 그럴 수도 있겠지요. 하지만 왠지 그러진 않을 것 같군요."

난 액티브 스킬에 중급 심문관을 넣고 다시 물었다.

"진심이야?"

"진심이옵니다."

중급 심문관 스킬은 통했다. 결과는? 포지티브, 즉 긍정이었다. 지금까지 한 말은 진심이라 이거지.

그래도 아직 모른다. 더 확인해 봐야 해.

"입으론 무슨 말인들 못 하겠어. 달콤한 말로 과인을 속여 놓고 실은 몰래 배 하나를 훔쳐 나가사키로 튀려는 거 아니야?"

"솔직히 말씀드려야 하옵니까?"

"솔직한 게 좋지."

"튀려고 했으면 벌써 튀었을 것이옵니다."

"기회는 있었지만 시도하진 않았다?"

"그렇사옵니다."

이번 대답도 진실로 나왔다.

중급 심문관이 날 멕이는 게 아니면 믿을 수 있다는 뜻이다.

"이번 출항의 1차 목표는 왜국인데 같이 갈 테야?"

"그건 전하께서 저휠 얼마나 믿으시는지에 달리지 않겠습니까?"

"그건 맞네. 무엇보다 내 의지가 중요하겠지."

난 잠시 생각하고 나서 고개를 끄덕였다.

"좋아. 이번 왜국행에 동참하도록 해."

"성은이 망극하옵니다."

피터슨 일행이 돌아가고 나서 김석주가 들어왔다.

오늘 일정은 김석주가 마지막이었다.

그를 마지막에 부른 이유는 은밀히 명할 게 있어서다.

눈이 반쯤 감긴 김석주가 목뒤를 문지르며 앉았다.

"생각보다 오래 기다렸사옵니다."

"오늘 도착해 여독도 못 풀고 일하는 난 어떨 것 같냐?"

"예, 예. 이번에도 소생이 또 실수한 것 같군요."

"다른 때였으면 네 신소리도 기쁘게 들어 주겠지만, 시간이 부족한 관계로 일 얘기부터 하자. 넌 이번에 출항해서 다른 건 몰라도 이 세 가지 목표는 반드시 달성하고 와야 한다."

"뭡니까?"

"하나는 이거다."

난 소매 속에 넣어 둔 얇은 책을 건넸다.

김석주는 말없이 책을 받아 첫 장을 열었다.

"채소 같은 겁니까?"

"그래, 채소이긴 하지. 첫 장에 있는 건 감자란 거다. 생긴 건 그림에 잘 나와 있고 청에선 마령서, 토두, 북감저 같은 이름으로 불린다. 명나라 때 들어왔으니 구하기 어렵진 않을 거다. 넌 이 감자의 씨감자를 최대한 많이 구해야 한다."

"하, 소생보고 그 먼 청나라까지 가서 이상한 뿌리 같은 걸 구해 오라고 하시는 겁니까? 감자를 싣느니 차라리 쌀을 더……."

"개소리 말고 내 말 계속 들어. 왜국에 가서도 씨감자를 최
대한 많이 확보해 가져와라. 거기선 자와이모, 혹은 쟈가이모
라 부를 거다. 다른 건 몰라도 감자는 많을수록 좋아."

김석주도 내 말투에 실린 광기 같은 걸 읽었나 보다.

두말 안 하고 책장을 계속 넘겼다.

"고구마, 옥수수, 고추, 배추, 무……."

채소 외에도 각종 과일나무에 이어 쌀, 보리, 밀 등도 있었다.

김석주가 이해가 안 간단 표정으로 물었다.

"일부는 뭔지 모르겠지만 배추, 무, 쌀, 보리도 가져와야 합니
까? 이건 조선에도 있는 건데 차라리 은이나 쌀을 싣는 게……."

"잔말 말고 가져오라면 가져와! 다 꼭 필요해서 그런 거니까!"

"어명이라면 소생은 따를 수밖에 없겠지요."

느물거리며 대답한 김석주가 책을 자기 옷소매에 구겨 넣
었다.

난 물잔을 집어 김석주 얼굴에 물을 뿌렸다.

김석주도 염 젬병은 아닌지 바로 고개를 틀어 피했다.

"아니, 이게 무슨 짓……."

김석주가 화나 가 뭐라 외치려는 순간.

난 재빨리 김석주의 귀를 잡아 그대로 책상에 머리를 박았다.

쿵! 머리통이 커서 그런가, 종처럼 울림이 좋은데.

김석주가 당황해 소리쳤다.

"왜, 왜 이러시옵니까?"

"너 내 말이 장난 같아?"

"그, 그럴 리가 있겠사옵니까?"

난 김석주의 머리를 책상에 짓이겼다.

"시발, 너도 눈치가 있을 거 아냐? 아니, 눈치 좋은 거 말곤 쓸모도 없는 새끼가 이런 중요한 때에 눈치가 없어 쓰겠어?"

"알겠습니다, 알겠습니다! 감자가 중요하단 거죠. 똑똑히 알아들었으니 일단 예학을 배우신 분답게 머리는 놓고 얘기를……."

"다른 것도 중요해!"

"예, 다른 것도 중요합니다! 접수했습니다!"

"나도 너랑 이딴 짓 하기 싫어. 근데 새벽에 이 피곤한 몸을 이끌고 너 같은 새끼랑 이런 미친 짓을 왜 하는 줄 알어?"

"……."

"다 살아 보자고 하는 거야, 이 새끼야. 너도 살고 나도 살고 우리 불쌍한 조선 백성들도 제발 굶어 뒤지지 말고 배불리 맘껏 먹으면서 평화롭게 살아 보자고 이 짓 하는 거라고!"

"알아들었사옵니다……."

"정말 알아들었어?"

"그렇사옵니다……."

난 놔주고 뒤로 물러섰다.

김석주는 혹이 난 머리를 문지르고 나서 자세를 고쳐 앉았다.

"하, 아파 뒤지는 줄 알았사옵니다. 생각보다 힘이 세십니다."

"넌 겁을 상실한 거냐? 아니면 넉살이 좋은 거냐?"

"두 번째는 무엇이옵니까?"

"왜국에선 은을, 청나라에선 쌀, 보리, 밀을 닥치는 대로 구해라."

"알겠습니다."

난 대답하는 김석주에게 두 번째 책을 건넸다.

"이건 왜국에 있는 대표적인 광산이 적힌 책이다. 할 수 있으면 이쪽 번이랑 어떻게든 안면을 터 정기적으로 왜은을 수급할 수 있게 만들어 봐. 그래야 정기적으로 수익이 나니까."

"그럼 세 번째는?"

난 밀봉한 편지 넉 통을 꺼냈다.

"이 중에 세 통은 청나라 삼번의 제후인 경계무 아들 경정충과 오삼계, 그리고 상가희의 맏아들인 상지신에게 각각 전하고 남은 한 통은 대만에 있는 정성공이나 그의 아들 정경에게 전해."

"이건……."

뭔가 심상치 않음을 느낀 듯 김석주의 수염이 사방으로 뻗쳤다. 난 모른 척하고 계속 말했다.

"반드시 본인에게 직접 네 손으로 전해야 한다. 빼앗길 위험에 처하면 태워 없애 버리든지, 아니면 먹어서 없애 버려. 안 그러면 너 하나 뒤지는 선에서 안 끝난다. 아마 조선에서 전쟁이 터져도 두 번은 터질 정도의 파급력이 있을 거다."

난 방수 실험을 마친 가죽 주머니도 건넸다.

"평소엔 거기 넣어 보관해. 그리고 겉봉에 이름이 쓰여 있어. 다른 사람에게 편지를 건네는 뻘짓은 절대 해선 안 된다."

"알, 알겠사옵니다."

김석주가 떨리는 손길로 편지와 주머니를 품에 챙겼다.

"그리고 이건 서찰을 전하는 것과 마찬가지로 아주 은밀하게 해야 하는 일이야. 왜냐 청국, 대만에 도착하면 그곳의 정치 상황을 최대한 자세히 알아내. 누가 권력을 잡고 있는지, 그리고 실세는 누구인지 같은 거 말이야. 혹시 권력을 두고 다툼 같은 게 일어나면 누가 우세한지도 꼭 알아보고."

"그렇게 해야 하는 이유가 있사옵니까?"

"지피지기면 백전불태라잖아. 많이 알수록 뒤통수를 덜 맞겠지."

"알겠사옵니다."

난 눈짓으로 문을 가리켜 열라는 신호를 보냈다.

히죽 웃은 김석주가 문을 확 열었다.

그 순간. 엿듣던 상선과 왕두석, 홍귀남이 방 안으로 쏟아져 들어왔다.

하, 내 그럴 줄 알았지. 하긴 종소리 같은 게 나는데 안 궁금하면 사람이 아니겠지.

"거기서 뭐 해?"

"하하, 전하의 어명을 기다리고 있었지요."

왕두석이 넉살 좋게 둘러댔고.

홍귀남은 열심히 고개를 주억거렸다.

상선은 그저 말없이 하회탈 같은 미소를 지을 뿐이었다.

개그 트리오야, 뭐야?

64장. 출항하라!

난 피식 웃고 말았다.

"마침 잘됐네. 가서 궤짝이나 가져와라."

"예, 전하."

잠시 후.

커다란 궤짝 두 개가 김석주 앞에 놓였다.

김석주가 궤짝을 두드리다가 고개를 들었다.

"무엇이옵니까?"

"성공을 보장하는 열쇠."

"예?"

"뇌물이라고."

"아, 뇌물이요."

"구슬려도 말을 안 들어 먹는 놈들은 이걸 가져다줘. 아마 보기만 해도 껌뻑 죽을 거다. 단, 이십 개밖에 안 되니까 신중하게 결정해서 뿌려. 안 그러면 괜히 헛돈만 쓴 게 된다."

"예."

"그리고 혹시 몰라 궤짝에 금괴도 열 개 넣어 놨다. 술 처먹는 데 쓰지 말고 비상 상황이 생기면 그걸로 일단 해결해."

"꼼꼼하시옵니다."

"그럴 수밖에. 여기에 조선의 운명이 달렸는데."

난 손을 불쑥 내밀었다.

김석주가 흠칫하며 뒤로 물러났다.

한 방 씨게 처맞더니 손만 내밀어도 움찔하는 모양새다.

김석주가 경계심이 담긴 목소리로 물었다.

"이건 무슨 뜻이옵니까?"

"내 손을 잡아."

"예?"

"얼른 잡아. 팔 떨어지겠어."

"아, 예."

"어서 건방지게! 두 손으로 잡아, 인마."

"아, 예."

"이제 흔들어. 됐어, 그만 흔들어."

"한데 이게 뭐 하는 겁니까?"

"악수란 거다. 잘 부탁한단 의미지. 내일 날씨가 좋으면 출항

157

할 거다. 돌아가서 푹 쉬든지, 술을 처먹든지 마음대로 해라."

"그럼 다시 뵙는 건 꽤 나중이 되겠군요."

"아마 그렇겠지."

김석주는 일어나서 의관을 정제하고 큰절을 올렸다.

"다시 뵐 때까지 부디 옥체 강녕하시옵소서."

"그래, 너도 강녕해라."

김석주가 나가고 나서 상선이 슬쩍 물었다.

"마마, 이제 불을 끄는 게 어떻겠사옵니까?"

"기름이 아까워서 나보고 빨리 자라는 거요?"

"그, 그럴 리가 있겠사옵니까. 다만, 어제오늘 무리하시지 않
았습니까? 또 건강을 해칠까 봐 염려되어 여쭤본 것이지요."

"상선이 자라면 자야지 뭐. 임금이라고 별수 있나."

난 이불에 누워 억지로 눈을 감았고.

상선은 그사이 조용히 불을 끄고 나갔다.

잠을 자려고 노력했지만, 온갖 잡념이 숙면을 방해했다.

더구나 잡념은 곧 닥칠 재앙으로 옮겨 가기 일쑤였다. 오
히려 잠을 청할수록 정신만 더 또렷해지는 이상한 상황이다.

아, 경신대기근은 이제 10년도 채 안 남았네.

그나마 을병대기근은 30년쯤 남아 아직 여유가 있고.

근데 뭐든 큰일이 벌어지기 전엔 징조 같은 게 있는 법이지.

일종의 맛보기 같은 거랄까.

본 게임 전에 하는 가벼운 연습 게임일 수도 있고.

아무튼 대기근도 마찬가지였다.

그 징조가 바로 1661년쯤에 있었던 극심한 흉년이다.

내가 이걸 어떻게 정확히 기억하냐고? 하멜이 하멜 표류기에 이때 제일 고생했다고 써 놓은 덕분이다.

몇 년 전, 하멜 일행은 동료 몇이 청나라 사신에게 허락 없이 접근한 죄로 벌을 받아 남해 수영 몇 곳에 분산 수용되었다.

당연히 대접 또한 전과 다를 수밖에 없었다.

굶는 날이 허다할 정도였다.

거기서 극심한 흉년까지 든 거다.

인심이 바로 박해져 이때 화란 선원이 많이 죽었다. 하멜이 탈출할 때 16명만 살아남은 것도 이때의 여파가 크다.

하멜 표류기대로라면 올해부터 극심한 흉년이 든다는 말인데. 내가 출항을 서두르는 이유도 그 때문이다.

아마 버프가 좀만 일찍 나왔어도 선단은 벌써 출발했을 거다.

이거 타이밍이 안 맞으면 제대로 끔찍하겠는데.

그나저나 나도 마냥 기다리고만 있을 일이 아니네.

선단이 돌아올 때를 대비해 미리 준비해 둬야지.

그럼 뭐부터 해야 하나? 답은 금방 나왔다.

역시 농업 사업부가 필요해.

농업이라. 흠, 우선 농업 쪽 전문가를 찾아서 사업부부터 갖춰 놔야겠어.

이럴 때 보면 역사는 암기란 말이 맞는 것도 같네.

바로 농사직설, 농가집성이 떠오르는 걸 보면 말이야.

운빨이 터진 건 농가집성이 마침 이 시기에 나왔단 거겠지.

농가집성 저자가 신, 신, 신 뭐였는데.

맞아, 신속! 신속 배달 농가집성이라고 외웠었지.

난 이불을 박차고 일어났다.

"상선!"

안 자고 있었는지 바로 상선이 들어와 불을 밝혔다.

"예, 마마."

"조정 신료 중에 신속이란 자가 있을 거요. 과인이 도성에 도착하는 대로 만나 볼 수 있게 그가 어디에 있든 잡아 오시오."

"알겠사옵니다."

"아, 그리고 이경석 대감에게 파발을 띄워 작년 가을에 과인이 특별히 당부한 일이 어떻게 되었는지 속히 알아보시오."

"그건 도성에 돌아가 직접 물어보셔도……."

"한시라도 빨리 알아야겠소."

"바로 파발을 띄우겠사옵니다."

난 나가려는 상선을 급히 붙잡았다.

"잠깐, 아직 안 끝났소."

"또 명하실 일이 있으시옵니까?"

"팔도 군 이상의 고을 관아에 연락해 그 고을에서 농사 제일 잘 짓는 농부를 선발해 도성으로 빨리 올려 보내라고 하시오."

"알겠사옵니다."

"착호장 강대산, 아니 용호군 대장 강대산도 바로 만나야겠소."

"준비해 놓겠사옵니다."

난 잠시 서서 빼먹은 지시가 있나 살폈다. 다행히 없었다.

"지금은 일단 그렇게만 조치해 두시오."

"서둘러 처리하겠사옵니다, 마마."

상선이 나가고 나서 다시 누웠다.

곧 동이 터 올 거라 1시간만이라도 자 두고 싶었다.

근데 자려고 할수록 마음만 더 급해졌다.

"젠장!"

하는 수 없이 다시 일어나 마르지 않는 샘을 수련했다.

덕분에 피곤이 좀 가시며 활기찬 기분으로 아침 해를 맞았다.

중요한 날에 보는 아침 해는 참 복잡했다.

희망차 보이기도 하고 불길해 보이기도 했다.

참, 별게 다 사람 심사를 뒤집어 놓는구만.

난 금군의 호위를 받으며 부두에 나가 보았다.

동이 튼 하늘은 아주 쾌청했다.

구름은 없고 갈매기만 몇 마리 날아다녔다.

"예정대로 출항할 수 있겠는데."

새벽 일찍 출근한 서유럽회사 직원들이 창고에 보관하던 명주실과 인삼, 비단 등을 날라 선단 범선에 차곡차곡 실었다.

난 보좌하기 위해 나온 박연에게 물었다.

"이번에 몇 척이 가기로 했어?"

"30척이옵니다."

"나머진 여기서 대기하고?"

"그렇사옵니다. 나머진 여기서 대기하다가 청과의 무역 통로가 개설되면 서둘러 출항해 화물을 싣고 올 계획이옵니다."

아침도 거르고 지켜보는 동안. 화물을 다 실은 선단은 배를 묶은 밧줄부터 풀었다. 이어 돛은 펴고 닻은 거두어들였다.

망원경을 가져와 좀 더 자세히 관찰했다.

선원들의 움직임이 아주 일사불란했다.

뭘 해야 하는지 몰라 허둥대는 자는 없었다.

"훈련이 잘돼 있군."

역시 보좌하러 나온 우윤학이 웃으면서 대꾸했다.

"화란 선원이 잘 가르치기도 했지만, 우리 선원들이 밤낮을 잊어 가며 열심히 배운 덕도 있사옵니다. 왠지 이번 항해는 시작부터 예감이 좋사옵니다. 분명 성공할 것이옵니다."

난 우윤학을 째려보았다.

"우 지사장은 운명을 시험해 보지 말란 말도 모르나?"

"처, 처음 들어 보는 말이옵니다."

"당장 제자리서 세 번 돌고 침을 세 번 뱉어. 그리고 나서 본인 뺨을 세 번 쳐. 그래야 달아나 버린 재수가 돌아온다고."

놀란 우윤학은 황급히 세 번 돌고 나서 침을 세 번 뱉었다.

마지막으로 자기 뺨을 세게 세 번 쳤다.

우윤학의 모습을 본 이들은 감히 입을 함부로 놀리지 못했다.

사실 운명을 시험해 보지 말란 말은 서양의 미신 같은 거다.

동양에선 잘 안 쓴다.

나도 자세히는 모르고. 그냥 너무 들뜨지 않았으면 해서 충동적으로 한 거다. 원래 설레발은 필패라고 하잖나.

설레발 떨다가 망한 임금으론 남고 싶지 않다.

선단이 모든 준비를 마쳤을 때. 어용담, 김석주, 최립, 일양, 조온잠, 고연내 등이 부두에 모였다.

물론, 피터슨 일행도 그 사이에 끼어 있었다.

난 그들과 눈을 맞추고 나서 조용히 당부했다.

"부담 주는 거창한 소린 하지 않으마. 대신에 다치지 말고 건강하게만 돌아와라. 그리고 선단으로 돌아가 과인이 항해에서 번 이득의 1할을 모든 선원에게 나누어 줄 거라 전하고. 그럼 사기는 알아서 올라갈 거다. 순풍을 타길 기원하마."

김석주가 대표로 선창했다.

"옥체 강녕하시옵소서!"

바로 부두와 선단에 있는 모든 이가 따라 외쳤다.

"옥체 강녕하시옵소서!"

"그래, 고생해라!"

작별을 고한 선원들은 범선에 탑승해 출항 신호를 기다렸다.

난 그사이 망루에 올라가 옆을 내려다보았다.

수천이 넘는 백성이 선단을 지켜보고 있었다.

노인들은 잘 안 보이는 눈으로 선단에 있는 누군가를 찾았다.

아마 아들이나 손자가 배에 탔겠지.

아이를 동반한 아낙네도 많았다.

그들은 우는 아이를 달래며 남편 쪽으로 손을 흔들었다.

거리가 멀어 남편이 볼 리가 없는데도 손을 멈추지 않았다.

해송 뒤에 숨은 댕기 머리 젊은 처자 수십 명은 연인이 배에 탔는지 옷고름이나, 소매로 눈물과 콧물을 닦느라 바빴다.

철없는 소년 몇은 나무에 까마귀처럼 둘러앉아 떠들어 댔다.

"흠, 선원의 가족인 모양이군."

우윤학이 내 시선을 쫓더니 작게 한숨을 내쉬었다.

"그렇사옵니다. 다들 새벽부터 나와 있었지요."

난 다시 시선을 앞으로 향했다.

이제 버프를 쓸 차례였다.

먼저 신문왕의 만파식적을 펼쳤다.

신문왕의 만파식적! (SSS)

광역 범위 내에서 각종 재해로부터 재산과 인명을 보호합니다.

※SSS급 특성에 따라 재해를 맞닥뜨리는 순간 자동으로 버프 발동

버프 기준: 반경 1킬로미터

광역 범위: 반경 10킬로미터

지속 시간: 10일

반경 1킬로미터면 범선 100척을 다닥다닥 붙여 놓았을 시, 버프 기준에 모두 넣을 수 있다.

거기다 버프 발동 후에 지속 시간이 10일이라 기간도 충분하다. 10일이면 아무리 큰 재해를 만나도 달아날 수 있을 테니까.

재해를 딱 한 번만 막을 수 있다는 게 좀 아쉬울 뿐이지, 다

른 건 아주 훌륭하다.

바다를 관장하는 신이 용왕인지 포세이돈인진 난 잘 모른다.

어쨌든 만파식적 덕분에 재해로 손해 보는 일은 없을 거다.

이어 이순신의 해전 버프를 전개했다.

이순신의 해전! (SSS)

승리할 수 없는 전력 차가 아닌 이상, 광역 범위 내에서 발생한 해전에서 승리할 가능성이 커집니다.

※SSS급 특성에 따라 해전에 돌입하는 순간 자동으로 버프 발동

버프 기준: 반경 1킬로미터

광역 범위: 반경 10킬로미터

지속 시간: 12시간

이 버프도 기준이 반경 1킬로미터라 범선 100척에 전부 버프를 거는 데 성공했다.

가운데 위치한 기함을 중심으로 버프를 걸면 주위에 있는 100척이 전부 자동으로 버프가 걸린다.

그리고 광역 범위가 10킬로미터란 뜻은 저 100척이 어느 바다에서 해전을 벌이든 적이 10킬로미터 안에만 있으면 이길 가능성이 높아진단 뜻이고, 지속 시간도 열두 시간이면 충분하다.

원래 해전이 환경 여건상 좀 오래 걸리긴 하지만, 그래도 열두 시간 안엔 대부분 결과가 날 테니까.

만파식적처럼 확실하게 상대를 극복할 수 있다고 쓰여 있진 않지만 무려 이순신 장군의 버프다.

아마 원균이 지휘해도 이길 거다.

어쨌든 전 충무공만 믿겠습니다.

해적이든, 해군이든 다 박살 내 버리십쇼!

원래는 이 두 버프만 쓰려고 했었다.

근데 어영담의 후손이라는 어용담을 만나고 퍼뜩 깨달았다.

물속에 숨은 암초는 재해가 아니란 사실을.

17세기 대항해시대엔 세 가지 위험이 항상 존재한다.

하나는 태풍, 허리케인, 낙뢰, 쓰나미 같은 기상재해고.

두 번째는 풍토병, 전염병, 괴혈병과 같은 질병이다.

그리고 세 번째가 바로 바다의 지뢰, 암초다.

어찌 보면 당연한 얘기다.

현대처럼 정밀한 해도가 없을 때니까.

더구나 돛이란 게 그렇게 정교한 동력도 아니고.

물길을 처음부터 잘못 들어 암초와 충돌하든, 아니면 조류에 밀려 암초와 충돌하든 상관없이 충돌하는 순간 좌초다.

어영담의 후손을 보고 암초를 떠올린 이유가 있다.

어영담은 남해의 물길에 통달한 걸로 명성이 높았다.

이순신 장군도 그래서 어영담에게 많이 의지했다고 들었다.

처음엔 도서관에서 해저 지도를 구할 생각이었다.

해저 지도는 암초의 위치를 자세히 기록해 두니까.

근데 생각해 보니 문제가 있었다.

해저 지도 대부분이 20세기에 측량한 결과로 만든 지도였다.

지진 같은 자연재해와 인공적인 간척 등으로 인해 20세기에 측량한 해저 지형과 17세기 해저 지형이 같을 리 없었다.

고민하다가 버프 쪽을 뒤졌다.

그 순간. 난 곧장 내 머리를 한 대 쥐어박았다.

아예 '어영담의 물길'이란 버프가 대놓고 있던 탓이다.

제길, 처음부터 버프를 파 볼걸.

어영담의 물길! (A)

버프를 건 함대나, 선단이 암초를 피해 안전하게 항해하게 도와줍니다.

버프 기준: 300미터

광역 범위: 3킬로미터

지속 시간: 360일

대가는 수명 300일로 얼마 안 한다.

바로 세 개를 연달아 질러 선단 전체에 도배했다.

모든 버프를 발동하고 나서 선단을 내려다보았다.

저기에 내수사를 처리해 만든 자산과 버프로 쓴 내 수명 2,900일이 들어가 있다. 수백 명의 목숨이야 두말할 것도 없고.

제발 잘돼라! 아니면 정말 좆된다.

난 망루 난간을 두드리면서 잠시 고민했다.

망루에 올라온 모든 사람이 내 입만 쳐다보았다.

숨을 길게 들이마시고 나서 배에 힘을 주고 명령했다.

"출항하라!"

"출항하라!"

"출항하라!"

내가 내린 지시가 연달아 이어지다가 어느 순간.

뿌우우우우!

나팔고둥 소리로 변해 제물포항을 뒤덮었다.

"와아아아!"

선원들의 거친 함성을 배경 음악 삼아 마침내 선단이 출항
했다.

이젠 정말 되돌릴 수도 없다.

가서 청이든, 왜든 다 씹어 먹어 버려라!

난 하품을 참느라 애쓰는 왕두석이 꼴 보기 싫었다.

누군 똥줄이 타다 못해 빠지는구만 이놈은 왜 이렇게 태평해!

이럴 땐 갈구는 게 정답이지.

"입 찢어지겠다."

하품하다가 급히 멈춘 왕두석이 머쓱하게 웃었다.

"하하, 입이 찢어지면 큰일이지요."

"할 거 없으면 무사히 돌아오게 해 달라고 기도라도 해."

왕두석은 눈을 감고 몇 마디 중얼거리고 나서 헤벌쭉 웃었다.

"기도 다 했사옵니다, 헤헤."

"인마, 진심을 담아서 해. 그래야 기도빨이 먹히지."

"알, 알겠사옵니다."

왕두석은 눈을 감고 다시 기도했고.

그 모습을 옆에서 지켜본 홍귀남, 우윤학, 박연, 장현 등은 내가 갈구기 전에 서둘러 눈을 감고 열심히 기도를 올렸다.

장현은 불자인 듯 나지막이 불호까지 외웠다.

하긴 장현도 저 선단에 재산을 많이 태웠지.

선단이 방파제 사이로 나가는 모습을 보며 망루를 내려갔다.

"돌아가자, 도성으로."

"예, 전하!"

도성으로 출발하기 직전.

아스라이 보이는 선단의 꼬리를 힐끗 보았다.

믿는다, 김석주!

자신에게 최면 걸듯 속으로 외치고 기수를 도성으로 돌렸다.

따당!

서브 퀘스트 25

외국과 교역하라!

-무역 개방 정책엔 장점도 많지만, 단점도 만만치 않습니다. 그렇다고 그게 두려워 외국 문물을 무조건 배척하면 갈수록 시대의 흐름에 뒤처질 뿐입니다. 외국과 교역하여 취할 건 취하고 버릴 건 버리는 냉정한 취사선택이 필요합니다.

클리어 유무: 클리어

보상: 룰렛 1회 추첨권

맞는 얘기네. 말아먹다가 쇄국으로 더 말아먹은 우리에겐 맞는 컨설팅이지.

제물포를 10리쯤 벗어났을 때.

앞쪽에서 먼지가 짙게 피어올랐다.

금군 좌별장 김준익이 바로 칼을 뽑아 들었다.

"군마다! 호위 대형으로!"

"예!"

곧 금군 300명이 몇 겹의 인간 방패를 만들었다. 왕두석도 칼을 뽑아 단단히 쥐었고, 홍귀남은 보라매 세 자루를 장전했다.

잠시 후. 먼지가 걷히며 전령 복장을 한 병사 두 명이 모습을 드러냈다.

그들은 살벌한 광경에 놀라 군마부터 빨리 세웠다.

김준익이 말을 몰고 달려 나가 위협했다.

"당장 신분을 밝혀라!"

겁을 먹은 전령들은 양손을 번쩍 들었다.

"공, 공격하지 마십시오! 소인들은 전령입니다!"

"맞습니다! 이경석 대감이 보냈습니다!"

김준익은 그들의 행색을 살피고 나서 지시했다.

"허튼수작을 부리면 벌집으로 만들어 줘라!"

"예, 장군!"

대답한 금군은 보라매로 전령을 겨누었다.

171

전령도 당연히 김준익이 하는 말을 들었다.

얼음땡 놀이 하듯 그 자리에 서서 꼼짝하지 않았다.

김준익이 돌아와 군례를 취했다.

"전하, 이경석 대감이 파발마를 보냈사옵니다."

"올 때가 되긴 했지. 가서 서찰을 받아 오시오."

"예, 전하."

김준익은 다시 절도 있게 군례를 취하고 돌아갔다.

잠시 후. 김준익의 칼끝 같은 눈썹이 치켜 올라갔다.

"지금 뭐라 했느냐?"

전령 두 명은 떨면서도 할 말은 하였다.

"소, 소인은 상감마마를 직접 뵙고 전하란 명을 받았습니다."

"너흰 내가 누군지 몰라?"

"압니다."

"그런데도 서찰을 줄 수 없단 말이지?"

"이경석 대감이 반드시 직접 뵙고 드리라 했습니다."

김준익이 칼자루에 손을 얹으며 물었다.

"목이 잘리고 나서도 그런 말을 할 수 있을 성싶으냐?"

"못 하겠지요."

"하면?"

"목이 떨어지는 한이 있어도 전하를 직접 뵙고 드려야겠습니다."

"어디에나 제 분수를 모르는 놈이 있기 마련이지."

싸늘하게 내뱉은 김준익은 칼자루를 쥔 오른손에 힘을 주었다.

손등에 힘줄이 툭툭 불거졌다.

칼을 뽑기만 하면 단숨에 베어 버릴 기세였다.

전령은 당연히 겁을 집어먹었다.

온몸을 사시나무처럼 떨었다.

그래도 끝까지 서찰은 내놓지 않았다.

"흥, 강단은 있는 놈들이로군."

콧방귀를 뀐 김준익이 부하에게 턱짓을 하였다.

"몇 명이 가서 저들의 몸을 샅샅이 훑어보거라."

"예, 장군!"

전령이 부하의 수색을 받는 동안.

김준익은 옆에서 매의 눈으로 지켜보았다.

부하를 시킬 만도 한데 김준익은 끝까지 자리를 지켰다.

단 한 순간의 방심도 용납하지 않겠단 자세다.

곧 부하들이 돌아와 보고했다.

"무기로 사용할 만한 도구는 없었습니다."

"상투도 뒤져 보았느냐?"

"뒤져 보았습니다."

"알았다. 속곳만 남기고 옷을 모두 벗겨 놓아라."

"예, 장군."

금군이 전령의 옷을 벗긴다고 부산 떨 때.

김준익은 다시 돌아와 군례를 취하고 보고했다.

"전령이 직접 뵙고 드려야 한다고 고집을 피우고 있사옵니다."

뭐 거리가 엄청 먼 것도 아니라서 나도 다 들었다.

난 피식 웃으면서 물었다.

"김 좌별장이 보기엔 어떻소?"

"이경석 대감이 직접 뵙고 전하라 한 것은 맞는 거 같습니다."

"난 전령들이 어떠냐고 물은 거요."

"쓸 만한 자들이었사옵니다."

"어떤 점이?"

"어떻게든 임무를 완수하려 하는 점이 쓸 만했사옵니다."

"흠, 그건 그렇겠지. 김 좌별장이 내 앞에서 그러고 있었으면 난 서찰을 냅다 던지고 나서 뒤도 안 보고 도망쳤을 거요."

김준익이 그게 뭔 개소리냔 표정을 지었다.

"전하께서는 전령이 아니시지 않사옵니까?"

"만약에 그런 상황이었다면 그랬을 거란 말이오."

"그럴 일은 결단코 없사옵니다."

"흠, 아무튼 가서 전령을 데려오시오."

"예, 전하."

절도 있게 군례를 취한 김준익이 현장으로 돌아갔다.

김준익은 다 좋은데 농담이 안 통해서 재미가 없단 말이야.

뭐 다른 면에서도 융통성이 없긴 하지. 누가 봐도 전령인데 거의 발가벗겨 데려오는 거만 봐도 그렇고.

근데 이런 시국엔 김준익 같은 자가 더 많아야 하지 않을까?

융통성을 발휘한단 말은 곧 파고들 허점이 있다는 뜻이니까.

잠시 후. 팬티만 걸친 전령 두 명이 끌려왔다.

수백 명이 지켜보는 자리에서 팬티만 걸쳤으니 죽을 맛이겠네.

행차엔 궁녀도 제법 있었다.

전령 두 명은 그래선지 거의 바닥만 보며 걸어왔다.

그래도 서찰만은 손에서 끝까지 놓지 않았다.

"서찰을 꼭 과인에게 전해야 한다고 했다면서?"

"전령 이승수, 이명수가 상감마마께 인사드리옵니다."

이승수가 다가와 무릎 꿇고 두 손으로 서찰을 바쳤다.

난 서찰을 받고 나서 김준익에게 고개를 끄덕였다.

"과인이 서찰을 읽는 동안, 저들의 옷을 다시 입혀 놓으시오."

"예, 전하."

대답한 김준익은 전령의 옷을 가져다주었다.

옷을 되찾은 전령은 순식간에 의관을 정비했다.

쪽팔리긴 엄청 쪽팔렸나 보네.

아무튼 이경석 대감이 서찰에 뭐라 적었는지 읽어 볼까.

「전하께서 원행 중에 서둘러 사람을 보내 작년의 일을 물으심은 그만큼 상황이 급하다는 뜻이겠지요. 하여 신도 바로 하문하신 부분에 대한 답을 하겠사옵니다.

전하께서 작년 가을에 신을 불러 조정이 소유한 농지 중에서 휴경지가 있으면 그곳에 보리를 최대한 많이 심을 것을 명하셨사옵니다.

하여 신은 바로 어명을 시행하였고 얼마 전에 일을 맡긴 자로부터 결과를 보고받았는데, 작년보다 수확량이 줄긴 했어도 흉년은 아니라 하옵니다. 전하께서 특별히 신경 쓰시는 일인 만큼, 수확하는 날까지 신이 직접 챙기겠사옵니다.

돌아오는 길도 무탈하시길 멀리서나마 빌겠사옵니다.

영의정 이경석 올림.」

아마 다른 이였으면 미사여구를 잔뜩 동원했을 거다. 어쩌면 관심도 없는 중국 왕의 고사를 들먹였을 수도 있고.

반면 이경석은 역시나 내 맘을 너무나도 잘 안다.

내가 코 닿을 거리에 있음에도 굳이 파발까지 띄워 물어보는 이유를 이해하고 내가 알고 싶어 하는 것만 딱 적었다.

암만 봐도 이경석을 얻은 건 가장 잘한 일 중 하나야.

그가 없었으면 서유럽회사를 설립하지 못했을 거다.

정사를 돌보느라 바빠 짬이 나지 않았을 테니까.

그나저나 보리로 보릿고개는 넘긴다고 해도 그다음이 문제네. 여름은 몰라도 가을, 겨울은 버티기가 힘들 텐데.

역시 그 수밖엔 없나?

이건 강대산을 만나 해결해야겠지.

내가 심사숙고를 마치고 고개를 들었을 때.

김준익을 비롯한 모든 이가 내 얼굴만 보고 있었다.

아마 다들 서찰 내용이 궁금했던 모양이다.

"좋은 내용이오."

그 말에 김준익 등이 한시름 던 표정을 지었다. 아마 누가 아프거나, 아니면 나라에 큰일이 난 줄 안 모양이다.

난 전령 두 명을 가까이 불렀다.

"아까부터 궁금했던 건데 쌍둥이야?"

전령 두 명이 동시에 대답했다.

"그렇사옵니다."

"맞사옵니다."

"앞으론 형만 대답해라."

"예, 전하."

"알겠사옵니다."

"형만 하라니까."

"……."

"……."

"너흰 형, 동생이 없어?"

눈치를 보다가 이명수가 대답했다.

"그렇사옵니다. 부모님도 헷갈리시는 바람에……."

"흠, 그럴 수 있지. 근데 쌍둥이를 전령으로 쓴 이유가 설마?"

"맞사옵니다. 전시에 적을 속일 수 있어서이옵니다."

"누가 생각해 낸 건진 모르겠지만 절묘하군. 암튼 너희 두 명이 마음에 들었다. 당분간 왕두석 밑에서 선전관 일을 배워라. 일이 어느 정도 손에 익으면 선전관으로 제수해 주마."

"성, 성은이 망극하옵니다."

"황, 황공하옵니다."

"좀 맞춰서 해 봐."

"황공하옵니다."

"성은이 망극하옵니다."

"너희 진짜 쌍둥이 맞아? 얼굴만 닮은 거 아냐?"

"쌍, 쌍둥이가 맞사옵니다!"

"이럴 때만 합이 맞네. 암튼 저기 머리 큰 놈이 왕두석이다."

쌍둥이는 조용히 왕두석 뒤에 가서 섰다.

간만에 부하가 생긴 왕두석은 우쭐거렸다.

"소관이 사람 한번 만들어 보겠사옵니다."

"왜? 동굴에 가둬 놓고 쑥과 마늘이라도 넣어 주게?"

"하하, 얘들이 곰이라면 그렇겠지요."

"곰이 아니라 호랑이라면 네가 먼저 물릴 텐데?"

"호랑이라면 홍 선전관 전문이지요."

"떠넘기는 거야?"

"전문 분야가 다른 것이옵니다."

넉살을 부려 대는 왕두석을 뒤로하고 다시 출발했다.

역시 이번에도 홍제원에 대소 신료가 나와 있었다.

난 대충 인사를 받고 서둘러 창덕궁으로 향했다.

여독도 풀 시간이 없을 만큼 바빴다.

가장 먼저 들은 소식은 비보였다. 농가집성의 저자 신속이 바로 며칠 전에 병사했단 소식이었다.

며칠 차이로 농업 전문가를 잃은 건 꽤 타격이다.

좀만 빨리 떠올렸으면 방법이 없지 않았을 텐데.

역시 세상은 내 위주로 돌아가질 않는구만.

어쨌든 지금 와서 안타까워해 봤자 달라지는 건 없다.

죽은 자식 불알 만지는 것도 아니고.

밥이 안 되면 죽이라도 해 먹으면 된다.

그가 남긴 농가집성이 있긴 하지만 책이야 도서관에서 더 좋은 책을 빌려 내 식대로 편집해 쓰는 편이 훨씬 더 이득이다.

난 소식을 가져온 박세당에게 물었다.

"신속은 아들이 있나? 가학을 계승한?"

"없사옵니다."

"아쉽게 되었구만. 아까운 인재를 잃었어."

"저기……."

"뭔데? 할 말이 있으면 그냥 해."

"……."

"왜 이렇게 부끄러움 타? 시집갈 날 잡아 놓은 여염집 규수야?"

박세당은 정신이 하나도 없는 모습이었다.

아마 내가 이런 성격일 거라곤 짐작도 못 한 모양이다.

근데 박세당은 확실히 뭔가 달랐다. 꼰대 성리학자였으면 헛기침부터 할 텐데 그는 뭔가 달랐다.

"여염집 규수는 있사옵니다."

"그게 무슨 뚱딴지같은 소리야? 어제 사촌 박세채랑 술 마셨어?"

"박세채와는 육촌이옵니다."

"그래서 그 규수는 무슨 소리냐고?"

"신속에게 딸이 하나 있는데 이름이 정화이옵니다. 한데 신속이 농가집성을 쓸 때, 딸이 옆에서 많이 도운 모양입니다."

"이상한 일은 아니지. 세종대왕도 공주의 도움을 받았으니까."

"그 정화란 아이가 아주 총명한 데다 농학에 해박하옵니다. 심지어 신속에게 부탁해 직접 농사까지 지어 봤다고 하옵니다. 책에서 배운 지식이 통하는지 알아보려 한 행동이겠지요."

"농사는 잘 지었대?"

"근방에서 가장 많은 소출을 거둔 부농이 되었다고 하옵니다."

"어디 살지?"

"신속이 현감으로 있던 서원에 살고 있사옵니다."

"가깝네. 도성으로 불러."

"예, 전하."

대답하고 나가던 박세당이 잠시 후에 다시 들어왔다.

"저기……."

"왜? 여기서 돈이라도 잃어버렸어?"

"아, 아니옵니다."

"난 돈 안 가져갔어. 의심스러우면 뒤져 보라고."

"소신이 다른 물건은 자주 잃어버려도 돈은 잃어버리지 않사옵니다. 집이 가난했던 탓에 재물을 아주 소중히 다루옵니다."

"흔한 자린고비로구만. 그럼 왜 돌아왔어?"

"돌아가기 전에 이 말씀은 꼭 드리고 싶었사옵니다."

"뭔데?"

"소신은 농사야말로 천하의 근본이라고 생각하옵니다. 선비들이 농사짓는 일을 하찮게 여기면서도 끼니는 꼬박꼬박 챙겨 먹는 모습을 보며 열불이 터진 적이 한두 번이 아닙니다."

"하하, 요즘 상황에 딱 맞는 말을 하는구만. 앞으로 집현전
에서 농업 정책은 박 부교리 자네가 맡아서 진행해야겠는데."

"맡겨 주시옵소서."

"그래 주면 내가 오히려 고맙지."

인사한 박세당이 나가고 나서 난 고개를 끄덕였다.

박세당이 많이 특이한 인물이긴 하지.

넓게 보면 중농학파 조상쯤 되려나.

아무튼 다음 미팅은 강대산이라고 했지?

곧 강대산이 약간 초조한 표정으로 들어왔다.

뭔가 잘 안 풀리는 모양이네.

꼭 담임이 숙제 안 한 학생을 불렀을 때 짓는 표정 같잖아.

강대산은 넙죽 엎드렸다.

"황송하옵니다."

저 봐, 내 저럴 줄 알았어.

난 한숨을 내쉬었다.

"왜 아침부터……, 아니, 지금은 저녁이구만."

"……."

"왜 이 늦은 저녁까지 똥 씹은 얼굴인 거야?"

"……."

"홍수 추적이 잘 안돼?"

"어, 어떻게 아셨사옵니까?"

"강 대장 표정만 봐도 알겠는데 뭘 그리 놀래?"

"면목이 없사옵니다."

"얼굴 좀 펴고 요즘 상황이 어떤지나 말해 봐."

"홍수와 접촉한 경강상인을 꾸준히 감시 중이옵니다. 한데 저번 창덕궁 후원 일이 있고 나선 왕래를 일절 안 하옵니다. 아니면 우리가 모르는 방식으로 연락을 주고받는 거겠지요."

"그래서 지금은 어떻게 하고 있단 거야? 걍 맨날 감시만 하는 거야? 놈들이 접촉해 올 때를 기다리면서? 그럼 실망인데."

"그, 그럴 리가 있겠사옵니까."

반응을 보면 어느 정도 대책은 세웠다는 뜻인데.

흠, 그럼 한번 들어 볼까?

"계획을 말해 봐."

"예, 전하. 1차로 경강상인이 운영하는 점포에서 일하는 점원 몇을 포섭해 두었사옵니다. 그리고 2차로 경강상인이 새 점원을 구할 때, 우리 쪽 인원을 집어넣는 작업을 하고 있사옵니다. 2차 계획까지 성공을 거둔다면 큰 진전이 있을 것이옵니다."

"잘했네. 그건 그렇고 조씨 쪽은 어때?"

"왕실 인사와 조정에서 일하는 자들을 중심으로 감시 중인데 딱히 의심 가는 자는 없었사옵니다. 하여 지금은 좀 더 범위를 넓히는 중이옵니다. 이 또한 곧 성과가 있을 듯하옵니다."

"흠, 주초가 정말 주초위왕일 때나 그렇겠지."

"소장이 다른 건 몰라도 감 하난 좋사옵니다. 가끔 비나 눈도 안 오는데 몸이 갑자기 으슬으슬 떨릴 때가 있사옵니다."

"몸살이겠지."

"소장도 몸살인 줄 알고 좀 쉬려면 그날은 꼭 귀신같이 다 자란 수컷 호랑이와 마주쳤사옵니다. 이번에도 감이 딱 옵니다."

"그래서 그 다 자란 수컷 호랑이는 잡았어?"

"잡았지요. 발톱에 좀 긁히긴 했습니다만."

"그럼 조씨 문제는 감을 믿고 감시 대상을 넓혀 봐."

"믿음에 보답하기 위해 최선을 다하겠사옵니다."

이쯤이면 믿고 맡겨도 되겠지.

그럼 슬슬 다음 단계로 넘어갈 차례다.

"그보다 경강상인 쪽 얘기나 더 해 봐."

"무엇을 말씀이시옵니까?"

"그들이 요즘 뭘 많이 거래하나?"

"전에는 공납 물품이었는데 요즘은 곡식을 많이 거래하옵니다."

"곡식은 주로 어떻게 거래하는데?"

"크게 두 가지 방식이옵니다."

"첫 번쩬 뭐야?"

"추룡군 애들이 모아 온 정보에 따르면, 삼남에서 남한강을 통해 올라오는 곡식을 사들여 창고에 보관하다가 곡식값이 뛰어오른 지역에 내다 팔고 있사옵니다."

"그럼 걔들이 곡식 거래 시장은 꽉 잡고 있겠네. 두 번쩬?"

"세곡과 호남의 지주가 운송해 달라 부탁한 소작미 등을 바닷길로 한강 쪽 곡창에 옮겨 주고 운송료를 받고 있사옵니다."

"그 두 가지가 다야?"

"소, 소장은 그렇게 알고 있사옵니다."

"아무래도 추룡군을 좀 더 빡세게 굴려야겠네."

"어, 어찌 그러시옵니까?"

"나도 아는 걸 추룡군이 몰라서야 쓰겠어?"

"그, 그런 게 있사옵니까?"

지금까지 나온 건 흔한 레퍼토리에 불과하다.

저들이 배를 부리는 수단은 따로 있었으니까.

"이문이라면 티끌만큼도 더 챙기려 드는 독한 놈들이 세곡과 소작미를 옮기면서 설마 아무 짓도 안 할 거라 믿는 거야?"

"부정을 저지른단 말씀이시군요."

"그렇지. 물에 불리거나 모래를 채워 세곡을 빼돌리는 건 기초야. 서류엔 침몰했다고 가라로 적어 놓고 배에 실린 세곡과 소작미를 전부 챙겨 나르는 게 진짜 쏠쏠하지. 서해고 남해고 물살 센 지역이 워낙 많아 조사해도 소용없다고. 뭐 어떻게 할 거야? 울돌목 같은 데 잠수부라도 넣을 거야?"

"몹쓸 놈들이군요. 한데 어떻게 아셨사옵니까?"

"놈들이 예전엔 이런 짓을 안 했을 거 같아?"

"아, 그렇겠군요."

강대산은 수긍하듯 고개를 끄덕였다.

사실 경강상인이 저지른 패악은 인문 교양서적을 보고 알았다. 물론, 강대산은 군이 알 필요 없는 얘기다.

뭔가를 눈치챈 강대산이 물었다.

"그럼 경강상인 놈들을 조질, 아니 때려잡을 생각이시옵니까?"

"맞아. 이번에 뿌리까지 조져 없애 버려야지. 개 같은 놈들이 빼돌린 세곡만 해도 웬만한 고을 하나가 먹고살 만할 거야."

"타초경사가 되지 않겠사옵니까?"

"타초경사?"

"그렇사옵니다. 흉수가 화가 나서 아예 대놓고 자객을 보내거나, 아니면 겁을 먹고 숨어들 위험이 있사옵니다."

"지금은 뱀이 아예 수풀 속에 숨어서 대가리를 전혀 안 내민다며? 그럼 질질 끌지 말고 빨리 처리해 버려야지. 자객을 보내면 대가릴 깨부수고 숨으면 어쩔 수 없는 거고."

"경강상인 쪽에서 반발하지 않겠사옵니까?"

"하라고 해."

"그 와중에 놈들이 가진 조운선을 가라앉히거나 태우면, 내년은 몰라도 올해는 세곡 구경하기 힘들 것이옵니다."

"그건 니가 신경 쓸 필요 없어. 용호군은 정보만 가져오라고! 놈들의 주요 대가리가 누구고 어디 살고 창고가 어디에 있고 조운선은 어디에 두는지 같은 거 말이야! 치는 쪽에서 헛심 쓰지 않도록 두 곳 이상에서 교차 검증한 완벽한 정보를! 내 말 알아들었어?"

내 언성이 높아진 탓일까?

무심코 고개를 들었다가 눈빛을 본 모양인 듯 강대산은 바로 머리를 바닥에 처박았다.

"명, 명심하겠사옵니다."

"이번 경강상인 일은 과인이 직접 챙기는 일이야. 실수하면 니 모가지 하나 날아가는 데서 그치지 않을 거란 걸 명심해."

"실수 없이 최선을 다하겠사옵니다!"

강대산이 돌아가고 나서 소리쳤다.

"쌍둥이!"

이명수, 이승수가 득달같이 뛰어 들어왔다.

"찾으셨사옵니까?"

"왕두석에게 일은 배웠어?"

"배우는 중이옵니다."

"그럼 얼마나 배웠는지 알아보게 심부름 좀 해라."

"하명하시옵소서."

"가서 영의정 이경석 대감을 관우정으로 최대한 빨리 모셔와라. 그러고 나선 팔장사 오효성, 김지웅 두 명을 후원 취규정에 몰래 대기시켜 놓고. 과인이 세 명을 만났다는 소식이 다른 이의 귀에 들어가지 않게 행동을 각별히 조심해야 한다!"

"존명!"

쌍둥이가 바람처럼 달려 나가고 나서 속으로 생각했다.

이대로 두면 경강상인은 규모가 더 커져 괴물이 된다.

왕도 쉽게 건드릴 수 없는 그런 괴물.

상인이 돈을 벌면 가장 먼저 하는 일은 돈을 지키는 게 아니다. 그 돈을 밑천 삼아 더 큰 돈을 벌 계획을 세우는 거다.

경강상인은 더 큰 돈을 벌려고 확실한 곳에 투자했다.

바로 막대한 뇌물을 조정 대신의 목구녕에 처넣은 거다.

그 결과는 뭐 뻔하지.

경강상인을 손 좀 보려면 대신들이 벌떼같이 들고 일어났다.

조정과 경강상인이 악어와 악어새의 관계가 되어 버린 거다.

일부 대신과 결탁한 경강상인이 백성의 피 같은 세곡을 횡령한 돈으로 곡식 등을 사재기해 자신들의 배를 불리는 동안.

조정은 줄어든 세곡을 보충하기 위해 지방 관아를 쥐어짠다.

지방 관아는 다시 백성을 쥐어짜고, 가혹한 세금을 참다못한 백성들은 가족과 야반도주해 스스로 유민의 길을 걷는다.

이것이 조선 후기의 흔한 유랑민 테크트리다.

어떻게든 여기서 그 부패의 고리를 끊어야 하는데.

경강상인이 몸집을 제대로 불리는 건 숙종 초.

저들을 조지려면 지금이 적기다.

이경석이 도착하기 전에 먼저 관우정으로 향했다.

요 몇 달은 헬스를 소홀히 했다.

종두법과 서유럽회사 출항이 겹친 탓이다.

오랜만에 땀 좀 뺄 생각으로 바벨을 집었다.

벤치프레스, 스쿼트, 데드리프트를 3세트쯤 했을 때.

이경석이 조용히 들어왔다.

그는 내가 데드리프트를 하는 모습을 신기한 눈으로 보았다.

한동안 말없이 구경하며 세트가 끝나길 기다렸다.

투웅! 바벨을 놓고 돌아서는 순간.

이경석이 수건을 건네며 물었다.

"재밌으시옵니까?"

난 받은 수건으로 땀을 닦으며 웃었다.

"처음엔 악에 받쳐서 했는데 지금은 재밌소."

"신기한 단련법이옵니다."

"그렇소?"

"저잣거리 잡부나 할 법한 고된 노동으로 몸을 단련한단 말이 신처럼 나이 든 이에겐 이해하기 어려운 일인 듯하옵니다."

난 벤치프레스에 앉아 피식 웃었다.

"어쩌면 먼 미래엔 사람들이 단지 몸이 건강해지길 바라며 굶을 수도 있소. 지금 상식으론 이해가 안 가는 일일 테지."

"굶어서 건강해진단 말이옵니까?"

"그렇소."

"허허, 신의 굔은 머리론 도통 이해가 가질 않사옵니다."

"아무튼 보리 관련 일은 영상 대감이 아주 잘해 줬소. 덕분에 올 보릿고개는 백성들이 큰 피해 없이 넘길 수 있을 거요."

"전하의 선견지명 덕분이지요."

내 얼굴에 금칠하자고 부른 건 아니고.

인사는 이쯤 했으면 됐으니 슬슬 본론으로 들어가 보자.

"실은 영상이 과인을 위해 해 줘야 할 일이 하나 있어 불렀소. 생각보다 꽤 까다로운 일이지."

"무엇이옵니까?"

"올해 날씨가 심상치 않은 탓에 곡물의 유통을 조정에서 직접 관리하려 할 수도 있다는 분위기를 은밀히 조성해 주시오."

"어느 정도로 은밀해야 하옵니까?"

"다 아는 것 같지만, 정작 물어보면 잘 아는 이가 없는 정도로."

"어떤 고기를 낚으시기에 이렇게까지 조심하시는 것이옵니까?"

"욕심이 많은 놈이요. 미끼를 지나치는 법이 없지. 대신, 미끼가 좀만 이상해도 눈치채고 달아날 만큼 영악하기도 하고."

"흐흠, 신도 그런 물고기를 몇 아는데 전하 말씀처럼 아주 영악하지요. 신이 최선을 다해 놈들도 속을 만한 미끼를 뿌려 두겠사옵니다. 부디 소원하신 대로 월척을 낚으시옵소서."

"믿겠소."

"뵌 김에 종두법도 같이 보고드리겠사옵니다."

"하시오."

"집현전이 정책을 주도하고 내의원과 전의감, 혜민서, 활인서, 서유럽회사 의료 사업부가 협력해 10만 명을 접종할 수 있는 약재와 인력, 장소 등을 모두 확보해 놓았사옵니다."

"주요 대신들은 팔도로 떠났소?"

"대부분 도착했을 것이옵니다."

"대신들이 본인의 고향에 돌아가 사람들이 다 지켜보는 데서 접종하면 백성도 종두법을 좀 더 편안하게 받아들일 거요."

"신도 전하와 같이 종각 앞에서 접종하기로 했사옵니다."

"영상은 나이도 많은데 양보 좀 하지 그랬소?"

난 농담조로 물은 건데 오히려 이경석이 정색을 해 댔다.

"절대 양보 못 하옵니다. 신은 아직 더 살고 싶사옵니다."

"하하, 화내지 마시오. 농담이었소."

이경석이 정중히 읍을 했다.

"신은 전하께서 조선에 번영을 가져다주실 걸로 굳게 믿고 있사옵니다. 해서 마음대로 움직여 주지 않는 이 늙은 몸을 추슬러서 밤늦게까지 정무를 보고 있으면서도 힘든 걸 전혀 모르고 있사옵니다. 그런 신에게 소원이 있다면 조선이 번영하는 모습을 지켜보고 나서 눈을 감는 것이옵니다."

"내 약속하지. 영상의 소원이 반드시 이뤄질 거라고."

"밤이 늦어 그런가, 신이 쓸데없이 말이 많았사옵니다. 제물포에서 돌아오시고서 제대로 쉬지 못하셨을 텐데 이만 침소에 드시지요."

"영상이 가면 나도 희정당으로 갈 거요."

"그럼 신이 먼저 물러가겠사옵니다."

난 돌아가는 이경석의 굽은 등을 지켜보다가 취규정을 찾았다.

이경석에게 거짓말을 한 셈이지만 어쩔 수 없다.

이건 시간과의 싸움이니까.

팔장사는 도성 근교에 부대가 있어 오는 데 별문제 없었다.

물론, 시간은 이미 자정을 넘어 새벽에 가까웠다.

취규정에 가 보니 오효성과 김지웅이 먼저 와 있었다.

나를 본 둘은 즉시 군례를 취했다.

난 손짓으로 답하고 마루에 걸터앉았다.

"병력은 얼마나 확보했나?"

김지웅이 약간 걱정을 담아 대답했다.

"300명이옵니다."

"그래도 꽤 많이 확보했군. 훈련 상태는?"

"기초 체력 훈련이 막 끝났사옵니다."

"무기는 다룰 줄 아나?"

"기본은 하옵니다."

"좋아. 곧 부대로 용호군이 갈 거야. 그들과 상의해 작전을 짜 봐. 시기는 과인이 종두법을 접종할 때로 잡으면 되겠지."

오효성이 긴장한 얼굴로 물었다.

"목표가 무엇이옵니까?"

"경강상인."

김지웅이 흠칫했다.

"경강상인 전체를 말이옵니까?"

"왜? 못 하겠어?"

"그건 아닙니다만, 경강상인 밑에서 일하는 왈패들이 적지 않다고 들었사옵니다. 꽤 시끄러워질지도 모른단 뜻이지요."

"같이 쓸어버려."

"정말 그래도 되겠사옵니까?"

"쓰레기는 쌓아 놓지 말고 한꺼번에 태워야 해."

"알, 알겠사옵니다."

이번엔 오효성이 조심스레 물었다.

"어떤 식으로 처리해야 하옵니까?"

"대방, 대행수는 생포해 데려오고 나머진 알아서 해."

오효성, 김지웅이 동시에 군례를 취했다.

"어명을 받들겠사옵니다!"

"두석아, 가져온 거 건네줘라."

곧 왕두석이 은자 보따리 다섯 개를 건넸다.

난 두 사람이 들고 가기도 벅찬 보따리를 보며 말했다.

"이건 활동 자금으로 써."

"성은이 망극하옵니다."

"과인이 자금을 따로 주는 이유는 알겠지?"

김지웅이 재빨리 대답했다.

"경강상인 재산에 손대지 말란 뜻으로 아옵니다."

"현장에서 몇 푼 슬쩍하는 건 신경 안 써. 그건 가욋돈 같은 거니까. 대신, 굵직굵직한 건더기는 전부 회수해서 가져와."

"명심하겠사옵니다."

"그래, 가 봐. 고생들 하고."

"예, 전하."

오효성, 김지웅이 돌아가고 나서 난 하늘을 보았다.

선단은 지금 어디쯤 가고 있으려나.

김석주가 사방으로 뻗친 수염을 쓰다듬었다.

"여기가 그 무시무시하다는 안흥량이요?"

어용담은 얼굴에 초조함을 감추지 못했다.

"맞소. 여기가 그 빌어먹을 안흥량이오."

"아주 드러븐 곳이구만."

"조운선이 사고 났다 하면 대부분 여기 안흥량에서 난 거요."

"섬을 돌아가는 건 어떻소?"

"신진도를 돌아가려면 한 이틀은 더 걸릴 거요."

"젠장!"

그들 앞에는 섬과 육지 사이를 흐르는 좁은 수로가 있었다.

근데 물살이 엄청나게 거세 선뜻 들어가지지 않는다.

방향을 옳게 잡아도 조류에 떠밀리면 바로 암초와 충돌이다.

김석주가 아쉽다는 듯 입맛을 쩝쩝 다셨다.

"하, 여기가 인당수면 심청이라도 제물로 바치는 건데."

어용담이 그 무슨 개소리냐 표정으로 물었다.

"설사 여기가 인당수라도 누가 자진해서 제물이 되려 하겠소?"

"후보야 많지."

그러면서 김석주가 뒤를 쓱 보았다.

뒤에 있던 일양, 최립, 조온잠, 고연내가 바로 딴청을 피웠다.

김석주가 그중 조온잠, 고연내를 보며 소리쳤다.

"제기랄!"

"……."

"어쭈 대답 안 하지?"

고연내는 끝까지 딴청을 피웠지만, 조온잠은 그렇지 못했다.

"시험 끝난 지가 언젠데 왜 우릴 계속 제기랄로 부르는 거요?"

"제기랄 갖고 뭘 그리 성을 내나. 옆에 염병할도 있는 마당에."

조온잠이 고개를 돌려 옆을 보았다.

최립이 잘생긴 얼굴을 구기며 김석주을 쏘아보았다.

"한 번만 더 우릴 염병할로 부르면 당신 아비가 예판이든, 당신 삼촌이 전 국구이든 상관없이 바닷물을 퍼 먹여 주겠소."

김석주가 이해가 안 간다는 듯 물었다.

"마지막 시험에서 1등 한 놈이 다른 반의 별명을 지어 주기로 내기한 거 같은데 내 기억이 틀렸나? 요즘 배를 오래 타 그런가, 기억력이 다들 나빠진 모양이구만. 안 그런가, 육시랄?"

"나무아미타불 관세음보살……."

육시랄이란 소리에 일양은 얼른 눈을 감고 불호부터 외웠다.

그렇게 안 하면 살기를 주체할 수 없는 모양이다.

불호를 외는 모양새가 아주 다급했다.

김석주가 손짓했다.

"어허, 그러지 말고 다들 모여 봐. 이 안흥량을 무사히 건너야 동래까지 갈 수 있다고. 여기서 선단을 꼬라박으면 전하께서 우릴 살려 두실 것 같아? 지금 아주 심각한 상황이라고."

그 말에 다들 주춤거리면서도 김석주 쪽으로 모였다.

막 회의를 시작하려는데 어용담이 소리를 질렀다.

"이, 이보시오, 이사 양반!"

"왜요?"

"저쪽을 봐 보시오!"

다들 어용담이 가리킨 방향을 보았다.

과연 어용담이 소리를 지를 만했다. 갑자기 바닷물이 쭉 빠지면서 암초가 수면 위로 드러난 거다.

거기다 물살까지 약해 수면이 아주 평온했다.

김석주가 수박만 한 머리를 이리저리 갸웃거렸다.

"어이 선장 양반, 전에도 저런 거 본 적 있소?"

"내가 바다에서만 40년을 살았는데 첨 보는 거요."

"뭐 우리에겐 나쁜 소식은 아니네."

"나쁜 소식이 아닌 정도가 아니오. 하늘이 우릴 돕는 모양이오."

"그럼 이제 무사히 건널 수 있는 거요?"

"당연하지. 물살이 이렇게 약한 데다 친절하게 암초까지 수면 위로 드러나 준 마당에 무사히 통과 못 하면 그건 뱃놈이라 불러선 안 되겠지. 우리 배가 앞장을 서야겠소. 다른 배들은 우리가 지나온 길을 따라오게 하면 문제가 없을 거요."

기함을 선두로 선단 전체가 무사히 안흥량을 지난 직후.

김석주는 선단이 다 통과하고 나서 뒤를 보았다.

물살이 언제 그랬냐는 듯 다시 거칠어져 있었다.

마치 바다가 억울해 성을 내는 듯했다.

빌어먹을, 오늘은 한 척도 못 잡아먹다니!

김석주는 고개를 돌려 북서쪽 하늘을 보았다.

"하늘이 전하를 무척 아끼시는 모양입니다."

고비를 넘긴 선단은 서해를 돌아 남해로 들어갔다.

남해에도 울돌목이란 무시무시한 놈이 있었다.

근데 이번에도 무사히 통과했다.

다들 어안이 벙벙할 지경이었다.

어쨌든 선단은 무사히 동래에 도착했다.

◆ ◈ ◆

"홍보는 제대로 됐군."

난 높은 단 위에 서서 주변을 둘러봤다.

도성 백성이 종각 주변 몇 리를 꽉 메웠다.

지붕이나 나무에 올라가 구경하는 이도 부지기수다.

연단 오른쪽을 보았다.

오늘 같이 접종하기로 한 이경석과 허적이 보였다.

이경석은 조정을 대표해 나왔다.

허적은 프로젝트 책임자 자격으로 참석했다.

이경석은 여유만만이었다.

짬에서 나오는 진한 여유가 느껴졌다.

반면, 허적은 약간 긴장한 기색이었다.

종두법을 믿지 못해선 아니었다.

연단 위와 아래를 지키는 금군 때문이었다.

칼과 창, 보라매로 무장한 금군은 그야말로 살기가 충천했다.

사실 오늘 가장 고생하는 사람은 내가 아니었다.

그렇다고 이경석이나 허적도 아니었다.

바로 내 똘끼로 인해 과로사 직전에 놓인 금군이었다.

그래도 어쩌겠나.

짱구를 굴려 나온 제일 나은 방법이 이건데.

내 신호에 쌍둥이가 종각 종을 힘차게 쳤다.

데엥!

곧 모든 백성의 시선이 나에게 쏠렸다.

난 천천히 일어나서 한 템포 쉬었다가 위엄 있게 외쳤다.

"조선의 백성은 들어라!"

즉시, 모든 이가 바닥에 엎드렸다.

영의정도, 이제 막 걸음마를 뗀 아이도, 어느 대갓집에서 나온 노비도 엎드려 귀를 쫑긋 세우고 내가 하는 말을 들었다.

다만, 금군은 같은 자세를 유지했다.

뭐 금군이야 익스큐즈고.

"저잣거리에서 마마라 불리는 천연두는 오래전부터 과인의 백성을 아주 고통스럽게 하였도다! 수많은 백성이 이 몹쓸 병을 앓다가 고통스럽게 죽어 갔으며 운이 좋아 산다고 해도 몹쓸 병이 몸에 남긴 상흔으로 인해 오히려 죽는 것만 못하단 말이 있을 정도로 이 병의 폐해는 너무나도 크다!"

"……."

"아, 이 몹쓸 병으로 사랑하는 사람을 떠나보낸 가족의 슬픔을 과인이라고 어찌 모르겠는가! 또한, 나라 전체로 따져 봐도 천연두는 인명과 재산의 막대한 손실을 초래하였도다!"

"……."

"지금까진 몹쓸 병의 폐해를 알면서도 박멸할 방도를 알지 못했다! 그저 몹쓸 병이 스스로 사그라들기만을 간절히 바라는 게 고작이었다! 이런 세태에 염증이 난 과인은 조선에서 제일 뛰어난 의원을 모아 천연두를 연구하기 시작했다!"

"……."

"쉽지 않은 일이었다! 많은 시간과 막대한 비용이 들어가는 일이었다! 하나 과인의 사랑하는 백성이 마마의 공포에서 벗어날 수 있다면 그깟 돈이 아쉬울 이유가 어디 있겠는가!"

"……."

"각고의 노력과 선조의 보살피심 덕분에 마침내 과인과 의원들은 마마를 예방할 수 있는 약을 만들어 내는 데 성공했다!"

"……."

"과인도 백성이 불안해한단 소문을 익히 들어 알고 있다! 세상에 그런 신통한 약이 존재함을 쉽게 믿기 힘들겠지! 하나 너희가 과인을 믿는다면 이 약의 존재도 믿어야 한다!"

"……."

"오늘 과인이 영의정 이경석, 집현전 제학 허적과 더불어 조선에서 가장 먼저 종두법을 접종하는 이유도 과인이 이 약의 효능을 굳게 믿고 있기 때문이니라! 과인이 본인의 몸에 접종하는 약인데 설마 약에 해로운 것이 들어 있겠는가!"

난 여운이 남도록 한동안 조용히 있다가 신호했다.

쌍둥이가 재빨리 종을 두 번 타종했다.

종소리가 웅웅대며 퍼져 갈 때.

백광현이 내 상복의 어깨 부분을 가위로 도려냈다.

에보켄은 옆에서 소독해 둔 침을 도자기에 든 용액에 담갔다.

에보켄이 건넨 침을 받은 백광현이 속삭였다.

"조금 따끔할 것이옵니다."

"간호사가 맨날 써먹는 레퍼토리로군."

"예?"

"빨리 놓으라고."

"알, 알겠사옵니다."

백광현은 침으로 어깨를 세 번 찔러 접종을 마쳤다.

생각해 보면 시술 자체는 정말 간단하다.

난 솜으로 접종 부위를 문지르며 손짓했다.

"난 괜찮으니까 이제 다른 사람들에게 놔 줘."

"예, 전하."

이경석과 허적도 연달아 접종을 완료했다.

이어 백성을 대상으로 접종 신청을 받은 결과.

의외로 엄청 많은 백성이 지원했다.

며칠에 나눠 접종해야 할 정도였다.

난 접종을 지휘하는 에보켄에게 물었다.

"백신은 충분해?"

"본사 의료 연구소에서 더 가져오는 중이옵니다."

"접종을 원하는 백성이 적어 남는 것보단 낫지."

"정말 그렇습니다. 조금 전만 해도 접종을 원하는 백성이 적어 많이 남을 줄 알았는데 오히려 그 반대가 되었습니다."

"암튼 잘됐어."

"이 모두 전하의 연설에 백성이 감동한 덕분이지요."

꾸벅 인사한 에보켄은 다시 접종을 감독했다.

며칠 전, 에보켄이 이름을 뭐로 할 거냐 물었을 때.

난 주저 없이 백신이라 대답했다.

애초에 백신이란 단어가 종두법에서 나온 거다.

암소가 라틴어로 바카고 그 바카에서 백신이 나왔다

고향에 가 있는 당상관도 같은 시간에 천연두 백신을 맞았다.

물론, 나처럼 공개적으로 맞았다.

백성의 불안감을 해소하는 덴 그게 직빵이다.

백신을 맞으라고 강요하면 반발심만 커질 뿐이다.

그런데 반대로 돈 많고 지체 높은 양반이 솔선수범해 백신을 맞는다면?

양반이 뭐가 아쉬워 자기 몸을 해치면서까지 속이려 들겠어?

오히려 몸에 좋은 거니까 지들이 먼저 맞는 거겠지?

그러니까 양반이 다 맞아 없애기 전에 우리도 싸게싸게 맞자고.

자연히 의심을 거두고 줄을 서서 백신을 맞을 게 틀림없다.

계획대로 일이 착착 진행되어 갔다.

◆ ◇ ◆

오효성은 강대산을 힐끗 보았다.

강대산은 지금 포섭한 경강상인 첩자를 만나고 있었다.

무슨 박 행수란 자였다.

노름판을 몇 번 기웃거리다가 강대산에게 잡혀 코가 꿰여도 단단히 꿰였는지 연신 허리뼈가 없는 벌레처럼 굽실댔다.

한심한 놈이로군. 강대산이 원하던 정보를 얻은 모양이다.

그는 박 행수의 어깨를 몇 번 토닥였고.

박 행수는 사면받은 사형수처럼 눈물, 콧물을 세트로 짜냈다.

돌아온 강대산이 뜬금없는 말을 꺼냈다.

"전하의 공작이 제대로 먹혔소."

"무슨 뜻이오?"

"놈들이 미끼를 물었단 뜻이오."

"그래서 그게 무슨 뜻이오?"

"하, 답답한 양반 같으니라고."

김지웅이 웃으면서 오효성을 대신해 물었다.

"경강상인이 사재기한 정황을 포착한 거요?"

"김 장사는 말이 좀 통하는군. 맞소. 나라에서 올해 날씨가 이상한 탓에 곡물값을 통제하려 한단 소문을 듣고 이제 막 추수하기 시작한 보리를 사재기해 창고에 보관해 두었다는군. 그 바람에 도성의 보리 시세가 하루가 다르게 뛰는 중이고."

김지웅이 손뼉을 탁 쳤다.

"놈들을 토벌할 제대로 된 명분이 생겼군요."

"바로 그거요!"

오효성이 물었다.

"놈들의 위치는 파악했소?"

강대산이 짧게 휘파람을 불었다.

곧 몸이 날랜 중년 사내가 근처 나무 위에서 훌쩍 뛰어내렸다.

근데 오효성도, 김지웅도 전혀 몰랐던 모양이다.

얼굴에 당황한 빛이 스쳤다.

그래도 본능은 살아 있었다.

즉시 칼을 뽑아 중년 사내를 포위했다.

팔장사의 명성이 허명만은 아니었다.

동작이 물 흐르듯 자연스러워 강대산도 감탄했다.

상당한 실전을 겪지 않고선 할 수 없는 동작이다.

항복하듯 장난스럽게 손을 든 중년 사내가 히죽 웃었다.

"당신들이 그 소문만 무성한 팔장사겠지요?"

오효성은 칼을 거두지 않고 으르렁거리듯 물었다.

"그런 당신은 누구요?"

강대산이 얼른 둘 사이에 끼어들었다.

"안 군장 자넨 이미 눈치챘겠지만, 이쪽은 팔장사에서 나온 오효성, 김지웅 두 장사네. 인사하시오. 추룡군 군장 안교안이오."

오효성은 불쾌한 표정으로 칼을 집어넣었다.

"다음부턴 숨어서 접근하지 마시오. 칼엔 눈이 없는 법이니."

안교안이 능글거리며 대꾸했다.

"눈이 없으면 만들면 되는 일이지요."

"뭐요?"

김지웅이 얼른 웃으면서 어색한 상황을 풀었다.

"허허, 대단하오. 날랜 게 꼭 표범 같구려."

씩 웃은 안교안은 품에서 지도를 꺼냈다.

"친분은 나중에 다지고 우선 일부터 합시다. 전하께서 종각에서 종도인지 종두인지 한다고 난리를 피우신 덕분에 우리 일은 오히려 쉬워졌소. 포도청 포졸이 전부 종각 행사에 동원되는 바람에 경강상인 놈들과 그들이 고용한 왈패 놈들이 이 틈을 이용해 회합을 가지려는 모양이오. 아마 사재기한 걸 어떤 식으로 처리할지 상의하기 위해서겠지."

오효성은 감탄한 얼굴로 고개를 끄덕였다.

좀 전에 칼부림할 뻔한 일은 이미 기억에서 잊혔다.

안교안은 말이 정연하고 눈에도 총기가 넘쳤다.

팔장사에 인재가 많듯 용호군에도 인재가 많았던 것이다.

질투가 나기보단 든든했다.

영역은 달라도 모시는 분은 같기 때문이다.

그 순간.

종각 방향에서 종소리가 은은하게 들려왔다.

안교안이 또 히죽 웃었다.

"전하께서 시작한 모양이니 우리도 서둘러야겠구만."

강대산, 오효성, 김지웅은 말없이 고개를 끄덕였다.

이제 사냥할 시간이다.

68장. 우리도 가세.

안교안은 서둘러 지도 몇 군데를 손으로 짚었다.

"이곳이 오늘 회합 장소요. 그리고 여기, 여기, 여기는 회합에 참석하지 않은 대행수가 있는 장소고. 이곳과 이곳 한강 줄기엔 놈들이 사들여 운용 중인 조운선이 정박해 있소."

강대산이 지도의 위치를 눈에 담으며 물었다.

"다 감시 중이겠지?"

"당연하오."

"좋아."

고개를 끄덕인 강대산이 오효성과 김지웅을 보았다.

"큰 거를 맡겠소? 아니면 작은 걸 여러 개 맡겠소?"

오효성이 눈살을 찌푸렸다.

"같이 하는 게 아니었소?"

"우린 손발을 맞춰 본 적 없는 사람관 같이 일하지 않소. 아군이 쏜 화살이나 총알에 돼지는 일만은 꼭 피하고 싶거든."

김지웅이 오효성과 눈빛을 나누고 나서 결정했다.

"우리가 큰 걸 맡겠소. 인원도 우리 쪽이 많고."

"좋소. 팔장사는 회합 장소를 치시오. 우리가 나머지를 치리다."

용호군과 팔장사는 각자 병력을 데리고 흩어졌다.

◆ ◇ ◆

김지웅은 말을 타고 달리면서 흠칫했다. 환한 대낮임에도 행인이 많지 않았다. 으레 보이는 포도청 포졸도 없었다.

도성 전체가 잠을 자듯 조용했다.

"설마?"

오효성이 의아한 기색으로 물었다.

"맘에 걸리는 일이라도 있는가?"

"난 상감마마가 좀 무서워지려고 그러네."

"흠, 상감마마가 춘추는 적지만, 강단이 있긴 하시지."

"……"

"그날 왕대비마마께서 우릴 소개했을 때, 즉석에서 바로 팔장사란 부대를 새로 만들지 않으셨나. 그리고 이번 일만 해도 그렇지. 경강상인을 뿌리 뽑겠다고 나오시는 걸 보면 확실히 보통내기가 아니시네. 다만, 혈기가 지나쳐 실수하실까 봐 걱정이지. 심양에 계실 때도 고집이 여간 아니셨잖은가."

"내 말은 그런 뜻이 아닐세."

"그럼?"

"주변을 둘러보게."

"음, 행인이 적구만."

"바로 그걸세. 모든 관심이 지금 종각 쪽 행사에 쏠려 있네. 다른 장소에서 소란이 일어도 신경 쓸 사람이 없단 거지."

"지금 전하께서 여기까지 내다보시고 군이 종각 행사일에 맞춰 날을 잡은 거라 여기는 건가? 그건 너무 끼워 맞춘 거 아닌가?"

"포도청 포졸도 종각 행사에 다 불려 가서 거리에 없네. 그리고 훈련도감이 도성에 항시 주둔시키는 금위청도 어쩐 일인지 며칠 전부터 습진한단 핑계로 도성 외곽에 주둔해 있고."

"흠, 듣다 보니 일리가 있구만."

"무엇보다 조정에 대신들이 아무도 없네. 며칠 전부터 종두법 백신 맞는다고 다 자기 고향에 돌아가 대기 중일세. 심지어 포도대장도 그 명단에 들어 자기 고향으로 돌아가 있고."

"오늘 경강상인을 제거해도 반발할 자가 도성에 없다는 건가?"

"이경석 대감이 남았지만, 그분이 어디 그러실 분인가?"

"그야 그렇지. 영상 대감이야 전하의 심복을 자처하는 분이니."

"전하는 종두법을 이용해 경강상인을 제거할 완벽한 기회를 만드셨네. 다시 생각해도 소름 끼치는 일이 아닐 수 없네."

"세상의 이목이 온통 종두법에 쏠려 떠들썩한 이때, 경강상인을 제거해 나라의 후환을 일찌감치 없애시겠다는 뜻이로군."

"바로 그걸세."

말을 달리다 보니 어느새 회합 장소가 가까워졌다.

다른 민가와 약간 떨어진 화려한 저택이었다.

원래는 김자점이 지은 저택인데 역모를 꾸미던 주인이 발각되어 죽고 나서 나라가 소유하고 있다가 민간에 넘긴 곳이다.

"감시가 있을지 모른다. 모두 말에서 내려 변장해라."

오효성의 지시에 대원들이 일사불란하게 움직였다.

이제 기초 체력 양성 코스만 끝냈을 뿐이지만 대부분 민간에서 하던 가락이 있어 금방 변장하고 오효성 주위에 모였다.

오효성이 대원들의 변장을 일일이 확인하고 나서 물러났다.

김지웅이 기다렸다는 듯 앞으로 나와 설명했다.

"곧 용호군 사람이 찾아올 거다. 그들을 따라 대기 장소로 이동해 신호를 기다려라. 신호는 효시로 해 주겠다. 교전 수칙은 우두머리는 생포하고 나머지는 반항하면 죽여도 괜찮다."

"예!"

잠시 후. 패랭이를 쓴 상인 하나가 슬며시 다가왔다.

"햄버거는 어떻게 만듭니까?"

김지웅은 미간을 찌푸리며 대답했다.

"잘 구운 번 두 장 사이에 고기 패티를 넣고 상추와……."

"상추와?"

"……슬라이스한 토마토와 반숙으로 후라이한 달걀과 치즈를 취향껏 올리고 나서 케첩과 머스타드소스를 뿌려 완성하오."

"반갑습니다. 추룡군 최제문입니다."

"난 팔장사 김지웅이고 이쪽은 오효성이오."

"전하께서 햄버거를 주신 적 있습니까?"

"희정당을 찾았을 때 운 좋게 먹을 기회가 있었소."

"흐흐, 역시 팔장사는 전하의 총애를 받는구만."

"그쪽도 먹어 본 거 같은데 아니오?"

"저야 불려 갔을 때, 우리 군장님이란 반씩 나눠 먹어 간에 기별도 안 갔습니다. 그래도 용호군에서 전하의 햄버거를 먹은 사람이 다섯도 안 될 테니 그 정도면 뭐 출세한 거죠."

"한데 이런 괴상한 암구어는 대체 누가 정한 거요?"

"누구긴 누구겠습니까."

최제문이 그러면서 하늘을 가리켰다.

김지웅도 그 하늘이 누군지 안다.

그저 쓴웃음을 지으며 더는 왈가왈부하지 않았다.

오효성이 최제문의 뒤를 보며 물었다.

"다른 이들은?"

"안전을 확인했으니 곧 올 겁니다."

정말 곧 왔다. 머리에 바구니를 진 젊은 아낙네, 연신 흐르는 콧물을 닦느라 소매가 다 헤진 사내아이, 허리가 구부정한 노인까지, 저마다 행색이 다 달라 무슨 저잣거리에 와 있는 기분이다.

오효성이 놀라 물었다.

"이들이 정말 안내인이란 말이오?"

"험상궂은 사내놈에게 감시 임무를 맡길 순 없지 않겠습니까. 그건 누가 봐도 의심이 갈 테니까. 해서 추룡군은 요즘 민간에서 다양한 이력을 지닌 요원을 따로 선발하는 중이죠."

김지웅이 코를 푸는 사내아이를 힐끗 보고 물었다.

"이건 강대산 장군이나 안교안 군장이 시킨 일이오?"

"아닙니다. 이것도 저 위에서 직접 내려온 거죠."

최제문이 다시 하늘을 가리켰다.

김지웅, 오효성도 말없이 고개를 끄덕였다.

이런 특이한 일을 벌일 사람은 상감마마밖에 없으니까.

곧 안내인이 팔장사 부대를 차례차례 매복 장소로 안내했다.

안내인이 이미 감시하며 봐 둔 장소다.

들킬 염려는 없다고 봐야 했다.

그렇게 30분쯤 지났을 때. 모든 부대가 제 위치에 정렬했다.

최제문은 오효성, 김지웅과 움직였다.

"힘 좀 쓰는 하인과 왈패를 합치면 100명이 넘습니다."

오효성이 저택을 둘러싼 담을 힐끗 보며 물었다.

"명단에 있는 대방과 대행수는 다 도착했소?"

"다 도착했습니다. 빠진 놈은 착호군이 해결할 거고요."

"그 얘긴 들었소."

"여깁니다."

최제문이 가리킨 곳은 저택이 반쯤 보이는 낮은 언덕 위였다.

"다 안 보이긴 해도 주변에서 여기가 제일 높습니다."

김지웅이 고개를 빼서 저택 내부를 살펴보며 물었다.

"우리가 치는 동안, 추룡군은 어떻게 할 거요?"

"계속 감시해야지요. 빠져나가는 놈이 없게."

"그럼 뒤는 추룡군에게 맡기겠소."

최제문이 호기심 어린 눈으로 물었다.

"어떻게 칠 겁니까? 그냥 막 쳐들어가는 겁니까?"

"우리가 그래도 명색이 팔장산데 그렇게 무식하게 할 순 없지."

김지웅이 뒤를 돌아보며 손짓했고.

곧 팔장사 대원 하나가 언덕을 달려 내려갔다.

잠시 후. 덩치 좋은 사내가 저택 정문으로 공처럼 둥근 물건을 던졌다.

최제문이 놀라 물었다.

"저건 뭡니까?"

"귀나 막으시오."

그 순간.

콰앙! 굉음과 함께 정문이 박살 나면서 연기가 치솟았다.

김지웅은 흡족한 표정으로 고개를 끄덕였다.

"잘 터졌군. 저건 비격진천뢰란 거요. 심지를 줄여 개조했지."

"전쟁에 쓰는 물건을 사용했단 말입니까? 도성에서?"

최제문이 어이없어할 때.

저택에 있던 종놈과 왈패들이 정문 쪽으로 달려갔다.

그들이 든 무기는 다양했다. 칼과 창, 활과 같은 병장기는 기본이고. 낫, 삽, 도끼 같은 농기구를 든 자도 적지 않았다.

몇 명은 심지어 조총으로 무장하기도 했다.

그들은 고함을 지르며 박살 난 정문 주위를 마구 돌아다녔다.

김지웅이 그 모습을 지켜보다가 오효성을 보았다.

오효성은 주저 없이 소리쳤다.

"효시를 쏴라!"

그 즉시.

피이이융! 화살이 바람 빠지는 소리를 내며 솟구쳤다.

신호용 효시였다.

매복해 있던 팔장사 대원들이 삼면에서 저택 담을 넘어갔다.

박살 난 정문 쪽을 제외한 삼면을.

"우리도 가세."

어느새 환도를 뽑아 든 오효성이 언덕을 내려갔고.

김지웅은 각궁과 화살을 챙겨 그 뒤를 따랐다.

최제문은 잠시 기다리고 나서 부하를 불러 지시했다.

"저택을 넓게 둘러싸라. 한 놈도 빠져나가선 안 된다."

"예, 과장님."

추룡군 수십 명이 즉시 흩어져 사방을 감시했다.

삼면에서 화살과 총알이 빗발치듯 날아들었다.

포위당한 적은 그 자리에서 죽거나 약간 늦게 죽을 뿐이었다.

그사이 팔장사 여덟 명은 저택 본채로 뛰어들었다.

덩치 큰 종놈 하나가 커다란 칼로 오효성을 내리쳤다.

오효성은 몸을 날려 피하고 바로 환도를 올려 쳤다.

"크아악!"

환도가 종놈의 사타구니와 배를 가르며 올라갔다.

쓰러지는 종놈 뒤에서 검을 든 왈패가 뛰쳐나왔다.

오효성은 재빨리 물러서며 거리를 벌렸고.

김지웅이 쏜 화살이 왈패의 목을 관통했다.

반대편에선 조양이 철퇴로 누군가의 머리를 깨부수고 있었고. 단짝인 장애성, 장사민은 창으로 대여섯 명을 구석으로 몰았다.

물론, 마무리도 창으로 했다. 팔장사에서 실력이 가장 뛰어난 장사는 오효성이 아니었다. 그는 타고난 리더에 가까웠다.

실력만 따지면 박배원, 신진익 둘이 걸출했다.

신력을 타고난 박배원은 언월도로 사람과 물건을 같이 갈랐다.

신진익은 칼과 방패를 썼는데 방어는 태산과 같고 공격은 살쾡이와 같아 누구도 그 앞에서 세 합 이상을 견디지 못했다.

막내인 박기성은 보라매로 다른 장사들을 지원했다.

뒤엉켜 백병전을 벌이는 곳에서 화기로 지원 사격하는 건 어려울 뿐만 아니라, 자칫 잘못하면 아군을 팀킬할 수 있다.

근데 누구도 박기성을 제지하지 않았다.

그만큼 박기성의 솜씨가 뛰어났다.

본채 방어를 무너트린 팔장사가 본채 안방으로 뛰어 들어 갔다.

경강상인 대방과 대행수들이 방 귀퉁이에 모여 있었다.

대방으로 보이는 노인이 삿대질부터 하였다.

"이, 이게 대체 무슨 천인공노할 짓들이오!"

오효성이 호랑이처럼 으르렁거렸다.

"네놈들이 지엄한 국법을 어기고 부정 축재를 일삼았을 뿐만 아니라, 곡물을 사재기해 시세를 마음대로 조작하려 하였기에 상감마마의 어명을 받은 팔장사가 단죄하러 왔다! 순순히 오라를 받지 않는다면 그 대가는 죽음으로 치르리라!"

반항하는 이도 있고 울고불고하는 자도 있었다.

물론, 멘탈이 터져 멍하게 서 있는 자도 있었다.

어쨌든 모두 체포되어 용호군으로 끌려갔다.

아마 살아서 해를 볼 자는 거의 없을 듯했다.

오효성은 밖으로 나와 정문을 확인했다.

반항하던 자는 대부분 죽었고 살아 있는 자는 몇 명 없었다.

도망치던 자들은 최제문의 추룡군에 잡혔다. 팔장사는 여자와 아이들을 쫓아내고 시체를 불에 태워 없앴다.

그사이, 김지웅은 장계를 작성해 희정당으로 보냈다.

◆ ◆ ◆

난 두 군데서 올라온 장계를 읽었다.

팔장사는 회합에 참석한 경강상인 수뇌부를 생포했다.

용호군도 그 외 나머지 수뇌부를 죽이거나 생포했다.

경강상인이 운용하던 조운선도 대부분 확보했다.

다만, 선원이 대부분 죽거나 도망쳐 당장 조운이 문제였다.

"귀남이 넌 당장 제물포 지사로 가 우윤학 지사장에게 제물포항에 대기하고 있는 범선 70척을 삼남 곡창에 보내 조운에 나서란 지시를 내려라."

"예, 전하."

홍귀남이 나가고 나서 왕두석을 불렀다.

"지금 즉시 강대산을 찾아가서 경강상인 대방과 대행수들을 고문해 그들과 과인을 시해하려 한 흥수와의 관계를 조사하라고 해라. 도중에 죽어도 책망하지 않겠다고 전하고."

"예, 전하."

왕두석까지 나가고 나서 쌍둥이를 불렀다.

"쌍둥이는 남산 인근에 가서 방귀옹이란 자를 찾아 데려와라."

"예, 전하."

선전관이 전부 나가고 나서 접종한 어깨를 흔들었다.

벌써 컨디션이 별로였다.

백광현도 며칠은 꼭 쉬라고 당부했다.

물론, 일이 쌓여 그렇게 될진 미지수지만.

어쨌든 큰 짐 하나는 덜었다.

이제 쌀장사는 다른 놈에게 안 주고 내가 해야지.

기다리는 동안, 퀘스트를 정리했다.

일이 많아 퀘스트를 살펴볼 시간이 없었다.

가장 먼저 눈에 들어온 퀘스트는 이거다.

아마 종두법 때문에 클리어한 거 같은데 대박을 쳤다.

메인 퀘스트 8

백성을 돌봐라!

-군왕은 백성의 어버이입니다. 즉, 군왕은 백성을 자식처럼 아껴야 한단 뜻입니다. 백성을 잘 돌보는 군왕이야말로 성군이며 그 외의 모든 건 사실상 부차적인 요소일 뿐입니다.

클리어 유무: 클리어

보상: 복지 스탯 개방 및 상점 3차 개방

복지 스탯? 물론 중요하다.

그래도 상점 3차 개방의 중요성에 비할 순 없다.

바로 상점을 확인했다.

역시! 3차 개방이 마지막 개방이었다.

상점에 1,001일부터 10,000일로 살 수 있는 스킬이 생성됐다.

마지막 개방이라 생각한 이유는 하나다.

4차 개방이 있다면 수명 100,000일로 살 수 있는 스킬이 있단 건데 상식적으로 말이 안 되기 때문이다.

뭐 이 게임 자체가 상식적이진 않지만 어쨌든.

수명 십만 일은 약 274년이다.

사기적인 스킬을 가진 나도 불가능한 숫자다.

수명을 돈으로 쓰는 시스템에선 말이 안 된다.

나중엔 몰라도 지금 당장은.

잡설은 여기까지 하고 국가 스탯이나 확인하자.

조선 (+119,695)

레벨: 2

정치: 53(↑2) 행정: 45(↑6) 경제: 31(↑4) 재정: 24(↑3) 국방: 56(↑6) 외교: 25(↑3) 교육: 33(↑3) 문화: 46(↑2) 복지: 21

뭐 복지 21이면 무난하군.

올리려면 빡세겠지만 17세기 조선에선 감지덕지지.

일단, 이건 넘어가고. 전체적으로 살펴보면 확실히 발전하고 있구만. 조선 수명은 엄청나게 늘었고. 다른 수치도 다 오르는 중이고.

다만, 재정이 계속 발목을 잡네.

꼴지가 반 평균 깎아 먹는 것도 아니고 말이야.

아, 그러고 보니 이젠 복지가 꼴찌네.

꼴찌 1, 2등이 복지, 재정인가? 골치 아프군.

복지를 늘리면 재정 수치가 떨어지겠지.

그렇다고 재정을 신경 쓰면 복지가 파란불일 테고.

해결 방법은 두 가지다.

하나는 균형을 맞추며 천천히 성장하는 거고.

다른 하나는 미친 듯이 돈을 벌어 둘 다 떡상하는 거다.

내 스타일은 후자 쪽에 가깝고.

클리어한 퀘스트는 하나 더 있었다.

서브 퀘스트 26

과감해야 할 땐 과감해져라!

-나라에 크나큰 해악을 끼치는 존재가 있다면 무력을 동원해 과감히 제거하는 것 또한 방법입니다. 다만, 너무 자주 무력을 동원하면 점차 패도로 치달아 나라와 백성 양쪽 모두에 그 해악이 부메랑으로 돌아올 수 있음을 명심하세요.

클리어 유무: 클리어

보상: 룰렛 1회 추첨권

퀘스트 문구가 자꾸 잔소리처럼 들리면 내가 이상한 거겠지?

요즘 들어 퀘스트가 도덕 선생같이 굴어 좀 귀찮다.

그래도 브레이크를 한 번씩 밟아 주는 효과는 있었다.

덕분에 이성을 잃고 폭주하는 사태도 없고.

근데 퀘스트도 실패가 있나?

다른 게임은 실패 시 디버프 같은 게 걸리기도 하는데 말이야.

흠, 지금까지 안 나오는 거면 없다고 봐도 되겠지.

그사이, 쌍둥이가 남산 사는 방귀옹을 데려왔다.

온몸의 터럭이란 터럭은 전부 하얀 노인이었다.

다만, 신기하게도 터럭만 그럴 뿐이다.

다른 곳은 장년, 아니 청년 못지않았다.

가슴 근육은 탄탄하고 팔뚝은 웬만한 여자 허벅지보다 굵었다. 거기다 해풍에 삭은 얼굴조차 나이에 비해 동안이다.

성격은 천생 뱃사람이다.

쪼는 거 없이 당당하게 하고 싶은 말을 하였다.

"남산 사는 방귀옹이옵니다. 급히 찾으신다고 하여 왔사옵니다."

"근데 이름이 진짜 방귀옹인가?"

"선친이 귀하게 오래 살라고 지어 주었사옵니다."

"선친은 원하던 바를 이뤘구만."

"오래 살긴 했는데 귀하게 산 것 같진 않사옵니다."

"늙어서 귀하게 살다가 죽어도 귀하게 산 거 아닌가?"

"소생에게 그런 운이 있겠사옵니까?"

"배 탈 때 용궁 가 본 적 있나?"

"소생에겐 여기가 용궁 같사옵니다."

"뭐 틀린 말은 아니네. 궁은 궁이니까."

"혹시나 해서 드리는 말씀인데 소생은 간이 없사옵니다."

"왜? 내가 간이라도 빼 달라고 할까 봐 선수 치는 거야?"

"한데 무슨 일로 소생을 찾으셨는지 물어봐도 되겠사옵니까?"

"용궁에 간 빼먹으려고 눈 부릅뜨고 있는 용왕만 있는 건 아니지. 설마 궁인데 쭉정이만 있겠어? 잘 찾아보면 어딘가에 보물이 있을 수도 있단 뜻이지. 두 번 다시 없을 기회 같은 거 말이야. 말년을 아주 고귀하게 보낼 수 있는 기회."

"소생의 귀엔 말년에 고생할지도 모른단 말처럼 들리는군요."

그것도 틀린 말은 아니네. 역시 나이는 똥구멍으로 먹은 게 아니라는 말인가? 그렇다면 얘기가 빠르겠군.

"몇 가지 물어볼게."

"하문하시옵소서."

"몇 년 전까지 조정에서 조운 일을 맡아 했었지?"

"그렇사옵니다."

"내 그 바닥을 잘 아는 이를 통해 알아보니까 자네가 아주 전설적인 뱃사람이라더구만. 지금까지 안흥량, 손돌목 이 두 곳에서 배를 잃어버리지 않은 유일한 선장이라고 하면서."

"운이 좋았지요."

"운만 있다고 그게 되나? 물길을 귀신같이 알아야 가능하겠지. 암튼 자네가 이번에 새로 만든 서유럽회사 운송 사업부의 부장을 맡아 줘야겠어. 글은 당연히 읽고 쓸 줄 알겠지?"

"글은 압니다만 소생의 나이가 나이인지라……."

"지금 당장 소도 때려잡게 생겼구만 무슨 나이 타령이야? 이경석 대감도 새벽같이 나와 과인을 보필하는데 그보다 한참 어린 방 부장이 골방에 처박혀 죽을 날만 기다려야겠어?"

"이경석 대감도 나이를 생각하면 쉬셔야 할 때지요."

"그러지 마. 꼭 내가 노인 학대하는 것처럼 들리잖아."

"사실을 말씀드렸을 뿐이옵니다."

"정말 못 하겠어?"

"이 바닥을 잘 안다는 사람이 그건 말씀 안 드렸나 보옵니다."

"뭘?"

"소생은 성격이 지랄맞아 잘못된 걸 보면 참지를 못하옵니다. 소생에게 맞은 조졸이 한두 명이 아니지요. 소생 같은 거친 뱃놈을 높은 자리에 앉혀 두면 풍파만 일 뿐이옵니다."

"왜 그 얘긴 안 해?"

"무슨 말씀이신지?"

"호조의 지위 높은 관원 하나가 조운한 세곡을 몰래 착복하는 걸 보고 들이받았다가 그날 바로 짤렸다는 얘기 말이야."

"그, 그걸 어떻게?"

"과인이 아무 사람이나 막 갖다 쓰는 줄 알았어? 이미 추룡군을 통해 자네와 관련된 사항은 다 조사해서 알고 있다고. 심지어 자네가 아내 몰래 법성포에 숨겨 둔 첩까지 아는데."

"추룡군이 뭔진 모르겠으나 실력이 대단하긴 하군요."

"걔들이 잘하긴 하지. 아 참, 난 그 얘기가 인상에 남더라고."

"어떤 얘기이옵니까?"

"호조에서 조졸을 수급하기도 어렵고 또 조운선이 자꾸 안홍량, 손돌목 같은 곳에서 가라앉는 바람에 조운을 통째로 경강상인에게 넘기려 할 적에 자네가 나서서 극구 반대했다며? 쌀장사하는 놈들에게 운송까지 맡기면 개판된다면서?"

"다른 일은 소생에게 어느 정도 허물이 있을지 몰라도 그 일만은 결코 후회하지 않사옵니다. 지금이야 경강상인에게 맡긴 조운이 잘 돌아가는 듯 보이지만 앞으로 몇 년만 지나도 경강상인이 도성의 쌀값을 좌지우지할 것이옵니다."

"그 점은 걱정 말라구."

"예?"

"내가 이미 경강상인을 없애 버렸거든."

"그, 그렇사옵니까?"

"못 믿겠으면 나가서 수소문해 봐. 지금쯤 소문이 쫙 퍼졌겠지."

확답을 미루고 돌아간 방귀옹은 다음 날 일찍 등청했다.

"전하께선 참으로 화끈하시옵니다."

"소문을 들었어?"

"도성 전체가 그 일로 난리인데 어찌 모르겠사옵니까?"

"그럼 운송 사업부는 어떻게 할 거야?"

"소생을 이토록 믿어 주시는데 어찌 거절할 수 있겠사옵니까."

"좋아. 서유럽회사에 사업부 사무실을 마련해 뒀으니까 거길 써. 선장으로 일할 때 알던 부하가 있으면 알아서 고용하고."

"벌써 사무실까지 있단 말이옵니까?"

"미적거려 뭐 해? 이런 일은 빨리빨리 해치워야지."

"역, 역시 화끈하시옵니다."

"지금 조운은 서유럽회사 무역 사업부 선단이 하고 있는데 자네가 경강상인의 인력과 조운선, 유통망을 인계받아 빨리 정상화해 놔. 그 선단은 다른 중요한 임무가 있으니까."

"분부대로 하겠사옵니다."

방귀웅이 돌아가고 나서 어깨를 한번 돌렸다.

어제보다 더 뻑뻑했다.

아무래도 우두에 제대로 걸린 모양이다.

처음엔 걱정이 많았다.

21세기 사람이 나처럼 과거로 돌아가면 뭘 해 보기도 전에 그 시대를 주름잡는 전염병에 걸려 죽을 거란 얘기를 들었다.

지금 시대를 사는 이들은 내성이 약간씩 있는데 나처럼 전염병이 거의 사라진 시대에서 온 사람은 그런 게 없다는 거다.

근데 가만 생각해 보니 멍청한 생각이었다.

이 몸은 사실 내 거가 아니었다.

17세기를 살던 현종 거였다.

즉, 이 몸도 내성이 어느 정도 있단 뜻이다.

물론, 원체 병약하게 태어나 소용없을 수도 있지만.

"정말 며칠 푹 쉬어야겠는데."

당연히 머피의 법칙이 발동했다.

매번 쉬려고 할 때마다 꼭 일이 생긴다.

"전하, 서원에 사는 신정화란 처자가 왔사옵니다."

상선의 보고에 고개를 절레절레 젓곤 명했다.

"들여보내시오."

그러면서 혹시나 하는 생각이 들었다.

왜 그런 거 있잖아? 예상 못 한 장소, 상황에서 만난 여자에게 한눈에 홀딱 반하는 거.

혹시 아나? 이 신정화란 처자가 엄청난 미인일지.

정말 혹시나 하는 생각에 옷차림을 살피는데.

드르륵! 문이 열리는 소리가 나고 나서 평범하게 생긴 여인이 보였다.

그럼 그렇지.

신정화는 엄청나게 긴장한 듯했다.

문 앞에서 버벅대며 들어오길 망설였다.

"들어오게나."

"예, 예, 상감마마."

신정화가 방바닥만 보며 걸어와 무릎을 꿇었다.

그리고 나서도 몸을 계속 덜덜 떨었다.

나는 긴장을 풀어 주려고 따뜻한 말부터 건넸다.

"선친의 장례는 잘 치렀는가?"

"예, 예, 상감마마."

"혈육을 잃은 슬픔이 가시지도 않았을 텐데 이렇게 불러 미안하네. 과인도 사정이 급하지 않았으면 부르지 않았을 거야."

"예, 예, 상감마마."

이런 컨셉은 잘 안 통하나 보네. 그녀는 내 말이 귀에 전혀 안 들어오는 모양이다. 그냥 습관적으로 대답만 예, 예 한다.

이럴 땐 개그가 최고지.

"선친의 함자와 자네 이름을 합치면 신속정화가 되나?"

"예에?"

"왠지 뭘 빨리 정화해야 할 것 같은 이름이구만. 아니면 신속 정확하게 배달해야 한다든지. 아무튼 이름은 마음에 드네."

"황송하옵니다."

긴장이 풀린 모양이다. 그럼 이제 일 얘기를 해 보자고.

"자넬 부른 이유는 과인이 농업에 지대한 관심이 있어서야. 물론, 일국의 군왕치고 농업에 관심 없는 잔 거의 드물겠지."

"……."

"임금은 예로부터 친경례라 하여 농사를 직접 짓고 왕비는 친잠례를 하여 백성에게 양잠의 중요성을 알리려 했지. 뭐 다 보여 주기식인 데다, 지금은 그냥 놀자판이 되었지만 말이야."

"……."

"한데 과인은 다른 임금들과는 좀 다르다네. 과인이 이번에 농업을 한번 제대로 파 볼 생각이거든. 결국, 과인도, 백성도 살아가는 데 있어서 가장 중요한 건 먹는 거 아니겠나?"

"그, 그렇사옵니다."

"자네가 선친을 도와 농가집성을 집필하고 여인의 몸으로 험한 농사까지 지어 가며 책의 내용이 논과 밭에서 얼마나 쓸모 있는지 알아본 일 역시 농사가 중요하다고 여겨서겠지?"

신정화가 처음으로 고개를 들었다.

"맞, 맞사옵니다. 선친은 농법의 발전이야말로 천하 만민을 이롭게 하는 길이라 생각하였고 소녀 또한 마찬가지이옵니다."

"해서 과인은 자네에게 농업 사업부 부장을 맡겨 볼 생각이네."

"소, 소녀가요?"

"그래, 자네를. 당연히 글은 읽고 쓸 줄 알 거 아닌가?"

"그, 그렇사옵니다만……. 소녀는 아녀자인데 어떻게?"

"우리 조선은 사람밖에 가진 게 없네."

"……."

"조선은 다른 나라에 비해 국토가 심히 작네. 심지어 그 국토 대부분은 산이라 농사지을 땅마저 부족하지. 산이 많으면 그 산에 자원이라도 많아야 하는 법인데 그것도 아니라네."

"……."

"즉, 사람밖에 기댈 곳이 없단 뜻이네. 한데 백성의 절반인 여자를 활용하지 않고서 어찌 부국강병을 이룰 수 있겠는가?"

"조, 조정에서 뭐라 하지 않을까요?"

"하하, 그 점은 걱정하지 말게. 농업 사업부는 과인이 차린 서유럽회사에서 하는 거네. 조정 꼰대들도 뭐라 하지 못하지."

긴장이 다 풀린 모양이었다.

이젠 내 농담에 슬며시 웃기까지 했다.

"꼭 지금 바로 결정해야 하나요?"

"며칠 정도 줄 수 있지. 도성에 머무를 데가 있나?"

"없사옵니다."

"두석아!"

왕두석이 뛰어 들어와 대답했다.

"찾으셨사옵니까?"

"신씨 처자가 쉴 수 있을 만한 조용한 집을 하나 마련해 주어라."

"시행하겠사옵니다."

왕두석이 신정화를 데리고 나갔다.

오늘은 이게 끝이라 좀 쉬려는데 방해꾼이 나타났다.

다행히 좋은 일로 찾아온 방해꾼이었다.

상선이 들어와 조용히 속삭였다.

"전하, 삼간택 후보 명단을 입수했사옵니다."

"응? 금혼령도 안 내렸는데 명단이 있단 말이오?"

"뭐 다 그런 거 아니겠사옵니까."

"어디 봅시다."

이 중에 내 배우자가 있을지도 모른다고 생각하니 약간 떨리네.

암튼 나도 곧 장가가겠군.

왕의 결혼은 중요한 정치 행위다.

백성의 혼인과 달리 정치적인 이득을 따져 봐야 한단 뜻이다.

뭐 태종 같은 예도 있긴 하지만.

태종은 통치에 방해될까 봐 외척을 몰살시켜 버렸지.

그 외엔 대부분 러닝메이트를 고르는 방식과 흡사하다.

이 가문과 사돈을 맺었을 때, 어떤 정치적인 이득이 있는가?

그런 면에서 가장 먼저 보는 건 역시 가문의 힘이다.

이미 정난 한 번과 반정 두 번을 거친 나라다.

왕이 너무 어리거나 힘이 없으면 쫓겨날 수 있다.

왕을 받쳐 줄 뒷배가 필수란 뜻이다.

근데 그런 뒷배를 왕실에서 찾지 못한다면?

결혼을 통해 외부의 힘을 수혈할 수밖에.

왕실도 당연히 외척이 득세했을 때의 폐해를 안다.

그런데도 권력자의 딸을 왕비로 맞는 이유는 왕의 처가 혹은 외가가 왕을 든든하게 받쳐 줄 수 있다고 생각하기 때문이고.

조선 말기로 가면 본말이 전도되긴 하지만.

다시 간택으로 돌아가 보자.

왕비를 들이는 일은 나라의 중대사다.

왕비가 원자를 낳느냐, 못 낳느냐에 정통성이 달려 있다.

후궁이 낳은 자식을 세자로 삼아도 되지 않냐고?

그럼 이미 정통성에 흠이 생긴 거다.

이렇듯 국혼은 워낙 중요해 금혼령부터 내린다.

그럼 그때부터 모든 규수가 혼인을 못 한다.

금혼령을 내리는 이유는 크게 두 가지다.

좋은 규수를 왕실이 선점하기 위해.

그리고 최대한 많은 규수를 살펴보기 위해.

간택 절차도 까다롭다. 초간, 재간, 삼간을 거쳐 최종 후보 한 명을 선발한다. 무슨 아이돌 경연대회도 아니고 말이야.

상선이 가져온 건 그 삼간택에 오른 재간 명단이다.

재간은 보통 적으면 대여섯 명, 많으면 일고여덟 명까지 뽑 한다. 여기서부터 이미 정치적인 냄새가 풀풀 풍기지.

금혼령과 초간 같은 절차는 요식 행위다. 이미 서인, 남인 이 윗전과 상의해 재간 명단을 만들어 둔 거다.

난 이 명단 안에서만 마누라를 골라야 하는 거고.

명단을 눈으로 훑으며 상선에게 물었다.

"이건 어떻게 입수했소?"

"책망하시는 것이옵니까?"

"아니, 그냥 순수한 호기심에서 묻는 거요."

"내명부와 내시부는 복잡한 관계지요."

"상선의 매력으로 제조상궁을 살살 구슬렸구만."

"허허."

"어쨌든 살펴봅시다."

결과는? 죄다 서인이고 남인 후보는 몇 안 된다.

역시 아직은 서인 세상이네.

특이한 건 왕인 쪽은 아예 없단 점이다.

후보가 없거나, 외척 자체를 꺼리는 모양이군.

며칠 후. 신정화가 등청해 농업 사업부를 맡아서 해 보겠다고 말했다.

오랜 고민 끝에 내린 결정이라는데 슬쩍 왕두석의 눈치를 살피는 모습을 봐선 그 결정에 그의 입김이 꽤 들어간 듯했다.

허허, 정말 봄이 오려는 모양이네.

그건 그렇고 다른 이는 우두에 걸려도 평소와 다름없다고 한다.

근데 난 농포가 크게 생긴 데다 뼈마디까지 욱신거린다.

이참에 좀 쉬어야겠어. 물론, 마냥 놀고먹는단 얘긴 아니고.

이번 기회에 내 마누라 후보들을 보러 다닐 생각이다.

다른 건 참아도 누가 아내까지 골라 주는 건 못 참겠다.

아, 그 전에 할 일이 하나 있다.

일단 조정에 좀 쉬겠다고 말해 놓고 서유럽회사를 찾았다.

목적은 다름 아닌 조직 개편이다.

사업부가 봄날 죽순처럼 생겨나 한 번은 정리하고 가야 했다.

일단, 능력이 출중한 장현을 본사 사장에 앉혔다.

장현 바로 밑엔 제물포 지사장 우윤학이 있다.

다시 사장과 지사장 밑에 각 파트의 파트장을 두었다.

우선 고생한 박연을 무역 사업 본부 본부장에 앉혔다.

무역 사업부는 워낙 덩치가 커 본부로 승격했다.

김석주는 그런 무역 사업 본부의 영업이사고. 최립, 일양, 조온잠, 고연내, 피터슨은 각 파트의 과장이 되었다.

무역 사업 본부가 큰 줄기라면 작은 줄기도 있다. 화기 사업부, 시계 사업부, 의료 사업부, 농업 사업부, 운송 사업부.

뭔가 하나 빠진 것 같은데? 아, 조선 사업부를 빼먹었네.

사업부가 제물포에 있어 가끔 잊어먹는다니까.

여기에 오늘 새로 두 사업부를 신설했다.

바로 교육 사업부와 소매 사업부다.

이 정도면 문어발이 아니라, 지네발이네.

아무튼 그래서 교육 사업부가 뭐냐면.

본사에서 진행하던 직원 교육을 정식 부서로 만든 거다.

교육 사업부 부장은 헨드릭 하멜이고.

그 밑의 과장은 야콥 얀스와 헨드릭 코넬리슨이다.

물론, 셋 다 교수 겸직이고.

짜낼 수 있을 때 참기름 짜듯이 짜내야지.

생돈을 퍼부었는데 놀고먹는 꼴은 죽어도 못 본다.

소매 사업부는 정말 필요해서 만든 거다.

바로 쌀장사에 본격적으로 뛰어들기 위해서.

뭐 쌀만 팔 건 아니니까 곡물 종합 판매라고 봐도 무방하고.

처음엔 재야의 고수에게 부장을 맡길 생각이었다.

방귀웅 같은 재야의 고수 말이다.

근데 생각해 본 결과, 더 좋은 수가 있었다.

어차피 쌀장사하려면 경강상인 조직을 재편해서 해야 한다.

자연히 내부 사정을 모르는 이보다 관계자가 낫겠지 싶었다.

용호군에게 행수 중에 재주가 쓸 만하고 절대 배신하지 않을 만한 자를 하나 찾아내서 데려오라 했는데 그게 오늘이다.

"뭐야? 나랑 장난 까냐?"

강대산이 당황해 물었다.

"어, 어찌 그러시옵니까?"

"웬 아줌마를 데려왔어? 강 대장 이모야?"

"전하께서 재주가 쓸 만하고 절대 배신하지 않을 만한 자를 대령하라 하셔서 찾다 보니 양 행수보다 적격인 인물이 없어 데려온 것이옵니다. 소장의 의견에 안 군장도 찬성했사옵니다."

그러면서 옆에 있는 안교안에게 떠넘겼다.

안교안은 얼른 곤경에 처한 상관을 도왔다.

"경강상인 내에서 신망도 있고 무엇보다 실력이 아주 좋다고 하옵니다. 신문한 자, 백이면 백 다 그렇게 말했사옵니다."

"그 말에 자네 목을 걸 수 있어?"

"꼭 목까지 걸어야 하옵니까?"

"넌 이게 장난 같아?"

"그럴 리가 있겠사옵니까."

"그래서 걸 수 있다는 거야, 없다는 거야?"

"걸 수 있사옵니다. 덤으로 강 대장 목까지요."

졸지에 같이 목을 건 강대산이 끙 하는 신음을 내었다.

난 피식 웃고 밖으로 나갔다.

"그렇다면 만나 봐야지."

양 행수는 40대 중반쯤 된 통통한 중년 여인이다.

외형이 전체적으로 둥글둥글해 호빵 같은 인상이었다.

성격도 사글사글했다.

덩치와 어울리지 않는 날렵한 동작으로 큰절을 올렸다.

"처음 뵙겠사옵니다. 양희라고 하옵니다. 잘 부탁드리옵니다."

무슨 백화점은 같은 데서 세일즈로 탑 먹은 아지매의 포스네.

"소매 사업부 부장 자리를 주면 잘할 수 있겠어?"

"3년 안에 두 배로 키워 보겠사옵니다."

"못하면?"

"접시 물에 코를 박든, 우물에 뛰어들든 하겠사옵니다."

"그럼 이번 일에 걸린 목이 세 개네."

양희는 고개를 갸웃거렸고.

내 뒤에 있는 강대산과 안교안은 헛기침하였다.

"좋아. 자네에게 정식으로 소매 사업부를 맡기지. 인원은 알아서 배치하고. 단, 두 가지만 명심해. 경강상인 대방과 대행수가 어떻게 됐는진 알겠지? 과인은 다른 건 다 참아도 쌀 같은 먹거리로 삥땅치면 진짜 개빡치니까 알아서 조심해."

"여부가 있겠사옵니까."

"두 번짼 도성만이 아니라 팔도 전체가 사업 영역이란 거야. 도성 백성만 밥 먹는 게 아니잖아? 그러니까 팔도 전역에서 동일 가격으로 쌀을 살 수 있는 유통 조직을 만들어 봐."

양희가 이해가 안 가는 표정으로 물었다.

"함경도와 전라도의 쌀값이 같아야 한단 뜻이옵니까?"

"추가 운송비 정돈 붙을 수 있겠지. 하지만 큰 차이는 없어야 해. 풍작인 고을에서 싸게 사 흉년이 든 고을에 비싸게 팔지 말란 거야. 한마디로 장난치지 말란 거지. 알아들었어?"

"그건 상인보단 조정의 관점인 듯하옵니다."

난 어이가 없어 웃었다.

"그럼 내가 쌀장사로 부자 되려고 하는 줄 알았어? 네 앞에 있는 사람이 누구라고 생각해? 임금이라고, 임금. 내 백성을 배불리 먹이는 게 인생 목표인 자라 이거야. 한데 나한테 상인의 관점 운운해?"

양희는 얼른 바닥에 엎드려 용서를 빌었다.

"소, 소첩이 이문에 눈이 멀어 절대 해선 안 되는 말을 하였사옵니다. 부디 이번 한 번만 너그러이 용서해 주시옵소서."

1절밖에 안 했는데 용서는 무슨.

귓구멍 열고 잘 들어. 금과옥조와 같은 소리 들어가니까.

"그런 넌 의문을 가지겠지. 무슨 돈으로 사업부를 운영할 거냐고. 당연한 의문이야. 근데 상인이면 무지렁이 농부보단 시야가 넓어야 하지 않겠어? 세상에 부자인 나라가 얼마나 많은데 자국 백성 등쳐 먹어서 돈을 벌려고 들어? 등쳐 먹으려면 다른 나라 놈을 등쳐 먹어야지. 그게 상도의 아니야?"

"맞사옵니다."

"일만 잘하면 녹봉은 넉넉히 챙겨 줄 테니까 괜히 쌀 판 돈에 욕심내 손대지 마. 그러다 손목 대신에 모가지가 잘린단 거 유념하고."

"명, 명심하겠사옵니다."

"자리로 돌아가 봐."

"예, 전하."

양희가 자기 자리로 돌아가고 나선 난 주위를 슬쩍 둘러봤다.

장현, 박영준, 카시니, 만대, 그로트, 백광현, 에보켄, 하멜, 얀스, 코넬리슨, 방귀옹, 신정화, 강대산, 안교안 등이 있었다.

"너희들도 과인이 지금 한 말 허투루 듣지 마!"

"예, 전하!"

"과인이 우리 백성을 등쳐 먹어서 돈을 벌라고 했어?"

"아니옵니다!"

"그럼 누굴 등쳐 먹는다고 했어?"

"다른 나라이옵니다!"

"바로 그거야! 우리 서유럽회사의 영업 방침은 우리 백성은 등쳐 먹지 말고 다른 나라 놈들을 등쳐 먹어서 돈을 벌자야!"

"……."

"이 방침을 제대로 이해하고 알아서 움직이는 놈들은 과인이 기필코 평생 낭비해도 모자랄 정도의 돈방석에 앉게 해 줄게!"

"……."

"반대로 말귀가 어두워 이해 못 하는 놈들은 아예 듣지 못 하게 머리를 떼어 내서 서유럽회사 현판 옆에다 박제시킬 거야! 그리고 출근할 때마다 직원들에게 거기에 침을 뱉으라고 시킬 거고! 죽어도 조롱거리로 남게 말이야! 알아들었어?"

"예, 전하!"

"좋아! 이해했다니까 이제 난 가 보마. 이건 새 부서가 생기고 새 식구도 왔으니까 직원들하고 회식하라고 주는 거야!"

난 은 보따리 하나를 던져 주고 돌아섰다.

근데 뭔가 아쉬웠다. 다시 돌아가서 물었다.

"우리의 영업 방침이 뭐라고?"

노련한 장현이 바로 선창했다.

"다른 나라를 등쳐 먹자!"

"그래, 그거야!"

곧 다른 이들도 일어나 군대처럼 복창했다.

"다른 나라를 등쳐 먹자!"

"다른 나라를 등쳐 먹자!"

"다른 나라를 등쳐 먹자!"

난 흡족한 표정으로 마누라를 찾아 떠났다.

아니, 정확히 말하면 마누라감을 찾아 떠났다.

왕두석, 홍귀남에 쌍둥이 둘, 그리고 김준익이 위장시켜 데려온 금군 50여 명으로 이루어진 나름 눈에 안 띄는 행차였다.

아, 한 명 빼놨네.

추룡군의 최제문이란 과장 하나가 따라붙었다.

"전하를 뫼시라는 명을 받고 온 최제문이옵니다."

"전에 안교안이랑 한 번 봤었지."

"예, 전하. 햄버거를 주셔서 맛있게 나눠 먹은 적이 있사옵니다."

"동선은 잘 짜 놨어?"

"예, 전하. 헛걸음하시는 일이 없도록 완벽하게 준비했사옵니다."

"좋아. 오늘 최 과장의 부킹 실력이 좋으면 햄버거를 통째로 주지. 햄버거는 아주 귀해서 삼정승도 아껴 가며 먹는 거야."

"부, 부킹이 무엇이옵니까?"

"아, 사소한 건 그냥 넘어가. 잘하란 뜻이니까."

"예, 전하. 첫 번째 집으로 모시겠사옵니다."

잠시 후. 말을 달려 도착한 곳은 어느 저택이었다.

최제문이 안채가 보이는 은행나무 쪽을 가리켰다.

"저기가 잘 보이옵니다."

"그래?"

난 바로 은행나무 위에 올라가 안채를 내려다보았다.

곧 안채 월동문으로 중년 아낙네가 들어갔다.

수입품을 양갓집 규수에게 파는 행상인 듯했다.

양손에 청나라 노리개와 지분 같은 물건이 있었다.

곧 안채 방문 중 하나가 열리고 15, 16세로 보이는 규수가 몸종 몇을 데리고 나와 아낙네가 늘어놓은 물건을 구경했다.

얼굴도 곱상하고 행동도 조신했다. 그리고 뭔지 모를 품격이 있었다. 흔히 말하는 맏며느리상이었다.

그게 왕실이라면 왕비가 될 상이고.

"여기가 누구 집이라고?"

"돈녕부 도정 김익훈의 집이옵니다."

"하, 뭐 볼 필요도 없네."

난 바로 돌아섰다.

김익훈은 김장생의 손자고 김집의 조카다.

한 항렬 밑으로 보면 김만기, 김만중이 그의 조카고.

즉, 서인 성골 중의 성골이다.

조부와 숙부, 그리고 조카들이 워낙 대단한 양반들이라 유명세는 그리 크지 못하지만, 그도 역사에 이름 한 줄은 남겼다.

바로 허견, 삼복의 역모를 조작한 인물 중 하나다.

이건 뭐 지뢰밭이나 다름없네.

난 바로 두 번째 집을 방문했다.

두 번째는 남인 강경파 홍우원네 규수였다.

역시 규수는 괜찮았지만 홍우원이 마음에 걸렸다.

서인이 이상하다고 해서 남인이 정상이라는 뜻은 아니니까.

세 번째 집은 대갓집치곤 좀 허름한 데였다.

이번에도 근처 나무에 올라가려는데 웬 소년이 태클 걸었다.

"뉘신데 남의 집 안채를 훔쳐보려는 거요?"

"그런 넌 누구냐?"

"소생은 최석정이라 하오만."

"하하, 네가 석정이구나. 암튼 만나서 반갑다."

나를 알 리 없는 소년은 고개를 갸웃거렸다.

여기서 생각지도 못한 인연을 만나네.

71장. 앞으론 신경 좀 써야겠어.

김준익은 상당히 빡친 모양이다.

"이자를 들여보낸 놈이 누구야?"

파총으로 보이는 장교가 얼른 머리를 숙였다.

"나이가 어린 소년이 자기 집이라고 하여 들여보냈사옵니다."

김준익의 눈썹이 바르르 떨렸다.

"소년은 칼을 쥘 수 없단 뜻이냐?"

"송, 송구합니다."

"넌 돌아가서 보자. 그리고 다들 들어라. 앞으로 내 허락 없이 외인을 접근시키는 금군은 군법으로 다스리겠다! 알겠느냐!"

"예, 장군!"

모든 금군이 머리를 조아릴 때.

최석정은 숨을 컥 들이마시더니 얼른 무릎을 꿇었다.

"소생이 상감마마의 용안을 알아보지 못해 무례를 저질렀사옵니다! 어떤 벌이든 달게 받겠사옵니다! 벌하여 주시옵소서!"

"괜찮아, 인마. 얼굴을 모르면 몰라볼 수도 있지."

"황, 황공하옵니다."

"너도 과인을 따라 나무 위로 올라가자."

"예에?"

"왜 놀라?"

"정, 정말 훔쳐보시려는 것이옵니까?"

"그럼 안 되는 거야?"

"상감마마의 체, 체통이 손상될 수 있사옵니다. 소생이 얼른 들어가 부친에게 상감마마께서 오셨다고 알리겠사옵니다."

"인마, 몰래 온 건데 그럼 다 들통나잖아."

"꼭 그러서야겠다면……."

난 나뭇가지를 잡고 반동을 주어 가볍게 위로 올라섰다.

이 정도야 뭐. 으하하, 요즘은 풀업으로 턱걸이를 무려 30개씩 하는 몸이라고.

근데 최석정은 힘이 달리는 모양이었다.

나무를 껴안고 계속 오르락내리락했다.

보다 못한 최제문이 최석정의 팔을 잡고 끌어 올렸다.

그제야 나무에 오른 최석정이 땀을 훔치며 고마워했다.

"누군진 모르겠지만 고맙습니다."

"나도 최씬데 소년 유생은 어디 최씨요?"

"전주 최씹니다."

"오, 그렇소? 나도 전주인데 우리가 먼 친척일 수도 있겠구먼."

난 둘을 보며 물었다.

"왜? 앉아서 서로 촌수까지 계산해 보지 그러냐?"

"황공하옵니다."

난 최석정을 옆에 앉히고 물었다.

"인마, 어린놈이 힘이 그렇게 달려서 어디에 쓰겠어? 맨날 책만 파지 말고 밥 많이 먹고 밖에도 좀 쏘다니고 그래."

"어명을 따르겠사옵니다."

"굳이 어명일 거까지야. 뭐 넌 장수할 관상이긴 하다만."

"전하께선 관상도 볼 줄 아시옵니까?"

"과인은 못 하는 게 없어."

"알, 알겠사옵니다."

"그래도 운동은 꼭 해. 넌 아직 어려 모를 테지만 사람은 역시 오래 살고 볼 일이더라. 무슨 일이 생길지 알 수 없다고."

"명심하겠사옵니다."

말은 그렇게 하면서도 의심의 눈빛을 보냈다. 기껏해야 다섯 살 차인데 인생을 알면 얼마나 더 알겠는가.

난 최제문에게 물었다.

"그러니까 여기가 누구 집이라고?"

"전 참봉 최후량의 집이옵니다."

"최후량이 최명길의 아들이라고 했지?"

"그렇사옵니다."

난 반대로 고개를 돌려 최석정에게 물었다.

"넌 그럼 최후량의 아들이야?"

"그, 그게 좀 복잡하옵니다."

"인마, 나 똑똑해. 매일 복잡한 정사도 척척 처리하는 몸이신데 가계가 복잡해 봐야 얼마나 복잡하다고. 그냥 설명해 봐."

"조부가 자식이 없어 조카인 부친을 양자로 입적하였사옵니다."

"후사가 없어 조카를 양자로 삼는 건 흔한 일이지. 그 조카가 네 부친인 최후량이란 거고. 그게 뭘 어렵다고 그러냐?"

"한데 조부가 두 번째 맞은 조모에게서 아들을 낳았사옵니다."

"그럼 양자를 들였는데 졸지에 친아들도 생긴 거네?"

"그렇사옵니다. 친아들은 후상이란 이름을 쓰지요."

"최후상이라 이거지? 그럼 최후량은 다시 본적으로 돌아가고 최후상이 최명길의 후사를 이었나? 보통 친아들이 잇잖아?"

"아니옵니다. 조부는 양자일지라도 이미 부자의 인연을 맺었는데 어찌 천륜을 인위적으로 깨냐며 후사를 계속 부친이 이어 가게 했사옵니다. 최후상은 조부의 차남이 된 셈이고요."

"너에겐 숙부가 되는 거고?"

"그렇사옵니다."

"인마, 그게 뭘 복잡하다고……."

"안 끝났사옵니다."

"안 끝났어?"

"그렇사옵니다."

"흠, 또 뭐야?"

"숙부에게 아들이 없어 이번엔 소생이 양자로 가게 되었사옵니다. 소생 위로 석진이란 이름을 쓰는 형이 있어 본가의 후사는 형이 잇고 소생은 숙부의 후사를 잇게 된 거지요."

"음, 복잡하긴 하네."

"그렇사옵니다."

"최명길이 조카를 양자로 삼았는데 친아들이 생겼고, 그 친아들이 또 후사가 없어 네가 숙부의 양자로 가게 되었단 거지?"

"정확하옵니다."

"최명길 직계만 어찌 자식 복이 없는 것 같네."

"문중 내에서도 그런 말을 하곤 하옵니다."

"그럼 넌 최후량의 친아들이면서 최후상의 양자네."

"맞사옵니다."

"여긴 최후량의 집인데 왜 왔어? 친부 보러 왔어?"

"소생을 아끼던 누이가 중전마마 간택을 받을 수도……. 아!"

"쉿!"

"왜, 왜 그러시옵니까?"

"오늘 내가 여기 온 건 비밀이야. 알았어?"

"무덤까지 안고 가겠사옵니다."

"그렇게 거창한 비밀은 아니니까 당분간만 입 꾹 다물고 있어."

"알겠사옵니다."

최제문이 옆에서 속삭였다.

"전하, 아낙네가 안채로 들어갔사옵니다."

"그래?"

난 망원경을 꺼내 안채를 관찰했다. 곧 문이 열리고 유모를 대동한 젊은 아가씨가 모습을 보였다.

그 순간. 망원경을 쥔 손이 살짝 떨렸다.

오, 개예쁘다! 얼마나 예쁘던지 감동까지 밀려온다.

궁녀 중에도 미녀로 불릴 만한 여인이 많고. 외유 나왔을 때도 서너 번 눈이 번쩍 뜨이는 미녀를 발견했다.

근데 오늘 수확에 비할 바 아니었다.

망원경의 선명하지 못한 렌즈조차 미모를 훼손하지 못했다.

정말 삼단이 어떤 느낌인지 알 것 같은 찰랑거리는 머리카락.

깨끗하고 투명한 피부. 오밀조밀한 이목구비.

무엇보다 비율이 엄청났다.

조선시대는 여자가 150대 중반만 해도 큰 키였다.

근데 방금 본 여인은 160이 훌쩍 넘었다.

어쩌면 170에 가까울지도.

옆에 있는 유모나 행상인보다 머리 두 개는 더 있었다.

남자로 쳐도 거인인 셈이다.

몸매야 지금 옷차림으론 알아보기 쉽지 않다.

녹색 저고리와 파란 치마가 잘 어울린단 것만 알겠다.

하긴 저런 미모면 뭔들 안 어울리겠어.

언제나 옷이 아니라, 옷걸이가 문제지.

물론, 팔다리만 봐도 어느 정도 감이 오기 마련이다.

팔다리가 길쭉길쭉한 스타일이 왠지 몸매도 늘씬한 것 같다.

순식간에 상상으로 그녀와 결혼해 애를 낳고 손자까지 보았다. 어후, 이러다가 안채로 뛰어가 프러포즈까지 하겠네.

일단 침착하자.

"저 규수가 네 누이야?"

최석정이 내 눈치를 살피며 조심스레 대답했다.

"그렇사옵니다."

"이름이 뭐야?"

"집 안에선 은이 누이로 부르옵니다."

"최은?"

"그렇사옵니다."

"은이 누이는 인기 많아?"

"무슨 말씀이신지 모르겠사옵니다."

"사내놈들이 문지방 닳듯이 찾아오냐고."

"혼담은 자주 들어온다고 들었사옵니다."

하긴 이 시대 남자들 눈이라고 뭐 다르겠어?

압도적인 아름다움은 시대를 초월하는 법이지.

"근데 왜 시집 안 갔대?"

"그게 저……."

"누이가 시집가기 싫대?"

"그것도 그렇고 혼담이 조금 진척될 기미가 보이면 남자 쪽 집안의 어른이 반대를 많이 했다는 말을 얼핏 들었사옵니다."

"남자 쪽 집안의 어른이 왜 반대해?"

"아마 병자년 때의 일로……."

"됐어. 더 말 안 해도 돼. 무슨 말인지 아니까."

하, 하여튼 유교 근본주의자 개새끼들!

이경석은 삼전도 비문으로 조리돌림당했다.

이경석이 그럴진대 최명길이야 오죽했을까.

최명길은 청에 항복하자고 한 장본인이다.

그로 인해 조선이 망할 때까지 매국노로 까였다.

재평가가 이뤄진 건 비교적 현대의 일이고. 척화파 김상헌이 대로라고 불리며 존경받은 것과 천지 차이지.

김상헌 후손은 그 덕분에 조선 내내 잘나갔다. 양자인 아들 김광찬은 그저 그랬지만 손자 쪽에 대박이 터진다.

김수항, 김수흥 둘 다 영의정을 지냈다.

심지어 증손자인 김창집도 영의정을 역임했다.

하이라이트는 따로 있다.

직계 후손이 바로 그 김조순이다.

노론 시파의 거두로 안동 김씨 세도정치의 기반을 닦은.

뭐 그런 집안이니 판서, 삼사 수장은 발에 차일 정도로 많다.

최명길 후손은 어땠냐고?

최석정, 최석항 형제 이후론 쫄딱 망했다.

하도 지독하게 까여 후손들이 아예 숨어 살았다.

최명길과 이경석이 없었으면 잘린 대가리도 못 찾아 구천을 헤맬 새끼들이 성리학에 매몰돼 주제도 모르고 깝친 거다.

정치를 병신같이 해 나라를 꼬라박았으면 최소한 피해를 줄일 방법이라도 찾아야 하는데 뭐 끝까지 싸워 순절하자고?

그럼 시발 남은 백성들은 어떻게 할 건데? 조정이 통째로 자살 공격해서 사라진 후 각자도생하란 건가?

여진족 새끼들이 좋다고 인구 반절을 노예로 잡아갔을 거다.

나머지 반은 말 키우고 농사짓게 하고.

명과의 전쟁에 쓸 군수품을 조달해야 하니까.

하여튼 이 새끼고 저 새끼고 다 정이 안 가요.

아, 또 흥분했네. 가뜩이나 컨디션도 안 좋은데 말이야.

심호흡하고 나서 고개를 들었다.

최석정은 오줌 싼 얼굴을 하고 앉았고.

최제문은 고개를 처박고 들지 못했다.

왕두석과 홍귀남도 쥐 죽은 듯이 앉아 있었다.

"뭐야? 왜 이렇게 분위기가 무거워? 무슨 일 있었어?"

그래도 왕두석은 짬이 있어 떨면서도 대답했다.

"전, 전하께서 무서운 얼굴을 하고 계셨사옵니다."

"하하, 석정이가 오해하겠네. 별거 아니야. 좀 피곤해서 그래. 암튼 오늘 귀한 인연을 맺었는데 어른이 되어서 그냥 갈 순 없지. 이거 얼마 안 되지만 책도 사고 누이 가락지도 사 주고 그래. 그럼 또 보자고. 시간 나면 바람도 좀 쐬고."

몸을 떠는 최석정의 손에 은덩이를 쥐여 주고 환궁했다.

"상선!"

"예, 마마."

"내명부에 가서 숙경공주 혼사가 어찌 되었는지 알아보시오."

"바로 다녀오겠사옵니다."

대답한 상선이 함박웃음을 지으며 돌아섰다.

"잠깐!"

"다른 어명이 있으시옵니까?"

"왜 이렇게 좋아하는 거요? 설마 정말 제조상궁이랑 사귀오?"

"허허, 그럴 리가 있겠사옵니까."

"그럼 왜 좋아하는 거요?"

"말은 안 했사오나 실은 왕대비전의 근심이 컸사옵니다."

"어마마마가 왜?"

"전하께서 몇 년 전부터 형제를 멀리하는 모습을 보곤 여러 공주자가와 무슨 문제가 있나 싶어 걱정이 많으셨사옵니다."

"그건 할 말이 없군. 알겠소. 빨리 알아보고 오시오."

상선은 바로 왕대비전으로 뛰어갔고. 난 한숨을 쉬었다.

효종은 전형적인 딸 부자였다. 아들은 현종 하나고.

그 말은 내게 누나도 여동생도 많단 뜻이다.

동복 누나가 셋에 동복 여동생이 셋이다. 거기에 이복 여동생 하나와 사정이 좀 복잡한 누나까지 있다.

저번에 혼쭐 난 숙명공주가 셋째 누나고.

물론, 남매의 정은 전혀 없다.

애초에 나한테 현종의 기억이 없는데 당연하지.

심지어 여동생 몇은 아직 같이 사는데도 그랬다.

흠, 생각해 보니 이건 내가 잘못한 게 맞네.

현종도 누나나 여동생이 이런 대접받는 걸 알면 슬퍼하겠지.

앞으론 신경 좀 써야겠어. 특히 그 사정 복잡한 누나부터.

갑자기 최명길이랑 엮이니 그 누나부터 떠오르네.

이런 게 인연이란 건가?

상선은 곧 돌아와 보고했다.

"제조상궁에 따르면 숙경공주자가는 선대왕마마 탈상이 끝나는 대로 전에 정해 놓은 혼처로 출가할 예정이라 하옵니다."

"그 혼처라는 데가 어디요?"

"우상 원두표 대감의 손자이옵니다."

"그럼 우상이 내 사돈어른이 되는 거네."

"그렇겠지요."

"내명부에 숙경공주의 혼처를 적당한 인사의 아들이나 손자로 바꾸고 금혼령을 내려 왕비 간택도 빨리 진행하라 하시오."

"전, 전하, 중전이 계시질 않아 내명부는 대왕대비마마와 왕대비마마의 소관이옵니다. 전하께서 그러신 걸 아시면 아마……."

"화를 내시든가 씁쓸해하시겠지. 좋은 조언이오. 이건 과인이 직접 가서 말씀드리는 편이 낫겠소. 그동안 상선은 의순공주가 어찌 사는지 알아보고 나서 희정당으로 데려오시오."

"의, 의순공주 말이옵니까?"

"옛날 버릇이 도진 거요?"

"어찌 화를 내시옵니까?"

"왜 귀찮게 과인이 두 번 말하게 하는 거요."

"얼, 얼른 시행하겠사옵니다."

상선이 나가고 나서 자책했다.

젠장, 낮의 드러운 기분 때문에 괜히 상선에게 뭐라고 했네.

일단, 왕대비전부터 가자.

난 바로 길을 나섰다.

답답하면 내가 직접 뛰어야지, 별수 있나.

난 절을 하고 앉았다.

"어마마마, 오늘따라 참 고우십니다."

"응?"

"고우시다고요."

"허허, 주상이 어미한테 부탁할 일이 있나 봅니다."

"어, 어찌 아셨습니까?"

"농은 그만하고 무슨 일인지 말씀이나 해 보세요."

"숙경공주를 올해 시집보낼 생각이시라고요?"

"그래야지요. 원래는 2년 전에 보냈어야 하는데 국상이 생겨 미루었던 거니까요. 더 나이 먹기 전에 얼른 치워야지요."

"혼처를 바꿔 보실 의향은 있으십니까?"

"원두표 대감이 훈련도감에 출입하는 일 때문에 그러십니까?"

아, 역시 궁궐에 살면 누구나 정치 9단이 된다더니 사실이네.

어마마마도 조정 소식에 귀를 기울이고 계셨구나.

"그렇습니다. 원두표 대감이 우상으로 훈련도감 제조를 겸하고 있는데 손자까지 부마가 되면 더 기고만장해지지 않겠습니까? 소자가 훈련도감을 장악하는 데 어려움이 있겠지요."

"혼처를 바꾸면 원두표 대감이 더 크게 반발하지 않겠습니까?"

"하려면 하라지요. 이젠 소자도 힘이 있습니다."

한동안 말이 없던 왕대비가 조용히 입을 열었다.

"따로 혼처를 봐 두신 데가 있는 모양입니다."

"이시방 대감의 손자는 어떻습니까?"

"호판 대감의 손자를?"

"그렇습니다."

"아주 좋은 생각입니다."

그러면서 왕대비가 엷은 미소를 지었다.

서당개 3년이면 풍월을 읊는다는데.

왕대비는 대궐에서 산 지 10년이 훌쩍 넘었다.

이미 정치에 도가 터 노회한 중신과 다름없다.

현재 서인은 크게 보면 세 갈래다.

하나는 이귀, 김류, 최명길, 장유로 대표되는 반정공신 세력.

다음은 김장생 계열의 산림.

세 번째는 김상헌으로부터 이어진 척화파.

이 중에 반정공신 세력은 세가 크게 꺾인 상태다.

1세대는 이미 다 죽었고 2세대도 죽음을 준비 중이다.

대표적 공신인 김자점의 탓이 크다.

놈이 깽판치다 죽으면서 급속도로 망 테크를 탔으니까.

그런 상황에서 반정공신 세력의 보루나 다름없는 이시방을 왕실 사돈으로 끌어들이면 세력을 온전히 가져올 수 있다.

예전만 못하다곤 해도 서인 세력에 어느 정도 타격은 주겠지.

논의 끝에 숙경공주 혼처는 원두표에서 이시방으로 바뀌었다.

숙경공주도 시할아버지로 원두표보다는 이시방이 나을 거다.

사실 대비전을 찾은 진짜 목적은 아직 말하지 않았다.

"말이 나온 김에 청을 하나 더 드려야겠습니다."

"무슨 청입니까?"

"왕비 간택을 서둘러 주시지요."

"지금까진 말씀이 없으셔서 관심이 없는 줄 알았는데 마음이 바뀌신 모양입니다. 어미로선 아주 기쁜 소식입니다."

"삼간택에서 최종 결정할 때 어마마마가 최명길의 손녀를 왕비로 밀어주십시오. 그럼 누구도 섣불리 반대하지 못할 겁니다."

"흠."

"왜 그러십니까?"

"조정 대신은 최명길 대감을 좋아하지 않지요. 그가 살아 있을 때, 그리 사근사근한 성격이 아니었고 무엇보다 병자년 일이 큽니다. 한데 그런 최명길 대감의 손녀를 왕비로 들이면 주상과 조정의 관계가 지금보다 나빠질까 걱정입니다."

"상관없습니다. 반발하면 찍어 누르지요. 그리고 최명길 대
감이야말로 종묘사직을 구한 일등 공신 아닙니까? 공신의 손
녀를 중전으로 들이는 데 반대하면 그거야말로 불충이지요."

왕대비가 골치가 아픈 듯 손으로 이마를 짚었다.

"이번 일도 이미 마음을 굳게 정하신 듯합니다."

"어마마마께 아뢰옵기 송구하옵게도 오늘 외유를 나갔다가
최명길의 장자 최후량 사가에 들러 그 댁 규수를 봤습니다."

"흠흠, 내명부의 기강이 많이 흐트러진 모양이군요."

"소자가 알아보라 한 겁니다. 제조상궁을 탓하셔선 안 됩
니다."

"그건……, 알겠습니다. 한데 그게 어째서요?"

"그 댁 규수가 아주 마음에 들었습니다. 얼른 장가를 가야
겠단 마음이 생길 정도로요. 이유로는 충분하지 않겠습니까?"

"흠, 주상의 뜻이 정 그렇다면 따라야지요."

"감사합니다, 어마마마."

"바로 최명길의 손녀를 삼간택 최종 후보로 정하면 왕실과
조정 양쪽에서 쓸데없는 말을 지껄이는 자들이 나올 겁니다."

"앞서 말씀드린 대로 힘으로 눌러 버리면 됩니다."

"주상, 칼을 뽑을 땐 신중해야 합니다. 자칫 패도로 흐를 수
가 있으니까요. 칼로 흥한 자 칼로 망한다고 하지 않습니까?"

아, 이건 왕대비 말이 맞다. 송시열에게 당하고 얼마나 지
났다고 벌써 또 기고만장해졌네.

"그럼 어찌해야 합니까?"

"불측한 자들이 경사스러운 일에 초를 치게 놔둘 순 없지요. 이 어미에게 꾀가 하나 있는데 이렇게 한번 해 보시지요."

들어 보니 꾀 수준이 아니었다.

오히려 뛰어난 정치 전략에 가까웠다.

이러다가 내 핵심 참모가 어마마마로 바뀌는 거 아냐?

다음 날. 내 밀명을 전해 받은 왕인이 본격적으로 움직였다.

"원두표 대감은 우의정과 훈련도감 제조를 겸직하고 있소. 거기에 손자가 부마까지 되면 대신 한 명이 너무 많은 권력을 쥐는 게 아니오? 이는 조정에도, 왕실에도 좋을 게 없소."

"옳은 의견입니다. 손자를 부마에 앉히려면 훈련도감 제조를 그만두는 게 이치에 맞지요. 아니면 그 반대도 괜찮고요."

"그럼 숙경공주자가의 새 혼처로 어디가 좋겠소?"

"이시방 대감의 손자는 어떻습니까?"

"호판의 손자를?"

"그렇습니다. 호판 이시방 대감의 가문으로 말하자면 이귀, 이시백과 같은 충신을 연이어 배출한 가문이고 심지어 부친 이귀 공은 반정의 1등 공신 아닙니까? 왕실이 사돈을 새로 맺기에 이보다 더 적격인 가문을 찾아보기 어려울 겁니다."

"난 찬성이오."

"저도 찬성입니다."

"좋소. 그럼 새 혼처를 이시방 대감의 손자로 정합시다."

"그럼 바로 왕대비전을 찾아 이를 고하고 허락까지 받아 냅시다."

"갑시다!"

물론, 짜고 치는 고스톱이다.

대왕대비, 왕대비도 찬성해 숙경공주의 혼처가 바뀌었다.

원두표가 노발대발했지만 돌이키기엔 이미 늦었다.

며칠 후. 이번엔 왕비 간택을 위한 금혼령이 내려졌다.

이번엔 짜고 치는 수준이 아니었다. 호구를 벗겨 먹기 위해 탄을 동원한 사기 고스톱에 가깝다.

호구가 화투패를 아무리 까 봐야 소용없다.

결과는 이미 정해져 있다.

난 간택 절차를 조용히 지켜보며 손님을 맞았다.

손님은 시대의 아픔을 상징하는 아이콘과 같은 의순공주다.

"오랜만에 뵙사옵니다."

의순공주가 큰절을 올리고 나서 조신하게 앉았다.

난 묵묵히 절을 받고 나서 의순공주를 살폈다.

공주라고는 믿기지 않을 만큼 행색이 초라해 마음이 아팠다.

안색은 그보다 더 심했다.

얼굴빛이 파리한 게 백지장 같았다.

흠, 이대로 두면 아무래도 큰일 나겠는데.

"요즘은 어디에 거하는가?"

"양주 금오리에 살고 있사옵니다."

"선대왕이 양식을 내렸다고 들었는데 관아에서 받고 있는가?"

"충분친 않사오나 받곤 있사옵니다."

"과인이 좀 더 일찍 들여다봤어야 하는데 마음에 여유가 없다 보니 그럴 틈이 없었네. 내 왕실을 대신하여 사죄하겠네."

"황, 황공하옵니다."

"공주가 오기 전에 명동에 저택을 하나 봐 뒀네. 몸종과 하인도 붙여 주겠네. 앞으론 거기서 살게. 그리고 옷가지와 양식은 왕실에서 직접 보내 줄 테니 더 이상 관아에 손 벌리지 말게. 공주도 왕실의 일원인데 그런 대접을 받아서야 쓰나."

"성, 성은이 망극하옵나이다."

"일단 몸을 추스르고 있게. 얼굴이 말이 아니야. 앞으로의 일은 나중에 상의하면 되겠지. 재가하고 싶다면 그렇게 해 주고 지금처럼 지내고 싶으면 의사를 존중해 그렇게 해 주겠네."

"재, 재가하고 싶은 생각은 없사옵니다."

"그럼 그렇게 알고 있지."

"명동 집이나 하인도 괜찮사옵니다. 괜히 신첩 때문에 전하께서 곤란해지시는 일은 원치 않사옵니다. 관아에서 철마다 식구 몇이 먹고살 만한 양식은 나오니 걱정 마시옵소서."

"공주는 괜찮을지 몰라도 내가 마음이 아파 못 보겠네."

"무, 무슨 말씀이시온지?"

"정치를 잘못한 건 우린데 피해는 공주가 고스란히 받았잖은가. 아니지, 피해는 공주를 비롯한 힘없는 약자들이 받았지."

"……."

"과인의 치세에선 다신 그런 일이 없을 걸세. 선대에서 벌어진 잘못 또한 그냥 묻고 넘어가지 않을 걸세. 나라에서 할 수 있는 최소한의 보상이라도 하여 억울함을 달래 줄 것이야.

보상한다고 뼈에 사무친 억울함이 달래질는지는 모르지만."

의순공주가 갑자기 쓰러지듯 엎어져 대성통곡했다.

난 고개를 돌려 창밖을 보았다.

오늘따라 달빛이 유독 쓸쓸했다.

◆ ◈ ◆

소녀는 규방의 창문으로 스며드는 맑은 달빛을 보며 미소 지었다.

오늘 중매쟁이가 시가가 될 집안에서 혼사 날을 잡겠다는 답변을 가져왔다.

소녀는 가슴 속 깊은 곳에서부터 올라온 뿌듯한 충만감에 얼굴이 붉어졌다.

시가가 될 집안이 마음에 들었다.

대대로 정승, 판서를 배출한 명망 높은 집안이었다.

평생 지아비로 모실 남편 역시 마음에 들긴 마찬가지였다.

곧 대과를 볼 예정인 전도유망한 청년이었는데, 인품은 물론이고 외모까지 뛰어나단 소문이 자자해 어서 혼삿날이 왔으면 하는 망측한 생각까지 품게 하였다.

그런 행복한 꿈에 젖어 들던 때.

쾅쾅쾅! 소녀는 갑자기 문을 두드리는 소리에 놀라 얼른 겉옷을 걸치고 등롱에 불을 밝혔다.

그 순간, 문이 벌컥 열리며 술에 잔뜩 취한 아버지가 뛰어

들듯이 들어와 바닥에 주저앉았다.

"애숙아, 미안하구나. 이 아비가 널 볼 면목이 없다."

"아, 아버님, 왜 그러세요? 대궐에 가셨던 일이 잘 안된 거예요?"

아버지는 애숙의 손을 부여잡고 하소연을 쏟아 냈다.

"아, 이 애비가 못나서 널 오랑캐에 시집보내고 마는구나!"

"오, 오랑캐라니요? 자세히 말씀해 보세요."

"도르곤이란 오랑캐 왕이 공주자가 중의 한 분을 신부로 달라고 했는데 상감마마께서 글쎄 공주자가와 세자저하의 따님들은 전부 이미 혼인했거나 나이가 너무 어려 보낼 수 없단 핑계를 대고 거절하셨다고 하는구나."

"그래서요?"

"도르곤이란 놈이 집요하기 짝이 없어 그럼 왕실 여식 중한 명을 신부로 보내라고 했는데……."

애숙은 아! 하는 낮은 비명을 지르며 고개를 떨구었다.

좀 전까지 남편 될 청년을 떠올리며 두근거리던 가슴이 차갑게 식어 만년 빙굴처럼 얼어 버렸다.

아버지는 사람이 너무 온순한 데다, 싫다는 소리를 잘 못하시는 분이다. 아마 상감마마께 불려 가 딸을 내놓으라는 말을 듣고 마지못해 승낙하셨을 거다.

그런 아버지의 눈이 어느 순간부터 기이할 정도로 번들거렸다.

"오랑캐에게 시집 가 몸을 버리느니 차라리 이 아비와 함

께 우물에 몸을 던져 죽자꾸나. 이 아비는 이 더러운 세상에
서 더는 살기가 싫구나."

애숙은 그 순간, 냉수를 뒤집어쓴 것처럼 정신이 번쩍 들었다.

여기서 아버지의 뜻에 동조하다간 아버지를 죽이는 크나
큰 불효를 저지를 뿐만 아니라, 조선과 청의 관계마저 틀어져
병자년과 같은 난리가 또 생길지 몰랐다.

애숙은 오히려 아버지를 설득했다.

"아버님, 어찌 그런 무서운 말씀을 하세요. 그냥 오랑캐도
아니고 그들의 왕에게 시집가는 거니까 아버지에게도 장차
좋은 일이 있을 거예요."

"아비는 오랑캐에 딸을 팔아서 출세하고 싶지 않다."

아버지는 그렇게 말했지만, 결국 그녀의 간곡한 설득에 넘
어갔다.

얼마 후, 효종에게 의순공주란 작위를 받은 그녀는 도르곤
에게 시집가기 위해 북경까지 가는 먼 여정을 떠나야 했다.

여정을 떠나기 며칠 전. 몰래 빠져나온 그녀는 혼사가 예정
되어 있던 집을 멀리서 지켜보다가 큰절을 올리고 돌아섰다.

걷는 동안, 왠지 눈물이 쏟아질 것 같아 장옷으로 얼굴을
싸매고 입술을 피가 날 정도로 깨물었다.

다시 며칠이 지나 배를 타고 압록강을 건널 때.

그녀는 가마에서 내려 마지막일지도 모르는 조선의 산하
를 한동안 물끄러미 바라보았다.

내가 살아서 조선 땅을 다시 밟을 수 있을까?

죽기 전에라도 그럴 수만 있다면 더 바랄 게 없겠구나.

그렇게 아쉬운 마음을 뒤로한 채 북경에 도착해 그녀의 지아비가 될 도르곤과 혼례를 치렀다.

도르곤은 알기 힘든 사람이었다. 어떨 때는 한없이 부드럽다가도 어떨 때는 절 입구에 있는 사천왕상처럼 무섭게 느껴졌다.

어쨌든 대우는 좋았다.

도르곤은 순치제를 능가하는 섭정왕이었으니까.

더구나 도르곤의 정실부인이었다.

청 황족도 그녀를 깍듯하게 대했다.

그렇게 조금씩 정을 붙이면서 작은 행복이라도 느끼고 있을 때. 사냥을 나간 도르곤이 급사했다.

몇 달 같이 살지도 않은 남편이라 슬프기보단 당혹스러웠다.

심지어 더 당혹스러운 일은 따로 있었다.

친정하기 시작한 순치제가 그동안 도르곤에게 쌓인 원한을 풀려는 듯 도르곤과 그를 따르는 무리를 무참히 짓밟았다.

도르곤은 관에서 끌어내져 부관참시당했고.

수천이 넘는 도르곤의 부하들이 차례로 목이 잘렸다.

그녀는 살얼음 위를 걷는 거처럼 엄청난 두려움을 느꼈다.

순치제의 부하들이 언제, 어디서 나타나 그녀를 욕보이고 잔인하게 죽일지 알 수 없는 일이었다.

몇 달을 매일같이 죽음이 주는 공포와 맞서 싸워야 했다.

어느 날은 체념하고 어느 날은 미치도록 살고 싶었다.

또 어느 날은 조선의 산하가 너무나도 그리워 미칠 것만 같았고 또 어느 날은 부모와 형제의 얼굴을 떠올리며 하루 종일 울었다.

다행히 순치제는 그녀를 죽이지 않았다.

그렇다고 불행이 끝난 것도 아니었다.

여진족은 과부가 된 여인을 재가시키는 풍습이 있었고.

그녀도 강제로 왕실 방계 왕자에게 재가해야 했다.

이제 좀 안정이 되는가 싶던 그때.

재가를 간 왕자가 요절하면서 다시 과부가 되었다.

너무나도 기구한 자신의 처지에 한탄한 나머지 식음을 전폐하고 숨이 끊어지기만을 기다리던 날들이 이어졌다.

딸의 소식을 듣고 한걸음에 달려온 아버지가 백방으로 노력한 끝에 그녀를 조선으로 데려가도 된다는 허락을 받아 냈다.

그녀는 뛸 듯이 기뻐 아버지를 따라 조선으로 돌아갔지만 조선은 그녀가 생각하던 조국이 아니었다.

사람들은 그녀를 오랑캐에게 두 번이나 시집가고도 뻔뻔하게 살아 돌아온 화냥년이라며 손가락질했고.

조정 신료들은 매일같이 그녀와 아버지를 괴롭혔다.

"금림군 이개는 조정의 허락도 없이 청으로 건너가 몸을 더럽힌 자신의 딸을 조선으로 데려왔사옵니다. 조정의 기강을 해친 금림군 이개의 관작을 박탈하시고 절개를 지키지 않은 의순공주는 작위를 거두고 나서 유배에 처함이 마땅한 줄 아뢰옵니다!"

"의순공주의 작위를 거두고 유배에 처한 사실이 청에 알려지면 그건 그거대로 곤란한 게 아닌가?"

"그럼 가까운 양주로 보내 바깥출입을 못 하게 하는 선에
서 처벌하시는 게 어떻겠사옵니까?"

"그게 좋겠군."

그녀는 그렇게 양주 외딴 구석으로 유배 아닌 유배를 떠나
게 되었다.

도성을 떠나던 날. 처녀 적에 혼담이 오가던 청년이 대과
에 급제해 정승댁 딸과 혼례를 올렸단 말을 듣고 나선 그녀의
눈동자에 남아 있던 마지막 생기마저 사라졌다.

◆ ◈ ◆

의순공주의 인생사는 기구하단 표현 외에 덧붙일 말이 없다.

그나마 효종이 살아 있을 때는 나았다.

현종이 즉위하고 나선 아예 공주 작위를 박탈당했다.

의순공주는 현종이 즉위한 지 3년 되던 해에 갑자기 요절
했다.

정확한 사인은 알려지지 않았다. 병으로 죽었을 수도 있고.
치욕을 견디다 못해 자살한 것일 수도 있다.

다시 생각해도 참으로 기구한 인생이다.

나라면 화병으로 죽었을 테지.

의순공주의 통곡은 거의 반 시진이 지나 끝났다.

옷고름으로 눈물을 닦은 의순공주가 얼굴을 붉혔다.

"흉한 모습을 보여 면목이 없사옵니다."

"괜찮네. 한데 과인이 듣고 싶은 대답은 아직 해 주지 않는군."

"어떤……?"

"과인의 제안을 받아들일 텐가?"

"예, 전하. 제안을 받아들이겠사옵니다. 그리고 매일 밤 정화수를 떠 놓고 전하의 만수무강을 진심으로 기원하겠사옵니다."

"그러지 말게."

"신첩이 하고 싶어 하는 것이옵니다."

"과인은 이미 만수무강이 예정되어 있네. 그러지 말고 이왕 할 거면 조선이 부강하게 해 달라고 기도하는 게 어떤가? 그래야 앞으론 공주 같은 피해자가 나오지 않을 게 아닌가?"

"예, 전하……. 조선의 부국강병을 기원하겠사옵니다."

의순공주는 비틀거리면서 끝내 큰절을 올리고 돌아갔다.

돌아갈 때 홍귀남을 같이 보내 편의를 봐주게 했다.

내명부에 일러 옷감과 양식도 넉넉히 보내란 지시도 내렸다.

난 의순공주가 앉아 있던 보료를 보고 주먹을 꽉 쥐었다.

다신 그녀와 같은 피해자가 생겨선 안 된다.

그러려면 먼저 나라가 힘이 있어야겠지.

누구도 범접하지 못할 그런 힘이.

73장. 난 군인이면서 무인이오.

왜국 대마도 후추 번 성곽 아래 거리.

"헹!"

김석주는 코를 소리 나게 풀고 여관으로 들어섰다.

최립이 김석주 뒤를 훑어보며 물었다.

"어째서 혼자 오는 겁니까?"

"으휴, 멍청한 새끼."

최립이 눈에 쌍심지를 켜고 물었다.

"우리보고 지금 멍청한 새끼라고 욕한 거요?"

"왜? 찔리는 거라도 있어?"

"여기서 한 판 더 해보잔 거요?"

"흥, 못 할 것도 없지."

김석주는 변장을 위해 입은 왜인 옷의 소매를 걷었다.

둘 사이에 끼어 있던 피터슨이 얼른 말리고 나섰다.

"자자, 그만들 하세요. 여긴 조선이 아니잖습니까."

조선인 둘이 싸우는 동안, 서양인이 말리는 이상한 광경이다.

최립은 이번엔 내가 참는단 표정으로 다시 앉았고.

김석주는 피터슨을 보며 넋두리를 늘어놓았다.

"권동수 때문에 내가 제명에 못 살겠다니까."

"그러지 말고 사정을 찬찬히 얘기해 보세요."

"권동수 그놈이 자기가 아는 확실한 거래처가 있다고 우릴 오오무라인지 육육무라인지 하는 놈에게 데려갔을 때까지만 해도 괜찮았어. 한데 이 오오무라란 놈이 갑자기 아침에 상한 물고기를 처드셨는지 대뜸 고연내와 권동수 두 놈을 옥에 가두더니 나보고 가서 돈을 가져오라지 뭐야. 돈을 가져오지 않으면 그 두 사람을 풀어 주지 않을 기세더라고."

조온잠이 분기탱천해 물었다.

"놈이 뭐라고 하면서 잡았습니까?"

"우리가 대마도를 염탐하러 온 조선 첩자라던데?"

피터슨이 미간을 찌푸렸다.

"뭔가 좀 이상하군요. 조선과 왜국은 큰 전란 이후 간신히 통교를 이어 가는 중이 아닙니까? 한데 염탐했단 이유로 조선인을 강제로 가두고 나서 돈을 가져오라 했다고요? 이는 단순히 대마도에서 끝나는 문제가 아니라, 조선 조정과 왜국

막부 사이의 외교적 문제가 될 수도 있습니다."

일양이 웃으면서 감탄했다.

"피터슨 과장은 어찌 그런 거까지 아시오?"

피터슨이 머리를 긁적이며 겸연쩍어했다.

"하하, 그야 동인도회사에 있다 보니 주워들은 게 많아……."

그때, 김석주가 끼어들었다.

"육시랄, 넌 뭐가 그렇게 즐겁냐? 난 지금 똥줄이 다 타서 똥도 못 싸고 있구만, 넌 무슨 여행하러 온 사람같이 아주 태평하다? 왜? 돌아갈 때 아예 선물이라도 사서 가지 그러냐?"

김석주의 타박에 일양은 화를 참고 불호를 외웠다.

"나무아미타불 관세음보살……, 김석주 개새끼."

김석주가 귀를 쫑긋 세웠다.

"불호 마지막에 뭔가 이상한 게 붙은 거 같은데?"

"허허, 시주가 잘못 들었겠지요. 나무아미타불 관세음 보살……."

"그런가?"

"김석주 개새끼……."

"오호, 이것 봐라."

눈치 빠른 피터슨이 얼른 화제를 돌렸다.

"그래서 김 이사님은 이제 어떻게 할 생각입니까?"

"오면서 알아보니까 오오무라 새끼가 그러는 이유가 있더라고."

"뭡니까?"

"소 요시자네 번주가 최근에 밀수를 엄격히 금하는 법을 발표했다는 거야. 동래 왜관을 통한 사무역에 좀 더 집중하겠단 명목이지만, 실상은 그게 아니더라고. 밀수로 떼돈을 버는 가신이 느니까 번주가 겁을 먹고 밀수를 금지한 거지."

"가신들이 딴마음을 품을까 봐 염려한 거군요."

"그렇지. 오오무라는 번주의 명을 어기고 계속 밀수한다고 소 요시자네가 오해할까 봐 예전에 거래하던 권동수를 보기 무섭게 가둬 버린 거고. 한데 밀수가 금지되면서 생활이 팍팍해졌는지 이참에 가욋돈이나 벌어 보자고 나에게 인질을 석방하는 대가로 돈을 가져오라 한 거겠지. 밀수꾼인 권동수야 털어먹어도 조선에서 신경 안 쓸 거라 내다봤을 테고."

"그럼 고연내, 권동수 두 사람을 무사히 데려오려면 오오무라가 아니라 소 요시자네를 구워삶아야겠군요. 번주가 명령하면 가신인 오오무라야 두 사람을 풀어 줄 수밖에 없겠지요."

"아니, 이번 기회를 이용해서 대마도주의 코를 단단히 꿰어놔야지. 그렇게 해야 우리가 편해. 사실상 대마도가 우리 선단의 유일한 해외 보급 기지나 마찬가지라 막히면 끝이야."

"방법이 있습니까?"

"흐흐, 오오무라가 몰래 조선 총을 사들인다는 소문을 내면 어떨까? 소 요시자네가 눈에 불을 켜고 수색하지 않을까?"

"당연히 수색하겠지요."

"한데 오오무라네 집 안에서 조선 총이 떡하니 나오는 거야."

"그럼 소 요시자네는 오오무라를 잡아 추궁할 수밖에 없겠군요. 오오무라가 반역을 일으키려 한다고 오해할 테니까요."

가만히 듣던 조온잠이 물었다.

"그렇게 하면 소 요시자네의 코가 꿰어지는 겁니까?"

김석주가 싸늘한 미소를 지었다.

"내가 쓱 보니까 소 요시자네는 만만치 않은 놈이야. 가신을 견제하기 위해 밀수 금지령처럼 자기도 피해를 보는 단호한 대책을 내놓는 건 쉽지 않은 일이라고. 우리에겐 그런 만만치 않은 놈은 필요 없어. 좀 흐리멍덩한 놈이 제격이지."

"그럼 어떻게?"

"소 요시자네에게 이복동생이 있어. 소 요리타카란 놈인데, 권동수에 따르면 그놈이 대마도에서 제일 악질인 밀수꾼이라는군. 돈 욕심 빼면 거의 시체라는 거야. 더욱이 매사에 깐깐한 자기 이복형을 아주 싫어한대. 그놈을 대마도주에 앉히고 아예 항구 하날 우리 선단으로 돌리는 거지."

피터슨, 최립, 조온잠은 놀라 입을 다물었고.

일양만이 불호를 외우다가 개새끼라고 중얼거렸다.

대담한 것도 대담한 거지만 일단 발상 자체가 놀라웠다.

맘에 안 든다고 타국의 번주를 갈아 치우려 하다니.

이게 들통나면 단순한 외교 문제론 끝나지 않는다.

어쩌면 통교 자체가 중단될지 모른다.

그러나 어쨌든 책임자는 김석주였다.

그의 의견대로 작전이 진행되었다.

먼저 일양이 승복을 입고 오오무라를 찾았다.

원래 왜국에선 승려가 중요한 외교 사절이다.

조선도 전후에 사명대사가 외교 사절로 왜국에 간 적 있었고,

물론, 몸값 겸 뇌물로 금박을 입힌 보라매를 지참했다.

일양이 가서 입을 야무지게 턴 모양이다.

오오무라는 금박 보라매에 넋이 나가 바로 인질을 내주었다.

그사이, 최립, 조온잠 등은 저잣거리에 소문을 냈다. 밀수 금지에 화가 난 오오무라가 조선 총을 사들인단 괴소문을.

소문은 사들인단 딱 거기까지였다.

근데 누가 봐도 총을 사는 이유를 알 수 있었다.

소 요시자네도 당연히 알 테고.

여관에서 기다리던 김석주는 석방된 권동수와 고연내를 데리고 소 요리타카를 찾아 금박 입힌 시계를 바치고 협상했다.

이번엔 권동수의 인물평이 제대로 맞았다.

소 요리타카는 욕심에 고삐가 없는 말종이었다.

조선인은 못 믿겠다며 번주도 자기가 치겠다고 발광해 댔다.

어지간한 김석주도 고개를 흔들 정도니 뭐.

물론, 김석주의 설득으로 번주도 우리가 알아서 하기로 했다.

욕심 많은 놈치고 일 처리 깔끔한 놈 없기에.

며칠 후. 소문은 금세 소 요시자네를 분노케 했다.

얼마나 열이 받았는지 소 요시자네가 직접 나섰다.

가신단을 이끌고 기세등등하게 들이닥친 소 요시자네는 증거 확보를 위해 오오무라가 사들인다는 조선 총부터 수색했다.

뭐 사실 수색할 필요조차 없었다.

오오무라가 보라매를 잘 보이는 곳에 떡하니 걸어 놨으니까.

아마 손님이 오면 자랑하려고 했겠지.

첫 번째 손님이 번주일 줄은 꿈에도 몰랐을 테고.

소 요시자네는 오오무라를 매섭게 추궁했다.

오오무라도 나름 사무라이라고 자존심은 있는 모양이다.

인질 대신 받은 몸값이라고는 못하고 어떤 상인에게 받은 생일 선물이라고 둘러대다가 소 요시자네의 노여움만 더 샀다.

결국 소 요시자네는 더 듣지도 않고 오오무라를 할복시켰다.

그로부터 며칠 후. 오오무라를 따르는 사무라이 한 놈이 소 요시자네를 암살했다.

즉시, 후추 번 전체가 번주를 죽인 사무라이를 수색했다.

다시 며칠 후. 낭떠러지에서 사무라이로 추정되는 흉수의 시체를 찾아냈다.

근데 얼굴이 완전히 뭉개져 있었다.

흉수가 맞는지, 아닌지 알 수 없단 뜻이다.

그 순간. 기다렸다는 듯 소 요리타카가 나서서 상황을 수습하고 막대한 뇌물로 가신단을 구워삶아 차기 번주로 잠정 낙점받았다.

소 요시자네는 아들이 없었고 형제도 소 요리타카 하나였다.

사실상, 소 요리타카 외엔 다른 후계가 없는 셈이다.

소 요리타카는 에도를 찾아 쇼군에게 가독 승계를 허락받았다. 에도 막부야 조선 때문에 소씨 가문을 내칠 상황이 아니었고.

그 소식을 들은 김석주가 최립의 어깨를 툭 쳤다.

"번주 암살은 아주 깔끔했어."

최립은 쓴웃음을 지으며 술을 퍼마셨다.

"난 군인이면서 무인이오. 자객은 이번이 마지막이란 소리요."

"무인? 웃기고 자빠졌네. 저 자칭 사무라이라는 새끼들이 왜란 때 조선에 들어와 한 짓을 알고는 있냐? 여자는 할머니고 어린애고 상관없이 다 윤간하고 사내는 일렬로 세워 놓고 나서 누가 더 많이 목을 자르나 내기하던 놈들이야. 심지어 풍신수길 시발 새끼한테 공적 자랑한다고 귀와 코까지 베어 갔던 개새끼들이라고. 무인의 명예? 좆이나 까 잡숴."

일양이 불호를 외웠다.

"적이 그렇게 한다고 해서 우리도 그렇게 할……."

"육시랄, 너도 좆이나 까 잡숴."

김석주가 일어나서 이리처럼 으르렁거렸다.

"다들 내 말 똑바로 들어, 새끼들아! 지금 우린 평화롭게 교역하러 온 게 아니라, 왜놈 새끼들 등쳐 먹으러 온 거라고!"

"……."

"영 괴로우면 왜란 때 조선 백성이 입은 피해를 우리가 대신 보상받는다고 생각해! 그래도 내 수단이 독하다고 생각하는 놈들은 지금 말해. 배에 태워 돌려보내 줄 테니까. 알았어?"

모두 말없이 고개를 끄덕였다.

심지어 고연내도 동의했다.

김석주가 대마도 지도를 펼쳤다.

"새 번주가 우리에게 북섬 아래에 있는 미네 항구를 조차했어. 물론, 공식적인 건 아니야. 번주와 우리만 아는 거래인 셈이지. 어쨌든 여기를 기점으로 왜국 본토를 공략할 거야."

본토란 말에 피터슨이 가장 먼저 물었다.

"나가사키로 가는 겁니까?"

"왜? 도망치려고?"

"흠흠, 그냥 물어본 거요."

"규슈는 화란 상인 때문에 감시가 너무 심해. 그래서 우린 주고쿠에 있는 모리 가문을 파 보기로 했다. 조슈 번이 되겠지."

"조슈 번이라……."

고연내가 차분한 성격답게 조용히 물었다.

"조슈 번은 어떻게 끌어들일 생각입니까?"

"조슈 번 놈들이 이재에 아주 밝다는군. 에도 막부가 토지에만 세금을 물린다는 걸 알고 재빠르게 상업에 투자할 정도로. 상업에서 나오는 소득은 막부가 세금을 물리지 않으니까. 그 정도로 교활한 놈이라면 우리와도 거래할 공산이 크지."

피터슨이 놀라 물었다.

"우리도 잘 모르는 정보를 김 이사는 어떻게 알고 있습니까?"

"어떻게 안 건진 별로 안 중요해."

김석주는 답변을 일축했지만 다른 이들은 오히려 미소 지었다.

김석주가 자기 자랑을 안 할 땐 임금과 관련 있다는 뜻이다.

아마 저 정보도 임금이 주었겠지.

어쨌든 김석주는 동래에 대기하던 나머지 선단을 대마도 미네 항구로 불러들여 언제든 출항할 준비를 해 놓게 하였다.

그리고 본인은 일행을 데리고 이키를 거쳐 주고쿠로 내려갔다.

물론, 빈손은 아니었다.

소 요리타카가 써 준 소개장과 뇌물이 손에 들려 있었다.

◆ ◈ ◆

난 강대산을 기다리면서 창문을 보았다.

요즘 창문으로 밖을 보는 시간이 많아졌네.

봄이 와서 그런가.

우중충하던 창덕궁도 이젠 제법 녹음이 짙다.

생각의 바다에서 뛰어놀다 보니 선단 쪽으로 발길이 향한다.

지금쯤 조슈 번에 도착했으려나.

조슈 번은 우리 민족에겐 그야말로 악의 소굴이다.

출신 인사만 봐도 그렇다.

요시다 쇼인, 이토 히로부미, 데라우치 마사타케 등등.

순 개새끼들뿐이지 않나.

거기다 대표적인 우익 정치인인 아베 신조도 그쪽 출신이다.

조선말 혼란기를 공부하면 조슈 번에 대해 자연히 알게 된다.

그리고 조슈 번이 왜 메이지유신에 한자리했는지도 알게 되는데.

다른 번이 농사지을 적에 이놈들은 교역으로 떼돈을 벌었다.

벌어들인 돈은 학교를 짓고 병사도 양성하는 등 재투자로 이어졌다.

한마디로 번 자체가 잘살았던 거다.

모름지기 돈이 많으면 등쳐 먹을 것도 많은 법.

난 선단이 떠나기 전에 김석주에게 관련 정보를 주었다.

아마 지금쯤이면 조슈 번에 도착했을 테지.

잘해, 인마.

74장. 당연하지요!

김석주와 조슈 번에 대해 생각 중일 때.

상선이 조용히 알렸다.

"마마, 용호군 대장 강대산이 입실하였사옵니다."

"들여보내시오."

"예, 마마."

강대산이 들어와 절도 있게 군례를 올리고 앉았다.

전보다 약간 초췌해 보여 왠지 안쓰러웠다.

강대산한테 너무 많은 걸 시켰나?

"전하, 경강상인을 고신하여 중요한 정보를 알아냈사옵니다."

그런데 입을 여니 괜한 걱정이었음을 바로 알았다.

단순히 술병 난 거였네.

"어제 술 마셨어?"

강대산이 당황해 자기 입 냄새를 맡았다.

"어, 어찌 아셨사옵니까?"

"입에서 술 냄새가 진동하는데 모르면 그게 사람이야! 대체 술을 얼마나 퍼마신 거야? 아니면 술로 목욕이라도 했어?"

"입, 입을 행구고 오겠사옵니다."

"귀찮아. 그냥 보고해."

"경강상인 대방의 입에서 중요한 정보를 얻어 너무 감격한 나머지 부하와 한잔했사옵니다. 너그러이 용서해 주시옵소서."

"그냥 보고나 하라니까."

"예, 전하."

강대산은 한참 뜸을 들이다가 보고했다.

"전하, 경강상인은 흉수의 자금줄이 아니었사옵니다."

"그럼?"

"흉수가 반대로 경강상인의 자금줄이었사옵니다."

"응? 지금 흉수가 경강상인에게 돈을 대 줬다는 거야?"

"그렇사옵니다. 경강상인은 흉수가 대 준 자금을 밑천 삼아 군선과 어선을 조운선으로 개조해 조운 사업을 했다고 합니다."

"그럼 경강상인에게서 나왔단 은은 대체 뭐야?"

"흉수가 교묘하게 머리를 쓴 것이옵니다."

대체 뭔 소린지 모르겠다.

예상했던 것과는 많이 다른 상황인데?

"자세히 말해 봐."

"흉수는 경강상인에게 자금을 대 주고 경강상인은 그 자금으로 조운 사업을 크게 벌였사옵니다. 그리고 경강상인은 조운 사업에서 벌어들인 은을 다시 흉수에게 돌려준 것이지요."

"계속해 봐."

"아시다시피 흉수는 그 은을 내부자를 포섭하는 용도로 썼사옵니다. 배신한 착호군, 금군, 내관이 받은 은이 바로 그것이지요. 이렇게 해 두면 자금 출처를 알아내기 어렵사옵니다."

"흠, 놈들이 경강상인을 이용해 자금 세탁을 했단 말이로구만."

"예?"

"과인의 혼잣말이야. 신경 쓰지 마."

"예, 전하."

"흉수가 경강상인 쪽에 어떤 식으로 자금을 대 줬대? 현물을 준 거야? 아니면 왜은 같은 추적 불가능한 형태로 준 거야?"

"놀라지 마십시오."

"안 놀랄 테니까 말해 봐."

"무려 황금을 주었다고 하옵니다."

"화아앙그음?"

"쯧쯧, 소장이 그래서 놀라지 마시라고 했잖사옵니까."

"지금 혀를 찬 거야?"

"허허, 그럴 리가 있겠사옵니까."

"금광은 조정이 관리하고 있는데 그런 황금이 어디서 난 거지?"

"소장은 조정이 엄격히 관리하는 광산 중 한 곳에서 겁대가리를 상실한 어떤 놈이 황금을 빼돌린 줄 알았사온데……."

"알았사온데?"

"추룡군을 동원해 몇 날 며칠을 감시하고 샅샅이 뒤져 봐도 그런 기미는 전혀 보이지 않았사옵니다. 즉, 그 말은……."

"조정이 모르는 금광이 있단 거겠지?"

"그렇사옵니다."

그렇게 된 일이었군.

상황이 어떻게 흘러갔는지는 충분히 이해했다.

이제 남은 건 그에 대한 해결 방법을 모색할 차례.

"대책은 뭐야?"

"추룡군에서 머리가 휙휙 돌아가는 놈들을 따로 모아 며칠 동안 대책을 세워 봤는데 크게 두 가지가 될 것 같사옵니다."

"첫 번짼?"

"흉수가 어쩌면 경강상인 쪽에만 접근한 게 아닐지도 모른단 가정하에 송상, 만상, 내상, 유상을 조사하는 것이옵니다."

"밀수꾼은?"

"그, 그쪽은 전하께서 다 없애지 않으셨사옵니까?"

"과인이 확실히 조져 놓긴 했지. 그래도 혹시 모르니까 찾아봐."

"예, 전하."

"두 번짼?"

"팔도를 뒤져 조정이 파악하지 못한 금광을 찾아내는 것이옵니다. 추룡군은 둘 다 효과가 있을 거로 보고 있사옵니다."

"잘했네. 이젠 일머리가 점점 느는 게 보여."

"황송하옵니다."

처음엔 예상보다 결과가 미미했는데 날이 갈수록 체계가 잡혀 가는 느낌이다. 조금만 손을 더 보면 분명 훌륭한 정보 집단으로 탈바꿈하게 되겠지.

"추룡군은 머리가 비상한 애들을 꾸준히 채용해 숫자를 늘려 놔."

"지금보다 더 늘리란 말씀이시옵니까?"

"장차 우리의 눈과 귀가 돼 줄 애들인데 많아야지."

"알겠사옵니다."

"착호군은 몸이 날래고 체력 좋은 애들을 민간에서 선발해 팔장사 특수 부대 훈련에 넣어. 거기서 몇 년 빡세게 구르고 나오면 오랑캐 두목 따윈 허허 웃으면서 목을 딸 수 있겠지."

"어, 어명을 따르겠사옵니다."

"현 용호군 요원 중에도 싹수가 보이는 애들 있지?"

"있사옵니다."

"그런 애들은 간부로 만들어서 큰 그림을 보게 미리 가르쳐 놔."

"큰 그림……, 말이옵니까?"

"그렇지. 나무가 어떻게 생겼고 몇 년 묵었고 열매는 언제 맺는지 조사하는 건 말단이 하는 일이야. 그 나무들이 모여 생긴 숲의 전체적인 형태를 알아내는 건 간부가 하는 거고."

"명, 명석하시옵니다."

"내 얼굴에 이미 금칠이 너무 많이 되어 있어서 강 대장이 해 봐야 티도 안 나. 아무튼 홍수는 올해 안으로 뿌리 뽑자고."

"예, 전하."

"그리고 갈 때 지명 몇 개가 적힌 쪽지를 줄 거야."

"어떤 지명이옵니까?"

"아직 개발하지 않은 금광이 위치한 지명."

"그, 그런 게 있었사옵니까?"

"쉿, 이건 기밀이야."

"예, 전하……."

"두석아."

왕두석이 바로 은 보따리를 세 개 건넸다.

"일은 충성심만으로 되지 않는다고. 더욱이 홍수가 금을 물처럼 쓴다면 돈에 흔들리는 애들이 분명 나올 거야. 용호군에 홍수의 첩자가 숨어들 수 있단 얘기지. 일단, 이거 얼마 안 되는 거지만 가지고 가서 애들 사기를 팍팍 좀 올려 놔."

"성은이 망극하옵니다."

강대산이 은 보따리와 쪽지를 챙겨 돌아가고 나서 생각했다.

황금으로 경제를 장악하는 수법을 쓴다 이거지?

하긴 권력은 유한해도, 재력은 영원한 법이니까.

홍수의 정체를 추리하고 있는데 옆에서 뭐가 자꾸 꿈지럭 댔다.

돌아보니.

왕두석이 뭔가 할 말이 있단 얼굴로 큰 머리를 들이밀었다.

머리 사이즈에 새삼스레 감탄이 일었다.

"뭐야, 인마. 할 말이 있으면 빨리 해."

왕두석이 무릎걸음으로 다가와 헤벌쭉 웃었다.

"전하, 어제 초간이 끝나 재간에 들어갔다고 하옵니다."

"니가 장가가냐? 나보다 왜 네가 더 좋아해?"

"섭섭하옵니다."

"뭐가 섭섭한데?"

"전하께 경사스러운 일이면 소관에게도 경사스러운 일이지
요. 흑흑, 전하께선 소관의 충심도 몰라주시고 섭섭하옵니다."

"이상하게 웃지 말라니까 이젠 이상하게 울고 앉아 있네. 너
그러지 말고 사실대로 말해 봐. 네가 더 흥분한 이유가 뭐야?"

"하하, 좀 전에도 말씀드렸다시피 충심에서 나온⋯⋯."

간을 보던 홍귀남이 재빨리 끼어들었다.

"전하, 글쎄 왕 선전관이 그 서원 신씨 처자⋯⋯. 읍읍!"

홍귀남의 말은 왕두석의 솥뚜껑 같은 손에 막혀 나오지 못
했다.

"하, 인제 보니 딴 속셈이 있었구만."

왕두석이 억울하다는 듯 머리를 조아렸다.

"그, 그래도 충심에서 나온 말임엔 변함이 없사옵니다. 주
군이 아직 혼자신데 어찌 주군을 모시는 아랫것이 버릇없이
먼저 장가를 들 수 있겠사옵니까. 부디 통촉해 주시옵소서."

"근데 벌써 신씨 처자를 꼬신 거야?"

"꼬, 꼬시진 않았사옵니다. 그저 남녀가 눈이 맞는 자연스러운……."

"됐고. 말이 나온 김에 신씨 처자나 불러와라."

"저, 저희 혼인을 허락해 주시려고요?"

"혼인은 무슨 혼인이야. 농업 사업부 일로 물어볼 게 있어서지."

"예, 전하……."

몇 시간 후. 신정화가 큰절을 올리고 나서 물었다.

"찾아 계시옵니까?"

"어때? 일은 할 만해?"

"열심히 적응 중이옵니다……."

"빨리해야 할 거야. 시간이 촉박하니까."

"명, 명심하겠사옵니다."

"팔도에서 농사 잘 짓는 농부들은 올라왔나?"

"올라왔사옵니다."

"몇 명이나 왔어?"

"서른 명이옵니다. 그중 열 명으로 추렸사옵니다."

"그들의 도움을 받아 농업 사업부를 번듯하게 키워 봐."

"전하, 아뢰옵기 황송하오나 농부들의 고집이 너무 센 데다 소녀의 나이가 어리단 이유로 전혀 도와주지 않고 있사옵니다. 그럴 바에는 차라리 그들의 도움 없이 농업 사업부를……."

난 손가락을 까딱거렸다.

"그게 아니지, 아니야."

"그, 그렇사옵니까?"

"자네 농사 몇 년 지어 봤나?"

"3년이옵니다."

"그 농부들은 몇 년을 지어 봤을 거 같은가?"

"소, 소녀보단 훨씬 긴 세월이겠지요."

"그들은 그 긴 세월 동안 자네가 상상 못 할 경험을 해 왔어."

어떤 해는 여름에 때 이른 서리가 내려 한 해 농사를 망치고 또 어떤 해엔 유례없는 큰 태풍이 몰아닥쳐 작물이 다 쓰러졌을 테지. 그리고 또 어떤 해엔 논바닥이 갈라질 정도의 극심한 가뭄도 겪었을 것이다.

"한 우물을 몇십 년씩 파다 보면 아무리 재능이 없어도 뭔가 몸으로 체득하는 게 반드시 있다고. 한데 과인이 불러들인 농부들은 그 고장에서 최고 가는 농사꾼들이야. 꾼이라고, 꾼. 흙냄새만 맡아도 이번 해에 논을 쉬어야 하는지 아닌지, 겨울에 내린 눈만 보고도 가뭄인지 아닌지 안다고."

"……"

"내가 군이 농사 잘 짓는 농부를 불러들인 이유는 그런 살아 있는 경험을 자네에게 가르쳐 주기 위함이야. 그리고 그들의 고집이 너무 세다고 그랬나? 그럼 자네가 더 고집을 부려서 그들이 두 손, 두 발 들게 해 봐. 그리고 자네 나이가 어려 그들이 무시한다고 그랬지? 그럼 자네가 그들보다 더 많은 농사 지식을 보유해 그들이 자네 앞에서 꼼짝 못 하게 만들어. 사업부의 부장을 맡으려면 그 정도는 해야지."

"소, 소녀의 생각이 짧았사옵니다."

"전에도 말했듯 난 돈 벌려고 농업 사업부를 하는 게 아니야. 내 백성을 배불리 먹이려고 하는 거지. 무슨 뜻인지 알겠어?"

"이문을 좇지 말라는 뜻으로 이해했사옵니다."

"머리가 좋아."

"황송하옵니다."

"덕분에 이번 작업도 문제없겠어."

"어떤?"

"두석아, 귀남아!"

"예, 전하!"

"오랜만에 집필 작업이다."

"바로 준비해 놓겠사옵니다!"

왕두석과 홍귀남은 지필묵을 대령한다고 부산을 떨었다.

새로 선전관이 된 쌍둥이는 멍하니 서 있다가 구박을 들었다.

"쌍둥이 너희 둘은 할 일 없으면 가서 물이라도 떠 와."

"예, 예."

쌍둥이가 부리나케 우물로 달려갈 때.

신정화가 어정쩡한 자세로 일어나 왕두석을 보았다.

"제가 도울 일이 있으면 말씀해 주세요."

왕두석이 얼른 신정화를 다시 자리에 앉혔다.

"어휴, 처자는 앉아 계쇼. 앞으로 며칠은 고생할 텐데 이런 잡일은 나와 홍 선전관에게 맡기고 마음이나 단단히 잡숴요."

"무, 무슨 일인데요?"

"그, 그럴 일이 있어요."

왕두석은 내 눈치를 보다가 얼른 먹을 갈았다.

홍귀남도 딱하다는 눈빛으로 그녀를 보았다.

신정화가 덜컥 겁이 나 물었다.

"전, 전하, 이게 대체 무슨 일인지……?"

"지금부터 내가 어떤 책의 내용을 불러 줄 거야. 자넨 그 책의 내용을 암기하고 나서 이해까지 완벽히 해야 해. 그래야만 여기 있는 이 왕두석과 혼인할 수 있지. 할 수 있겠나?"

"어머나……."

신정화는 달아오른 얼굴을 감싸 쥐었고.

왕두석은 손을 떨더니 갈던 먹을 벼루에 떨어트렸다.

"전, 전하, 농담이시지요?"

"왜?"

"어, 어서 농담이라고 말씀해 주시옵소서."

"농담이 아니면?"

"아이고, 그러잖아도 힘든 일인데 젊은 처자가 어찌 버티겠사옵니까? 철석간장을 지닌 사내놈도 긴장할 것이옵니다."

간청하는 왕두석의 얼굴이 너무 진지해 놀랐다.

이거 신씨 처자에게 완전 뻑 갔구만.

"그래, 농담이다, 농담."

"휴, 그러실 줄 알았사옵니다."

안심한 왕두석은 다시 열심히 먹을 갈았고.

신정화는 눈을 초롱초롱 빛냈다.

"죽을힘을 다해 외우고 이해하겠사옵니다."

"둘이 부창부수로구만."

왕두석이 고개를 홱 들었다.

"그, 그럼 저희 혼인을 허락해 주시는 것이옵니까?"

"내가 허락 안 해 주면 혼인 안 하려고 했어?"

"당연하지요!"

"그 얘긴 그만하고 일이나 하자."

"예!"

"여기 붓이옵니다."

난 홍귀남이 건네 붓으로 책 내용을 일필휘지로 적어 나갔다.

세종대왕을 경배하라 스킬 덕에 막히는 법이 없었다.

책 내용은 크게 세 부분으로 나뉘어 있었다.

1. 근대 농업의 발전

2. 육종학

3. 슈퍼 벼

각 부분이 사전보다 두꺼워 필사만 한 달이 걸렸다.

팔이 아파 중간에 몇 번 쉬기까지 했다. 거기에 그림, 그래프까지 그리려니 먹이 아니라 벼루가 닳았다.

사실 팔이 아픈 건 괜찮았다. 여기에 쏟아부은 수명을 생각하면 지금도 가슴이 살짝 떨린다.

처음에는 도서관에서 근대 농업의 발전만 빌릴 생각이었다.

근데 책을 읽다 보니 욕심이 생겼다.

농법도 문제지만, 종자 그 자체도 중요하다.

종자를 어떻게 육종하느냐에 따라 수확량 자체가 달라진다.

노먼 볼로그 덕에 수십억 명이 혜택을 본 게 그 예다.

거기까지 생각이 미쳤을 때, 아이디어가 떠올랐다.

키우기도 쉽고 수확량도 많고 각종 재해에 강한 볍씨를 만들어 농사지으면 자급자족을 넘어 수출도 할 수 있지 않을까?

우리만 저주받아서 소빙하기를 겪는 건 아니니까.

늦든, 빠르든 전 세계가 소빙하기를 겪기 마련인데.

그렇다면 곡식이야말로 가장 중요한 수출품일 수도 있겠지.

정신을 차렸을 땐 내 머릿속에 책 일곱 권이 있었고.

수명은 무려 1만 일을 소비했다.

내가 아니면 누구도 감히 도전할 수 없는 일이겠지.

수명이 아깝지 않으려면 농업 사업부는 카길이 되어야 한다.

갈수록 야망의 크기가 주체할 수 없을 만큼 커지네.

뭐 주체할 수 있으면 그건 애초에 야망이라고 할 수 없겠지만.

75장. 그건 절대 안 돼!

왕두석만 신정화에게 뻑간 건 아닌 모양이다.

신정화도 왕두석에게 완전히 뻑간 듯 미친 사람처럼 공부했다. 시험에서 낙방하면 내가 정말 결혼 안 시킬 줄 안 건가?

아무튼 틈틈이 본 시험에서 좋은 점수를 얻었고.

부족한 부분은 선포전에서 나머지 공부를 하며 채웠다.

왕두석이야 당연히 선포전을 들락거리며 외조에 열성을 다했고.

뭐 외조라기보단 데이트에 가까우려나.

그사이, 나도 뭐가 빠지도록 바삐 뛰어다녔다.

거금을 들여 강남에 온실을 짓고 그 주변 논밭을 사들였다.

그리고 그곳에 농업 사업부 농업 연구소를 설립했다.

돈은 장현과 그의 역관 친구들에게서 융통했다.

장현이야 명동 본사 사장이라 빼도 박도 못했고.

역관 친구들은 장현의 읍소에 마지못해 돈을 내놓았다.

물론, 빌린 거다.

나도 존심이 있지 강도질은 안 한다. 당연히 이자도 줄 거고.

급한 일을 마무리 짓고 벌여 놓은 사업을 점검했다.

집현전이 주관하는 종두법 프로젝트는 순풍에 돛 단 듯했다.

벌써 접종 예상치를 뛰어넘는 성과를 거뒀다.

아, 내 어깨에 생긴 고름은 딱지로 변해 얼마 전 떨어져 나갔다.

처음엔 걱정이 많았는데 다행히 이상 없이 완치되었다.

천만다행이지.

내가 회복한 모습을 보고서 왕실 식구들도 자청해서 맞았다.

얼마 후엔 내관, 궁녀, 금군도 접종했다.

이제 대궐은 천연두 안심 존이다.

시계 사업부, 화기 사업부는 열심히 제품 생산 중이었고.

운송 사업부는 무역 사업 본부 선단을 대신해 조운에 나섰다.

물론, 운송 사업부 조운선을 모아 놓고 성스러운 축복도 내렸다. 간단히 말해 버프를 썼단 거다.

어차피 조운선은 근해만 돈다.

어영담의 물길 버프면 충분하겠지.

아, 그중 세 척은 따로 쓸데가 있어 버프를 이중으로 걸었다.

어떤 버프인지는 조만간 밝혀질 테고.

대체로 순조로운데 소매 사업부만 아직 궤도에 오르지 못했다. 양희가 열심히 한다곤 하지만 아직 지지부진하다.

1662년 봄.

난 이경석에게 수확한 보리를 구휼미로 쓰게 했다.

거기다 경강상인이 사재기한 쌀과 보리도 전부 풀었다.

덕분에 조선은 보릿고개를 가까스로 넘겼다.

간만에 찾은 여유에 오랜만에 개인 정비 시간을 가졌다.

군대에선 개인 정비 시간에 머리 깎고 세탁도 한다.

내겐 그 시간이 스탯과 스킬, 퀘스트 조정 시간에 가깝지만.

이연 (+19,458)

레벨: 4

무력: 57(↑2) 지력: 63(↑3) 체력: 49(↑2) 매력: 57(↑3)
행운: 58(↑3)

일에 치여 살아 그런가? 스탯 상승 폭이 크지 않다.

거기다 아홉수에 걸린 것처럼 체력은 49에서 요지부동이다.

체력만 50대면 바로 5레벨인데 아쉽네.

무엇보다 수명의 엄청난 하락은 볼 때마다 가슴이 찢어진다.

버프와 책에 물 쓰듯 하나 보니 어느새 앞자리가 바뀌었다.

예전으로 돌아가려면 EX가 터지지 않고선 힘들겠지.

EX가 나와 하는 말인데 추첨권은 여덟 장으로 늘었다.

그동안 서브 퀘스트를 두 개나 더 클리어한 덕이다.

서브 퀘스트 27

과거는 현재의 지표입니다!

-과거에 일어난 일이라 하여 안 보이는 곳에 묻어 두기만
한다면 결국, 종기가 되어 언젠가 곪아 터지기 마련입니다.
과거를 직시하는 것이야말로 군주가 갖춰야 할 덕목입니다.

클리어 유무: 클리어

보상: 룰렛 1회 추첨권

이건 의순공주를 만났을 때 클리어한 거다.

사실 의순공주는 이제 시작일 뿐이었다.

화냥년이라고 손가락질받는 여인이 한둘이 아니니까.

사대부는 지들이 정치를 개떡같이 해서 억울하게 끌려간 여
인들을 위로는 못할망정 살아 돌아왔다며 비난을 퍼부었다.

심지어 조정 신료마저도 청에서 돌아온 아내와 이혼하게
해 달라고 인조에게 청할 정도였으니 민간이야 더 심했겠지.

최명길은 그런 자들이 아내와 이혼하게 해 줘선 절대 안 된다
고 하였으나 이원익, 김육만이 그 의견을 존중해 줬을 뿐이다.

이원익, 김육이 괜히 조선 올 타임 재상으로 꼽히는 게 아
니다. 나머진 벌떼같이 일어나 최명길을 욕하기 바빴다.

미풍양속을 해치는 자, 국가의 체면에 똥칠하는 자 등등.

아무리 17세기 사고방식이라지만 참 병신 같긴 하다.

그래도 어쩌겠나. 이게 우리 잘나신 조상님들인 걸.

난 그 여인들이 어떤 식으로든 보상받길 원했다.

근데 그러려면 돈이 어마무지하게 깨진다.

지금도 마음만은 매일 정화수를 떠 놓고 비는 것도 그래서다.

매일 밤 제발 서유럽회사 선단이 성공하길 빌고 있지.

두 번째 퀘스트는 따끈따끈한 신작이다.

서브 퀘스트 28

농사야말로 세상의 근본이다!

-인간은 먹고 마셔야 살 수 있습니다. 풍족한 세상에선 간과하기도 하지만 농사의 중요성은 과거에도 현재에도, 그리고 미래에도 변하지 않습니다. 이 점을 절대 잊지 마십시오.

클리어 유무: 클리어

보상: 룰렛 1회 추첨권

이건 나도 동의한다.

21세기에서 농업은 그냥 힘들고 돈은 안 되는 분야다.

아마 혹독한 대가를 치르고 나서야 그 중요성을 깨달을 테지.

대가를 치르지 않으면 절대 깨달을 리 없을 테니.

어쨌든 이제 추첨권은 여덟 장이다. 목표까진 두 장 남았고.

레벨 업이 급했다면 써도 벌써 썼을 테지만 EX가 더 급하다.

물론, 나도 안다.

열 장을 돌린다고 EX가 꼭 나온단 보장이 없는 걸.

그래도 한 장 돌리고 실망해 축 처지고 싶진 않다.

아싸리 열 장을 한 번에 돌리고 실망도 크게 하는 게 낫지.

5레벨이야 조깅으로 올리면 된다.

평상시 루틴대로 새벽에 일어나 씻고 초조반을 먹었다.

오늘은 우유와 토스트, 계란 프라이, 베이컨이 올라왔다.

전형적인 서양식 브렉퍼스트다.

클라슨이 오늘도 애 많이 썼네.

초조반을 든든히 먹고 웃전에 문안 인사를 드렸다.

다행히 두 분 다 건강은 아주 좋다.

처음 봤을 땐 왕대비가 조금 비만이라 걱정이 많았다.

왜냐면 왕대비가 대왕대비보다 먼저 죽기 때문이다.

왕대비의 나이가 더 많단 점은 일단 익스큐즈하고.

여기서 중요한 건 왜 왕대비가 죽는 것에 신경을 썼냐는 건데.

왕대비가 죽고 나서 2차 예송논쟁이 터지기 때문이지.

1차는 대왕대비가 양아들인 효종의 국상에서 상복을 3년 입어야 하는가, 아니면 1년만 입어도 충분한가로 싸웠다.

2차는 대왕대비가 며느리인 왕대비의 국상에서 상복을 1년 입어야 하는가, 아니면 9개월만 입어도 되는가로 싸운 거고.

물론 순전히 예송논쟁 때문에 왕대비의 건강을 걱정하는 것만은 아니다.

사람의 감정은 참 묘하다.

몇 년 전만 해도 왕대비와는 일면식도 없는 사이다.

근데 현종의 몸을 하고 왕대비를 모시다 보니 왠지 진짜 내

엄마인 것처럼 느껴지는 순간이 가끔 찾아온다.

이상하거나, 기분 나쁘단 뜻은 아니다.

오히려 든든한 내 편이 생긴 것 같아 좋았다.

그래서 그냥 마음 가는 대로 살기로 했다.

그편이 내 정신 건강에도 도움 될 거고.

난 현종이 아니야, 이분은 내 엄마가 아니야, 이런 감정은 이상해, 아, 내 정체성을 잃어 가는 것 같아, 어쩌면 좋지? 난 현종인가, 아니면 현대인이가? 머리가 터지겠어, 으아악!

이런 드라마 같은 시추에이션은 극혐이다.

이러다 보니 당연히 왕대비의 건강에 관심이 많다.

요즘은 아예 대비전 수라간에 건강 식단까지 오더내며 챙긴다.

그 덕분인지 대비의 건강 상태는 아주 좋다.

문안 인사를 드리고 나선 상참을 주도했다.

요즘 상참은 빠르고 간결하다.

내 의견과 윤허가 필요한 일만 딱딱 결정하고 끝난다.

'종놈이 상전을 죽였는데 어찌할깝쇼?' 같은 의제는 다 뺐다.

그건 형조에서 논의할 일이지, 내가 그거까지 신경 써야 하나?

상참이 끝나면 아침을 먹고 상소나 차자를 읽는다.

대부분 비슷비슷한 내용이다.

붙여 넣기 하듯 비답을 내려 주고 점심을 먹었다.

그리고 나선 온전히 내 시간이다.

다른 일이 없으면 관우정에 가서 중량을 친다.

요즘은 하체를 중점적으로 조지는 중이다.

흐흐, 곧 결혼할 몸인데 사랑받으려면 미리미리 준비해 놔야지.

다 조졌으면 유산소 운동인 조깅으로 마무리한다.

후원 조깅 코스가 워낙 좋아 지루할 틈이 없다.

후원은 사계절 전부 각각 다른 매력을 자랑한다.

요즘은 조깅과 함께 백두에게 빠져 있었다.

사육사 스킬 덕분인지 백두는 절대 후원을 벗어나지 않는다.

명령이 없으면 사람도 절대 공격하지 않고.

'우리 개는 안 물어요!'랑은 케이스가 다르단 거다.

게다가 내가 조깅하면 어떻게 알고 어디선가 나타나 같이 뛴다.

지가 금군이나 보디가드인 줄 아는 모양이다.

가끔 여우나 오소리 같은 게 있으면 바로 쫓아낸다.

백두는 덩치도 엄청나게 커져 진짜 다이어울프같이 변했다.

주인인 나도 백두가 풀숲에서 튀어나오면 식겁한다.

근데 오늘은 웬일로 백두가 보이지 않았다.

흠, 어디 갔지?

봄바람에 싱숭생숭해져 암컷 늑대라도 찾으러 갔나?

코스 반환점을 막 돌았을 때.

백두가 코스 중간에 어깨를 쭉 펴고 서 있었다.

왠지 우쭐거리는 표정 같아 가까이 가 보았다.

백두 발밑에 표범 한 마리가 엎드려 있었다.

죽은 건 아닌 모양이었다.

계속 낑낑거리며 달아나려 들었다.

물론, 그때마다 백두가 으르렁거려 제지하긴 했지만.

늑대가 솔로킬로 표범도 잡고 이건 뭐 개판이구만.

백두가 사냥감을 자랑하듯 나와 표범을 번갈아 쳐다보았다.

내 전리품 어떠냐고 묻는 눈치다.

그 순간.

그동안 잊고 있던 연계 퀘스트가 떠올랐다.

'주토피아를 만들어라!'였던가?

늑대도 되는데 표범도 되겠지.

보상이 짜서 안 했는데 백두가 표범을 잡아 온 김에 해 버리자.

"두석아, 귀남아, 쌍둥아!"

"예, 전하."

"가서 표범의 다리를 잡고 끌고 와라."

"예에?"

"그럼 내가 해?"

"아, 아니옵니다."

선전관 네 명이 사방에서 달려들어 단번에 표범을 포획했다.

뭐 이미 백두가 진을 빼 놔 별로 반항하지도 않았지만.

난 데려온 표범을 보면서 액티브 스킬 창을 열었다.

중급 사육사! (C)

80퍼센트의 확률로 길들일 수 없는 짐승을 길들일 수 있게 해 준다.

스킬 지속 시간: 영구

스킬 재사용 대기시간: 480시간

수명도 얼마 안 해 바로 지르고 스킬을 발동했다.

초급 사육사는 60퍼센트지만 이건 80퍼센트다.

불과 20퍼센트 오른 건데도 체감은 확연히 달랐다.

표범의 야성미 넘치던 눈빛이 고양이처럼 온순해졌다.

"이젠 다리를 놔줘라."

왕두석이 겁을 내며 물었다.

"정, 정말 괜찮을까요?"

"괜찮다니까."

"알, 알겠사옵니다."

"앤 이제부터 한라다. 백두, 한라, 크 멋있네. 백두는 두석이 몫이었으니까 한라는 귀남이가 먹이도 주고 산책도 시켜라."

홍귀남이 떨리는 목소리로 물었다.

"산, 산책하다가 소관이 잡아먹히지 않을까요?"

난 한라의 머리를 쓰다듬었다.

한라는 고양이처럼 눈을 감고 갸르릉거렸다.

역시 개와 고양이는 이런 점이 다르다니까.

"한라, 내 명령 없인 누구도 해쳐선 안 된다. 알았어?"

고개를 끄덕인 한라가 내 다리에 얼굴과 몸을 비볐다.

그 광경에 선전관은 물론이고 금군과 내관들도 어이없어
했다.

다들 내가 무슨 드루이드라도 된 것처럼 쳐다본다.

엉덩이 위를 툭툭 쳐 주니 한라가 좋아서 오줌도 쌀 기세였다.

"고놈 참 귀엽네."

다행히 퀘스트도 성공했다.

연계 퀘스트 1

주토피아를 만들어라!

-희귀한 야생동물을 보호해 멸종 위기종을 최대한 줄여 주
세요.

이름: 표범

보상: 행운 1

보상은 여전히 짰지만 뽀대는 백 점이다.

표범을 노획한 백두를 칭찬하고 희정당으로 돌아갔다.

근데 그 짧은 시간에 엄청난 일이 벌어져 있었다.

◆ ◈ ◆

서인이 모여 회의하던 빈청 회의실에서 큰 소리가 터져 나
왔다.

"지, 지금 뭐라고 했, 했나?"

"삼간택의 유력 후보로 윤선도의 손녀가 올라갔다고 했습니다."

"잘못 들었겠지. 윤선도가 아니라, 윤선거일 거야."

"하, 아니라니깐요. 내가 똑똑히 들었습니다. 윤. 선. 도."

"뭐어어어? 윤서어어언도오오오오!"

"그렇습니다. 윤선도."

"윤, 윤선도의 아들이 국, 국구가 된다 이거지?"

"된 건 아니죠. 지금은 후보니까."

"그래도 그럴 가능성이 있단 거 아냐?"

"그건 그렇지요."

"그건 절대 안 돼! 내 눈에 흙이 들어와도 안 돼! 윤선도 그 빌어먹을 종자는 국구 애비가 되면 우리 서인을 잡아다가 끓는 솥에 처넣고 웃으면서 시조나 읊을 위인이야, 그놈은!"

"그럼 어찌하시게요? 이미 대비전에서 정했다는데."

"최종 후보에서 아깝게 떨어진 규수가 누구야?"

"최명길의 손녀랍니다."

"됐어! 지금 당장 대비전에 가서 최명길 손녀를 후보로 밀어붙이자고. 우리가 다 달려가면 왕대비마마도 생각이 바뀌시겠지. 오랑캐랑 배 맞은 최명길의 손녀면 좀 어때? 윤선도보다는 최명길이 백번 낫지. 더구나 최명길은 죽고 없잖아."

서인은 사력을 다해 선거 운동에 나섰고.

그 결과, 최종 간택 후보가 윤선도 손녀에서 최명길 손녀로 바뀌었다.

서인은 윗전 생각이 바뀔까 봐 서둘러 국혼 절차를 밟았다.

아, 나도 장가간다.

인생 통틀어 첫 장가다!

내 눈에서 흐르는 이 액체는 땀인가, 눈물인가.

흑흑. 눈물이네.

〈4권에서 계속〉

잇츠
초촌 현대판타지 장편소설

빌런스 코리아

"국민을 기만하고
자기 잇속만 챙기는 놈들의 악당이,
악당의 악당이 되고 싶습니다."

부패한 정치권을 바꾸려는 전직 국회의원.
그런 그에게 손을 내미는 남자.

"그 악당. 저도 돼 보고 싶어졌거든요.
문호 씨의 그 꿈. 저에게 파세요."

천재와 거물이 만들어 내는
한 번도 경험해 보지 못한 새로운 대한민국!

IT'S VILLAIN'S KOREA,